ARDOUÍN 1969

LE BAL

DES

VICTIMES

PAR

PONSON DU TERRAIL

PARIS

E. DENTU, LIBRAIRE-ÉDITEUR

PALAIS-ROYAL, 17 ET 19, GALERIE D'ORLÉANS

LE BAL

DES

VICTIMES

LE BAL

DES

VICTIMES

PAR

PONSON DU TERRAIL

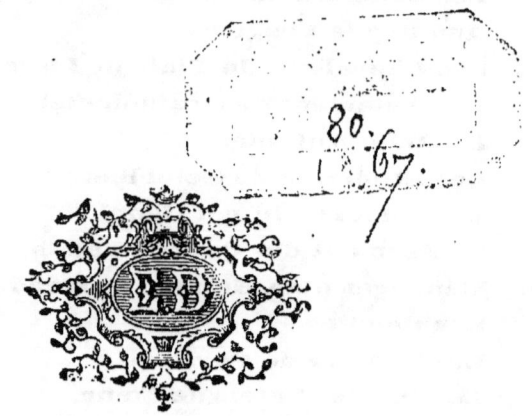

PARIS

E. DENTU, LIBRAIRE-ÉDITEUR

PALAIS-ROYAL, 17 ET 19, GALERIE D'ORLÉANS.

LE FERMIER REBER

PAR

ÉLIE BERTHET

Parmi les romanciers les plus estimés de notre époque, M. Elie Berthet a su conquérir une place à part. Ses ouvrages, pleins de naturel de vérité, de bon sens, paraissent être plutôt des histoires que des romans. Sa manière est celle du grand romancier anglais Walter Scott, tous ses ouvrages sont frappés au coin d'une moralité rigoureuse. Aussi l'appelle-t-on le *romancier des familles*, et, en effet, tout le monde peut lire ses ouvrages sans crainte de se souiller l'imagination, d'altérer son sens moral ou de s'endurcir le cœur.

Ces qualités de M. Elie Berthet sont surtout apparentes dans le beau roman *Le Fermier Reber*, que nous publions aujourd'hui. L'histoire est si simple, si vraie, si touchante, qu'elle semble réelle, et l'on croirait que le romancier a reçu les confidences de quelques-unes de ces pauvres familles qui abandonnent leur sol natal pour aller chercher au loin une vie plus douce et plus prospère. Aussi ne doutons-nous pas que le nouvel ouvrage de l'auteur des *Catacombes de Paris*, des *Chauffeurs*, du *Garde-Chasse* et de tant d'autres romans qui ont mérité la faveur du public, n'obtienne un immense succès.

LES PRINCES DE MAQUENOISE

PAR

H. DE SAINT-GEORGES

Les Princes de Maquenoise ont produit une grande impression à leur apparition.

Cette impression est due non-seulement au mérite de ce livre et au nom de l'auteur, mais à ce qu'on y retrouve les brillantes qualités des meilleures productions de M. de Balzac.

Originalité puissante du sujet, observation merveilleuse du cœur humain et de la vie sociale, de la vie de Paris, surtout; cette tendre et religieuse philosophie de l'âme qui touche parfois aux idées les plus élevées, et explique la popularité si générale, si européenne des romans de Balzac, voilà ce qui existe à un degré très-éminent dans *Les Princes de Maquenoise*.

Quant à la partie théâtrale et saisissante du drame, on peut s'en rapporter à M. de Saint-Georges, l'auteur de tant d'ouvrages dramatiques qui depuis quinze années font la fortune de tous les théâtres de notre capitale et des pays étrangers.

Wassy. — Imp. et stér. Mougin Dallemagne.

LE BAL DES VICTIMES

I

Paris s'enveloppait de cette brume transparente que l'automne apporte avec lui. Le jour n'était plus, la nuit pas encore ; les réverbères s'allumaient ; on eût dit des étoiles dans un ciel nuageux.

La foule encombrait les rues.

Foule bariolée, bizarre, affairée, joyeuse, bruyante, la foule qui va danser.

Car on dansait partout, alors ; on dansait par plaisir, par nécessité, par devoir.

Assez longtemps la France avait eu les pieds dans le sang, la tête brisée par les préoccupations politiques, l'estomac délabré par la faim.

La France ne voulait pas de tribuns, plus de bourreaux, plus de guillotine, plus de massacres, mais des bals et des spectacles.

Voici venir l'heure de la réaction, la réaction du plaisir.

On est ruiné, mais on dansera.

On a détruit les hôtels, brûlé, saccagé les palais, mais Ruggieri, le grand homme, a ouvert les jardins publics de Tivoli.

Voyez-là courir, cette foule encore en deuil, et dont la lèvre railleuse a retrouvé son sourire! Comme elle descend la rue du Montblanc avec empressement, comme elle se porte au Vauxhall, comme elle court à toutes jambes voir la pièce nouvelle que le citoyen Sageret vient de monter à Feydau.

Ici l'incroyable, avec son habit gorge de pigeon, aux boutons larges comme une assiette, son gilet pailleté, sa cravate qui monte jusqu'à la lèvre supérieure, et sa canne tordue, et ses boucles d'oreilles, et ses deux chaînes de montre qui pendent à deux larges rubans bleus ou roses!

Là, les épaules nues, la taille serrée dans un fourreau qui ne laisse rien à deviner, un flot de gaze sur la tête, en guise de coiffure, la citoyenne qui n'est plus où n'a jamais été grande dame, mais que la mode et sa beauté viennent de proclamer reine!

Et le bourgeois qui respire et s'est débarrassé de son dernier assignat!

Et l'ouvrier qui applaudit à l'abolition de la décade, parce qu'il pourra fêter le lundi comme autrefois.

Et le gamin qui criait: « Bravo! » à l'exécuteur des hautes œuvres et qui maintenant trouve plus amusant de faire la roue à la porte des jardins d'Idalie..

— Place! voici Marion!

Qu'est-ce que Marion? Vous allez le savoir. Elle a dix-huit ans, sa lèvre est rouge, son œil est noir, ses épaules d'un blanc céreux disparaissent, frileuses, sous les boucles tumultueuses de sa luxuriante chevelure qui flotte au vent du soir,

Elle a la taille souple et hardie, le pied cambré, la main mignonne, le rire provoquant qui épanouit la lèvre.

Sa vie est une chanson ; son cœur, un mystère. Ce qu'il reste à Paris de grands seigneurs, car il y en a encore quelques-uns, lui ont promis monts et merveilles ; les incroyables se sont cotisés et se la sont disputée.

Mais Marion n'aime personne, ou bien, celui qu'elle aime, nul ne le connait.

Chaque soir, on la voit à la porte des théâtres, son éventaire suspendu à son cou par un ruban bleu, ses épaules à l'air, le bras nu, la main mignonne et le pied délicatement chaussé d'une mule de satin blanc.

Ses fleurs sont les plus belles fleurs. Hiver et été, elle a de la violette de Parme.

Elle en vend à tous, et met son odorante marchandise à la portée du tout le monde.

Le ci-devant, devenu mirliflor, paiera ce bouquet vingt livres; mais le pauvre petit commis, qui veut plaire à une grisette, offrira trente sous, et Marion s'en contentera.

Elle lui sourira même et lui souhaitera bonne chance, la bonne chance des amoureux, c'est-à-dire un baiser mouillé de larmes, un bonheur mélangé de douleurs bien poignantes.

Or donc, Marion est venue se poster à la porte de Tivoli.

Sa jupe rouge, bordée de noir, laisse apercevoir sa jambe nerveuse et charmante ; elle a roulé autour de ses épaules une écharpe à carreaux rouges et noirs comme sa jupe.

Ses beaux cheveux dénoués n'ont d'autre parure qu'un œillet rouge fixé sur le côté de la tête. En toute saison, du reste, une fleur rouge apparaît dans sa chevelure. Est-ce une simple coquetterie ? est-ce un vœu ?

On ne sait ; et cependant, parmi les nombreux et infortunés admirateurs de Marion, circule depuis quelques mois une étrange histoire.

On raconte qu'un soir d'hiver, à la porte du Vauxhall, un jeune homme l'aborda brusquement.

A sa vue, Marion étouffa un cri, pâlit et l'entraîna à l'écart.

Mais des yeux indiscrets les suivirent.

Alors on vit le jeune homme ouvrir son habit et en retirer un œillet rouge, semblable à celui que Marion portait dans les cheveux, seulement il était fané.

Marion s'en empara, lui remit en échange l'œillet de sa coiffure, et le jeune homme se perdit dans la foule.

Depuis lors, on avait fait mille suppositions sur Marion, mais les plus acharnés, ceux qui briguaient ses faveurs avec le plus d'empressement avaient en vain cherché les traces du jeune homme mystérieux.

Jamais on ne l'avait revu.

Ce soir-là, 11 vendémiaire, la foule se pressait donc aux abords de Tivoli, et les *muscadins*, la *jeunesse dorée*, les *merveilleuses* dévastaient, en passant, l'éventaire de Marion, dont l'aumônière, suspendue à la ceinture, s'emplissait peu à peu. Jamais, peut-être, la jeune fille n'avait eu le rire plus franc et plus joyeux, la démarche plus pimpante.

Un point sur la hanche, elle répondait aux agaceries de l'un et de l'autre par des mots à demi-dédaigneux, jamais blessants.

Un *mirliflor*, appuyé nonchalamment sur son *pouvoir exécutif*, ainsi nommait-on la canne à la mode, lui prit un bouquet de violettes d'un sou en échange d'un écu de six livres et lui dit :

— Sais-tu, petite, que tu as tort de venir ici ce soir.

— Pourquoi cela, citoyen? demanda-t-elle en souriant.

— Parce que tu seras beaucoup mieux à Grosbois, chez le citoyen Barras, qui donne une fête splendide.

— Y vendrais-je mes bouquets plus cher qu'ici.

— Non, dit le muscadin, mais on y verrait tes beaux yeux, tes lèvres charmantes, tes cheveux...

— Je sais le reste, dit Marion.

Et elle s'approcha, laissant le mirliflor un peu confus, d'un couple qui allait franchir le seuil des jardins enchantés.

— Mon dernier bouquet, citoyens, mes dernières fleurs, madame, les plus belles, voyez! voyez...

Le couple allait s'arrêter sans doute, mais soudain Marion étouffa un petit cri, recula de quelques pas, et, toute émue, toute pâle, ne songea plus à vendre son dernier bouquet.

Au milieu d'une foule de jeunes gens et de femmes à la mode qui se pressaient à la porte et se hâtaient de prendre

1.

leur billet d'entrée, Marion avait vu briller un regard noir et profond, noir comme une nuit d'été, étincelant comme une étoile des cieux d'Orient.

Ce regard se fixait sur elle et Marion, toute tremblante, demeura immobile.

Alors un homme s'approcha.

Il n'était point vêtu comme les *beaux* du jour, il n'avait ni les boucles d'oreilles, ni la cravate monstrueuse, ni le gilet à paillettes, ni les bas gorge de pigeon des *incroyables.*

Chaussé d'une fine botte à revers, enveloppé dans un carrick gris de fer, coiffé d'un chapeau à bords rabattus, il ressemblait beaucoup plus à un étranger, Anglais ou Allemand, qu'à un Parisien.

— Vous ! fit Marion avec stupeur.

— Tu sais bien, dit l'inconnu à voix basse, que je ne t'apparais que les jours où j'ai besoin de toi.

— C'est juste, monseigneur...

— Chut ! écoute-moi...

— Parlez...

— Il faut que tu sois à Grosbois ce soir.

— Grosbois ? dit Marion, mais c'est à quatre lieues de Paris, et il est sept heures bientôt. Comment y aller ?

— Tu n'as plus que ce bouquet ?

— C'est mon dernier.

— Eh bien ! garde-le... quelque prix qu'on t'en offre, réponds qu'il est vendu.

— Qu'en ferai-je donc ?

— Tu l'offriras à une femme qui va passer ici, dans quelques minutes, dans un carrosse à quatre chevaux conduits par des postillons en casaque jaune. Le carrosse s'arrêtera un moment. Tu t'approcheras, et tu offriras ton bouquet.

— Et puis? demanda Marion.

— La dame au carrosse est prévenue. Adieu, ou plutôt, au revoir...

Et l'homme au carrick se perdit dans la cohue toujours croissante.

Marion s'était placée un peu à l'écart.

Mais elle ne riait plus, et contemplait avec mélancolie son dernier bouquet.

— Oh! ces hommes! murmura-t-elle, serai-je donc éternellement leur esclave?

Un homme d'un certain âge, tout étincelant de gros diamants, de bagues et de chaînes d'or, — un de ces fournisseurs qu'avaient enrichis les armées déguenillées de la République, vint marchander le dernier bouquet pour l'offrir à une ballerine qui l'accompagnait.

— Il est vendu, répondit Marion.

— Je le paie double, ma belle enfant.

— Non, dit-elle.

— Veux-tu dix louis?

— Ni dix, ni cent, murmura Marion; ce qui est promis est promis...

— Ma petite, ricana le fournisseur avec un rire grossier, si j'avais raisonné comme toi, je n'aurais pas trois millions.

Une larme perla au bout des cils de Marion, et le fournisseur entra, renonçant au bouquet. Mais un bruit se fit dans la rue.

Un bruit qui était un vacarme ; — un vacarme de coups de fouet qui cinglait l'air, de cris de valets et de postillons qui enjoignaient aux passants de se déranger, de piétinements de chevaux, arrachant au pavé mille étincelles.

Puis un flot de pas apparut, et la foule murmura d'admiration.

— La voilà ! la voilà ! s'écrièrent cent voix...

On se pressa autour du carrosse et les chevaux furent contraints de s'arrêter, et des regards avides se portèrent vers le carrosse...

— C'est elle ! c'est elle !

— Qui donc cela ? demanda un provincial naïf, dont l'habit carré n'avait aucune élégance.

— Elle, la citoyenne Tallien... la reine des belles ! répondit un muscadin dans l'enthousiasme.

— Et la plus belle des femmes, ajouta un adolescent qui se précipita jusque sous les roues du carrosse en criant, bravo !

Marion, elle aussi, avait fendu la foule et s'approchait de la portière.

— Hurrah ! criait la foule.

— Vive la citoyenne Tallien ! répétaient cent voix.

Mais, habituée sans doute à de pareils hommages, la belle madame Tallien promena sur la foule un regard à demi dédaigneux et se contenta de saluer d'un léger mouvement de tête.

Ce fut en ce moment que Marion arriva jusqu'à elle.

— Madame, dit-elle, mon dernier bouquet, je vous prie.

La bouquetière avait à peine prononcé ces paroles, que

l'un des laquais pendus aux étrivières, la prit sous le bras, l'enleva par la taille et la posa dans la berline à côté de madame Tallien.

En même temps les postillons firent claquer leurs fouets, les chevaux impatients piétinaient, et la foule s'écartant, laissa disparaître comme un rêve cette voiture où se trouvaient deux femmes dont chacun rêvait.

Les chevaux prirent le galop; Marion, tout étourdie, regarda madame Tallien. Madame Tallien souriait.

— Ainsi donc, dit-elle, c'est vous qui êtes Marion?

— Oui, madame.

— Et vous savez où nous allons?

— Non, madame.

Et Marion ajouta avec mélancolie :

— On m'a ordonné, j'ai obéi; mais je ne sais où vous me conduisez, ni ce que vous attendez de moi, madame?

— Mon enfant, répondit la belle maîtresse du citoyen Barras, nous allons à Grosbois.

— Ah ! fit Marion, on m'a dit tout à l'heure que je trouverais à y vendre mes bouquets bien cher... mais je n'ai plus de bouquets.

— Excepté celui-là, répondit madame Tallien, qui porta le dernier bouquet de Marion à ses narines et en aspira le parfum. Et celui-là, vous le vendrez plus cher à lui seul, que tous les autres.

— Vraiment? fit la bouquetière avec indifférence.

— Oui, mon enfant. Mais, dites-moi, connaissez-vous le citoyen Cadenet?

Ce nom fit tressaillir Marion, qui pâlit.

— Si je le connais! dit-elle. Oh ! certes.

— Vous l'avez vu ce soir ?

— Tout à l'heure.

— Et c'est lui qui vous a prévenue que je vous prendrais avec moi ?

— Oui, madame.

Tandis que Marion et madame Tallien causaient ainsi, le carrosse roulait bon train, gravissait le faubourg Saint-Antoine, et sortait de Paris par la porte de Charenton.

Il y avait un poste de garde civique à cette porte.

Les postillons s'arrêtèrent un instant, et l'officier qui commandait la garde civique s'approcha du carrosse, adressant cette question d'usage :.

— Où allez-vous, citoyennes ?

— A Grosbois, répondit madame Tallien, qui échangea un regard furtif avec l'officier.

— Pardon, citoyenne Tallien, reprit le chef du poste, vous êtes si bonne que vous ne refuserez point de venir en aide à un pauvre diable.

— Quel est-il et que puis-je faire ?

`Tandis que l'officier parlait, un homme était sorti du poste, et s'approchait du carrosse. Madame Tallien l'enveloppa d'un coup-d'œil unique, étouffa un léger cri, et se mordit les lèvres pour ne point laisser échapper un nom.

L'officier ajouta :

— C'est un pauvre diable de cuisinier employé chez le citoyen Barras et qui s'étant attardé à Paris, ne sait plus comment faire pour retourner à Grosbois ; il craint de perdre son emploi, et si vous étiez bien bonne, citoyenne...

— Je le prendrais sous ma protection, n'est-ce pas ?

dit madame Tallien, qui était redevenue souriante et calme.

— Et sur le siége de votre voiture, ajouta l'officier.

Madame Tallien fit un signe, le cuisinier grimpa à côté des deux laquais, l'officier salua et le fringant équipage continua sa route.

On traversa Charenton, on atteignit Alfort, sans que Marion et madame Tallien, absorbées toutes deux par des pensées différentes sans doute, eussent songé à reprendre leur conversation que l'officier de garde civique avait interrompue.

La nuit était venue.

C'était une nuit obscure, bien que le ciel fût étoilé ; et la lueur rouge des lanternes du carrosse éclaira bientôt un épais rideau d'arbres aux deux côtés de la route.

— Nous approchons, dit alors madame Tallien.

— Ah ! fit Marion qui songeait à l'homme mystérieux qui avait fendu la foule, aux abords de Tivoli, pour lui donner l'ordre de suivre madame Tallien.

Mais tout à coup, le prétendu cuisinier qui retournait à Grosbois en toute hâte et craignait d'être chassé, se dressa sur le siége et cria, d'une voix impérieuse, aux postillons :

— Halte !

Et dociles à cette voix, les postillons s'arrêtèrent.

En même temps, madame Tallien et Marion virent deux hommes à cheval sortir du bois et se placer en travers de la route.

II

Marion eut peur.

Mais, sans doute, madame Tallien s'attendait à cette péripétie de son voyage, car elle demeura souriante et calme.

— O mon Dieu! dit Marion, pourquoi s'arrête-t-on et pourquoi ces gens à cheval se mettent-ils en travers de la route?

— Ce n'est rien, dit madame Tallien. Vous allez voir que ce sont des amis.

En effet, le prétendu cuisinier descendit du siège, vint à la portière du carrosse ; il ôta respectueusement le bonnet bleu dont il était coiffé.

— Mille pardons, ma belle dame, dit-il, de me présenter à vous en semblable équipage.

— En effet, mon cher baron, répondit madame Tallien en souriant. il faut vous avoir beaucoup connu jadis pour vous reconnaître aujourd'hui.

— Les temps sont si durs! murmura le prétendu cuisinier.

— Eh bien, dit madame Tallien, m'expliquerez-vous maintenant tous ces mystères?

— Oui et non.

— Comment cela, baron?

— Vous avez reçu un billet ce matin, n'est-ce pas, madame?

— Oui, et ce billet était signé de vous, ou plutôt de votre nom de guerre.

— Ce qui est exactement la même chose. Or, dans ce billet, je vous suppliais de vouloir bien faire monter Marion dans votre voiture.

— Vous voyez que j'ai obéi.

— Je vous disais, en outre, qu'un ami déguisé monterait sur le siége, à la barrière, et que d'autres amis se permettraient de vous faire une petite visite en plein air, à l'entrée des bois.

— Fort bien, dit madame Tallien, l'ami de la barrière, c'était vous.

— Et les cavaliers que vous voyez, là-bas, les amis dont je vous ai parlé.

Marion n'avait jamais vu, — du moins elle le croyait, — l'homme qui s'adressait à madame Tallien.

Son visage lui était parfaitement inconnu, — mais sa voix, jeune et sympathique, du reste, avait déjà vibré à son oreille.

— Où donc l'ai-je entendue? se demanda-t-elle.

Le prétendu cuisinier que madame Tallien avait, à mi-voix, qualifié du titre de baron, appuya l'index et le médium de sa main gauche sur ses lèvres, les écarta légèrement et fit entendre un coup de sifflet.

Aussitôt, les deux hommes à cheval s'approchèrent.

L'un d'eux vint se placer dans le cercle lumineux décrit par les lanternes du carrosse, et Marion pâlit en le reconnaissant.

C'était l'homme qui, deux heures auparavant, s'était approché d'elle à la porte de Tivoli.

— Cadenet ! murmura madame Tallien.

Celui qui répondait à ce nom, et dont la vue troublait si fort Marion, mit un doigt sur ses lèvres et la regarda fixement.

Pendant ce temps, le cuisinier-baron disait à madame Tallien :

— Il est dangereux de vous aller voir à Paris, et nous sommes si bien surveillés, mes amis et moi, par la police du Directoire, que c'eût été folie de s'adresser directement à vous, ce matin.

— Expliquez-vous donc, baron.

— Madame, reprit le prétendu cuisinier, vous souvenez-vous du temps où vous vous appeliez madame de Fontenay (1)?

— Je n'ai garde, en vérité, de l'oublier, mon cher baron.

— Eh bien! en ce temps-là, vous me fîtes une promesse.

— C'est vrai. Je vous promis de vous rendre un jour tel service en mon pouvoir que vous me pourriez demander.

— Aussi, ai-je compté sur vous, et l'heure de me rendre ce service étant venue...

— Que faut-il faire ? demanda madame Tallien.

— Me permettre d'abord de prendre dans le caisson de votre carrosse un coffre qui m'appartient...

(1) Voir les premières épisodes de cet ouvrage, qui ont été publiées sous les titres de *Farandole*, *le Marseillais* et *le Chevalier de Rochemaure*.

— Comment ! s'écria madame Tallien au comble de la surprise, j'ai dans ma voiture un coffre qui vous appartient ?

— Oui, madame !

— Voilà qui est au moins bizarre...

— Non ; je l'ai envoyé hier soir à votre hôtel, et votre valet de chambre s'est chargé de le placer dans le caisson.

— Mais ce coffre que renferme-t-il ?

— Quelques hardes dont nous avons besoin cette nuit.

— Et c'est là le service que vous réclamiez de moi ? mon cher baron.

— Attendez, madame... Vous avez amené Marion, la jolie bouquetière ?

— La voilà, comme vous voyez...

— Ceci est la deuxième partie du service dont nous parlons. Vous présenterez Marion, que tout le monde connaît, dans les splendides salons de Grosbois, où le fastueux citoyen Barras se figure aisément qu'il est à peu près roi de France.

Madame Tallien sourit.

— Après ? dit-elle.

— Autrefois, dans un vrai salon, on n'eût osé produire Marion la bouquetière, mais à présent... au milieu de cette société bizarre et barriolée, qu'on nomme la cour du Directoire... au milieu de ce monde qui est une agrégation étrange des épaves de l'angien régime et de l'écume du nouveau, on trouvera charmant de voir apparaître cette délicieuse fille en jupons rouges, qui refuse les diamants qu'on lui offre et veut demeurer bouquetière.

— En effet, dit madame Tallien, je puis vous assurer qu'elle sera bien accueillie. On me trouvera même adorable d'avoir songé à cette excentricité ; mais le service que vous me demandez n'est-il pas en trois parties? acheva madame Tallien.

— Oui, madame.

— Et bien ! voyons la troisième ?

— Deux de mes amis et moi, continua le prétendu cuisinier avec un accent d'ironie voilée, ont entendu dire merveille des bals du citoyen Barras.

— Ils sont forts beaux, en effet... quand j'y suis... répondit madame Tallien avec une petite moue pleine de coquetterie.

— Un peu mêlés peut-être, ricana le prétendu cuisinier ; mais il ne faut pas être rigoureux sur l'étiquette. A régime nouveau, mœurs nouvelles.

— Après, baron, après ?

— Donc, mes deux amis et moi nous avons grandement envie de voir la fête de cette nuit.

A cette demande si simple en apparence, madame Tallien se troubla et étouffa un cri :

— Vous êtes fou, baron, dit-elle.

— Pourquoi cela, madame ?

— Mais parce que vous oubliez que vous êtes proscrit encore.

— Qu'importe ?

— Condamné à mort par contumace, je crois.

— Je me porte bien malgré cela.

— Soit ; mais si vous veniez à Grosbois cette nuit, vous y trouveriez nombreuse compagnie.

— Je l'espère bien.

— On vous reconnaîtrait.

— Oh! je vous jure que non. Mes amis et moi, pendant notre séjour en Angleterre, nous avons pris des leçons d'un certain acteur anglais qui se grime à ravir, et nous serons méconnaissables ce soir.

— Pas dans ce costume au moins.

— Non certes ; nous avons dans le coffre que vous avez bien voulu nous apporter de Paris des vêtements qui seront d'un bel effet au bal du citoyen Barras, et des perruques ou des barbes qui modifieront quelque peu notre physique.

— Vous voulez donc que je vous introduise à Grosbois.

— Pas précisément. Je désirerais simplement que vous donnassiez l'ordre d'introduire les visiteurs qui se présenteront en votre nom.

— Mon cher baron, dit madame Tallien pensive et avec un accent d'inquiétude, prenez bien garde.

— A quoi, madame ?

— Si vous êtes reconnus, on vous arrêtera.

— Bien.

— Et je serai impuissante à vous sauver...

— Nous n'aurons pas besoin de vous, madame, soyez-en certaine, et vous ne compromettrez pas votre crédit, si grand qu'il soit...

— Soit, je vous introduirai... Mais, à propos, vous allez, dites-vous, changer de costume ?

— Parbleu !

— Sur la route ?

— Oh! non pas... Cadenet et moi nous avons à cent pas d'ici, dans le fourré, un fort joli cabinet de toilette.

— Quelle plaisanterie, baron !

— Je ne plaisante pas, madame. Nous avons pris une maison de bûcheron et nous l'avons transformée. Ce diable de Cadenet, continua le baron en riant, y a transporté des odeurs, des savons et du vinaigre de toilette. Vous verrez que nous serons parfumés comme des petites maîtresses.

Tandis que le baron causait avec madame Tallien, Marion ne cessait de regarder l'homme qui répondait au nom de Cadenet.

Celui-ci lui avait fait un signe mystérieux. Le signe voulait dire :

« Quoi qu'il arrive, ne vous étonnez pas. Ce qui arrivera aura lieu par nos ordres et dans un intérêt commun que vous savez. »

Sur un geste du baron, un des laquais qui accompagnaient madame Tallien, ouvrit le caisson de la voiture et en retira le coffre dont il avait parlé.

Le baron prit ce coffre qui était de la grosseur d'une malle de voyage, et le tendit à Cadenet, qui le plaça en travers de sa selle. Puis il sauta en croupe de l'autre cavalier, qui s'était tenu un peu plus à l'écart.

— Au revoir... et à bientôt ! cria-t-il.

Les deux cavaliers quittèrent la route, s'enfoncèrent dans le fourré, et le carrosse repartit au grand trot en se dirigeant vers Grosbois.

.   .   .   .

On dansait chez le citoyen Barras, l'un des trois directeurs, le seul roi de France, en réalité, depuis qu'il avait foudroyé les Parisiens, à la journée du 13 vendémiaire.

Grosbois, ce soir-là, ressemblait à un palais des *Mille et une Nuits*.

Le parc était illuminé *à giorno*. Une foule élégante, pimpante, affolée de plaisir, une cohue de gaze et de soie encombrait les salons.

Depuis huit heures du soir, la grille de la cour d'honneur n'avait cessé de livrer passage à des voitures, à des carrosses, et même à des modestes fiacres.

Et tous ces véhicules venaient tourner devant le perron et y déposaient les invités aux mille travestissements.

Et cependant, il y avait comme un léger nuage sur tous les fronts; on se parlait à voix basse, on s'interrogeait du regard.

Le citoyen Barras, vêtu d'un brillant habit brodé, portant un chapeau à plumes rouges et blanches, se promenait d'un air soucieux de salle en salle, puis allait sur une terrasse prêter l'oreille aux bruits lointains.

C'est que la reine de la fête n'était point encore arrivée.

Tout à coup on entendit les grelots de la chaise de poste de madame Tallien.

Et, comme aux portes des jardins de Tivoli, il se fit une révolution d'enthousiame, tous les cœurs battirent, toutes les voix murmurèrent :

— La voilà ! la voilà !

On déserta les salons pour la cour, et lorsque le carrosse de la divine madame Tallien apparut dans la grande avenue du parc, la foule abandonna la cour, comme elle avait abandonné les salons, se précipitant à la rencontre de son idole; et alors une vingtaine de *mirliflors* et d'*incroyables* forcèrent les postillons à dételer leurs chevaux.

Madame Tallien entra dans la cour de Grosbois traînée par une jeunesse enthousiaste.

Elle monta dans les salons, portée en triomphe par les *merveilleuses.*

Ce n'était pas de la joie, mais du délire, et, comme si on se fut trouvé à la salle Feydau ou à celle de l'Opéra, on se mit à applaudir, et les battements de mains durèrent plusieurs minutes.

Ce ne fut que lorsque cet enthousiasme se fut un peu calmé, qu'on s'aperçut que madame Tallien n'était point arrivée toute seule.

Mais elle avait si bien concentré tout d'abord l'attention générale, que nul n'avait pris garde à Marion,— pas même Barras qui, cependant, avait ouvert lui-même la portière du carrosse.

Madame Tallien fit signe qu'elle voulait parler et, aux applaudissements frénétiques, aux murmures enthousiastes, succéda un respectueux silence.

Madame Tallien voulait parler, il était du devoir de tous de l'écouter.

Elle se retourna et prit par la main Marion qui l'avait suivie et que nul n'avait vue encore, et la présenta au citoyen Barras en lui disant :

— Vous avez à coup sûr bien des jolies femmes ici, mais vous n'en avez pas de plus belle que celle-là.

— Marion ! c'est Marion !

— C'est la bouquetière de Tivoli.

— C'est la belle, l'inimitable Marion ! s'écrièrent cent voix.

Et les *mirliflors*, les *incroyables*, la jeunesse dorée, en un mot, de battre des mains en criant bravo! et d'entourer Marion émue et rougissante.

— Citoyen directeur, poursuivit madame Tallien, voici le dernier bouquet de Marion ; il est pour vous.

Barras prit le bouquet des mains de Marion, puis il l'offrit à madame Tallien, qui le mit à sa ceinture.

Chose assez bizarre, si on songe à la popularité dont jouissait Marion, Barras ne l'avait jamais vue.

Chose plus bizarre encore, le directeur ne put s'empêcher de tressaillir en voyant Marion comme si cette femme, encore inconnue, devait un jour exercer une influence sur sa destinée.

— O la belle créature! murmura-t-il à l'oreille de madame Tallien.

Celle-ci, tenant toujours Marion par la main, passa son bras sous celui de Barras et l'entraîna dans un petit salon d'où la foule se hâta de sortir.

Le peuple de madame Tallien était non moins discret qu'ardent, et il sut s'écarter de son idole qui voulait causer tête à tête avec le citoyen Barras.

L'orchestre, un moment suspendu, reprit ses fonctions, et on se remit à danser.

Pendant ce temps, madame Tallien disait au directeur.

— Comment sont reçus vos invités à la grille du château?

— Mais... je ne sais pas... dit Barras qui ne comprit pas bien la question.

— Dame! je ne suppose pas qu'on laisse entrer chez vous sans lettres d'invitation.

— En effet, j'ai envoyé des cartes à tous. Mais pourquoi me demandez-vous cela ?

— Parce que j'ai trois amis qui désirent voir votre fête, et que vous n'avez pas invités.

Barras porta la main de madame Tallien à ses lèvres :

— Votre nom n'ouvre-t-il pas toutes les portes ? dit-il.

— Sans doute... mais encore faut-il donner des ordres, mon cher directeur.

Elle lui sourit comme la femme qui connaît l'empire de ses charmes ; mais Barras préoccupé, regardait toujours Marion ; Marion avait fait sur lui une impression étrange, et le jetai tbrusquement dans une sorte de torpeur morale.

— Eh bien ! dit-il cependant, donnez-moi le nom de vos amis, madame, et je vais ordonner...

— Leur nom ? fit madame Tallien, qui tressaillit.

— Sans doute.

Marion pâlit et eut un mouvement convulsif.

Mais madame Tallien continua à sourire et répondit :

— Non, mon cher directeur, cela n'est pas possible ; mes amis seront costumés et masqués ; ils veulent garder l'*incognito*.

Barras fronça le sourcil.

— Sont-ce bien vos amis ? dit-il.

— Mais... sans doute...

— Vous m'en répondez ?

Cette question fit, à son tour, tressaillir madame Tallien.

— Comme vous me dites cela ! murmura-t-elle.

— C'est que, répondit Barras, j'ai reçu ce matin même un billet anonyme.

— Et... ce billet ?

— Me prévenait qu'on songeait à m'assassiner.

— Oh! fit madame Tallien, dont le cœur battit violemment.

Mais elle n'eut pas le temps de protester contre cette affirmation de Barras, car il se fit un grand bruit dans la salle voisine, et on se reprit à applaudir comme si une seconde madame Tallien fût arrivée.

Un homme que personne ne connaissait venait d'entrer et excitait par la bizarrerie de son costume l'hilarité générale.

III

Le personnage qui venait d'entrer était couvert d'un maillot couleur de chair, et, à première vue, paraissait sortir du paradis terrestre.

Seulement le maillot était tatoué de toutes sortes de figures, de dessins allégoriques et bizarres.

Au lieu de faire son apparition comme un être ordinaire, sur ses deux pieds, il était entré en faisant la roue et marchant sur ses mains.

Arrivé au milieu du grand salon, il se planta les pieds en l'air et la tête en bas, dans une immobilité complète qui dura plusieurs minutes. Ce qui excita l'hilarité universelle.

Cette position anti-naturelle ne permettait à personne de le reconnaître, en admettant qu'il fût connu de quelqu'un, car son visage était couvert par les flots d'une chevelure rousse, dont les boucles renversées ne laissaient voir que le bout de son nez.

Quand il eut bien constaté son talent de clown, le nouveau venu se remit à faire la roue, parcourut rapidement deux ou trois salles, et finit par arriver dans le petit boudoir où le citoyen Barras causait avec madame Tallien et contemplait Marion.

Là, il se remit sur ses deux pieds, et vint se planter devant le directeur.

Barras le regarda avec un étonnement mêlé d'hilarité, car il ne prit garde, tout d'abord, qu'à la perruque jaune et au visage barbouillé d'ocre, de noir et de bleu, de cet étrange invité.

Le sauvage salua et dit au directeur :

— J'ai nommé madame à vos gens, citoyen, et ils m'ont laissé pénétrer chez vous.

Le son de cette voix ne laissa aucun doute dans l'esprit de madame Tallien.

— Monsieur, dit-elle en le désignant à Barras, est un des trois amis dont je vous parlais.

Barras, qui avait ri de bon cœur à la vue du sauvage, se trouva complétement rassuré.

— J'ai affaire à un comique, se dit-il, et il ne me fait nullement l'effet d'un assassin.

Quant à Marion, elle était devenue plus pâle encore, car dans cet homme ainsi transformé, elle avait reconnu Cadenet, c'est-à-dire l'homme qui lui avait glissé quelques mots à l'oreille au seuil de Tivoli.

Cadenet, ayant salué Barras ajouta :

— Citoyen directeur, je suis convaincu que vous pren-
drez un extrême plaisir à examiner mes tatouages.

Et il promena complaisamment ses doigts sur les dessins
qui ornaient son maillot couleur de chair.

— Volontiers, répondit Barras, qui n'avait d'abord vu
qu'un fouillis de têtes et de caricatures.

Mais soudain le directeur, dont les yeux s'étaient arrêtés
sur le thorax de Cadenet, ne put réprimer un cri de surprise et de mauvaise humeur.

La poitrine de Cadenet représentait, à l'encre rouge, une
guillotine dans l'exercice de ses fonctions.

Rien n'y manquait, — ni le bourreau et ses aides, ni le
peuple grouillant au pied de l'échafaud, ni le condamné qui
contemplait la lunette avec stupeur.

Au-dessous de ce charmant dessin, il y avait une légende
en gros caractères :

Mort du ci-devant marquis de Fontanges.

Barras lut cette légende et fronça les sourcils ; mais il
n'eût pas le temps d'exprimer autrement son opinion, car
le personnage appelé Cadenet fit volte-face et montra son
dos, comme il avait déjà fait voir sa poitrine.

— Deuxième tableau ! dit-il.

Ce deuxième tableau représentait le tribunal révolutionnaire, avec son banc des prévenus, son avocat pour la
forme, et son terrible accusateur public.

Au pied du tribunal était une jeune femme qui s'appuyait
sur l'épaule d'un vieillard.

Cet autre dessin avait pareillement une légende.

La légende disait :

Condamnation du comte de Sombreuil.

2.

— Monsieur, dit Barras avec humeur, nous ne sommes plus au temps de la Terreur, et je trouve votre travestissement d'assez mauvais goût.

— Citoyen directeur, répondit Cadenet, je désirerais fort, avant de répondre, que vous prissiez le temps de tout voir en détail.

Et il lui montra complaisamment ses bras, ses cuisses et ses épaules, tout cela pareillement tatoué.

On y voyait tour à tour la tête de Robespierre et le buste de Marat, le bonnet phrygien et la carmagnole, et le fameux niveau dont le couteau de la guillotine avait emprunté la forme.

Chaque figure, chaque instrument, chaque emblème, avaient leur nom inscrit au-dessous.

— Maintenant, citoyen directeur, reprit Cadenet, je vais répondre à votre reproche.

Madame Tallien était un peu émue; Marion était pâle.

Quant à Barras, il avait passé la main dans son gilet et pris une attitude presque menaçante.

— Mon cher directeur, reprit Cadenet, je sais pourquoi vous froncez le sourcil ; avouez que vous me prenez pour un assassin ?

— Monsieur !

— Cependant, voyez, mon maillot est si étroit qu'il me serait impossible d'y cacher le moindre stylet, et je n'ai aucun pistolet dans la main. Donc, rassurez-vous; la seule arme dont je dispose et dont je me sois armé contre vous est une divinité aussi nue que moi, qui s'appelle la Vérité.

— Ah! vous voulez me dire la vérité? fit Barras avec ironie.

— Il y a un proverbe fort connu, poursuivit Cadenet, qui prétend que les vivants doivent la vérité aux morts.

— Je ne suis pas mort encore, monsieur, dit froidement Barras.

— Attendez donc un peu, citoyen directeur, vous allez voir que j'ai retourné le proverbe.

— Comment cela? demanda Barras.

— C'est un mort qui va dire la vérité à un vivant.

— Un mort !

— Oui, et ce mort, c'est moi...

Madame Tallien et Marion se regardèrent avec inquiétude ; Barras fit, malgré lui, un pas en arrière.

Mais Cadenet poursuivit :

— Oui, cher citoyen directeur, je suis mort, bien mort, et cela depuis quatre ans révolus, car j'ai été guillotiné en octobre mil sept cent quatre-vingt-treize.

Barras ne répondit point directement à Cadenet, mais il regarda madame Tallien et lui dit :

— Je ne savais pas, madame, que vous eussiez des fous pour amis.

Madame Tallien, dont l'émotion allait croissant, ne répondit pas, Cadenet continua :

— De mon vivant, je m'appelais le marquis de Cadenet. J'étais seigneur d'un petit bourg situé en Provence, à une lieue de la Durance et à quatre ou cinq lieues de la ville d'Aix. La Révolution me surprit dans les fonctions de cornette de cavalerie.

J'émigrai d'abord ; puis le mal du pays, compliqué du mal d'amour, me prit, et je revins en France. J'entrai à Paris de nuit, j'allai me loger chez mon ancien valet de

chambre, en qui j'avais toute confiance, et qui, pour la justifier, me dénonça le lendemain à la Commune. Je fus arrêté, jugé, condamné et exécuté le même jour.

— Cet homme est fou! répéta Barras avec impatience.

— Mais, citoyen directeur, reprit Cadenet, je vais vous
prouver clair comme le jour que j'ai toute ma raison et que
je dis vrai.

Barras haussa les épaules.

Sans se déconcerter, Cadenet reprit :

— J'ai vu tout à l'heure en entrant ici un homme qui
m'a beaucoup connu de mon vivant.

— Ah! vraiment? dit Barras d'un ton railleur.

— C'est Dufour, l'ex-fournisseur, un gros homme qui
siégeait au tribunal révolutionnaire. Il me reconnaîtrait
bien, lui, puisqu'il fut un de ceux qui me condamnèrent.

— Monsieur, dit Barras, frappant légèrement du pied,
vous êtes venu chez moi pour vous amuser, c'est fort bien;
mais je vous serais très-reconnaissant d'abréger cette mys-
tification.

— Ah! pardieu! s'écria Cadenet, vous allez voir que je
ne vous mystifie nullement. Mon bon ami Dufour, venez
donc ici un moment?

Cadenet s'adressait à un personnage qui passait en ce
moment dans le salon voisin et s'était arrêté sur le seuil de
celui où se trouvaient Barras et madame Tallien.

C'était un gros homme qui avait la mine rouge, le menton à triple étage, l'œil souriant, la lèvre fleurie, qui portait des bagues à tous les doigts, des diamants à toutes ses
bagues, des diamants à sa chemise et des diamants à son
habit.

— Peste ! lui cria Cadenet, vous êtes déguisé en *Mine de Golconde*, mon cher Dufour !

Le citoyen Dufour, ex-fournisseur des armées et juge au tribunal révolutionnaire, était trop flatté d'être admis dans un groupe dont madame Tallien était le centre, pour ne se point approcher avec empressement.

Il regarda Cadenet, dont le visage était non moins tatoué que le corps, et ne put retenir un gros rire.

— Dites donc, citoyen Dufour, poursuivit Cadenet, avez-vous une bonne mémoire ?

— Excellente, répondit l'ancien juge.

— Vous souvenez-vous des gens qui ont été jugés de votre temps ?

Dufour fit la grimace et crut que le *sauvage* allait le mystifier.

Mais celui-ci, lui posant la main sur le bras :

— Vous souvenez-vous d'un certain marquis de Cadenet ?

— Ah ! oui, il fut condamné.

— Vous en êtes sûr ?

— Parbleu ! dit Dufour, condamné et exécuté. Je l'ai vu aller à l'échafaud.

Cadenet se retourna vers Barras d'un air triomphant.

— Vous voyez ? dit-il.

— Je vois, répondit Barras, que le marquis de Cadenet a été exécuté, et que par conséquent ce n'est pas vous

— C'est moi.

— Oh ! dit naïvement Dufour, je me le rappelle bien, ce jeune homme.

— Le reconnaîtriez-vous, s'il sortait de sa tombe ?

— Malheureusement, dit l'ex-fournisseur, cela ne s'est jamais vu.

— N'importe, j'insiste et je vous demande si vous le reconnaîtriez ?...

— J'ai ses traits présents à l'esprit comme s'il était là.

Cadenet se tourna vers Barras :

— Citoyen directeur, dit-il, la patience est la vertu des hommes qui gouvernent les peuples... Soyez patient jusqu'au bout.

Cette flatterie dérida le front de Barras.

— Que voulez-vous donc de moi, monsieur le revenant ? demanda-t-il.

— Une éponge et de l'eau, répondit Cadenet.

— Pourquoi ?

— Mais pour me débarbouiller afin que monsieur me reconnaisse.

Et il désignait Dufour.

En même temps, il posa la main sur l'épaule de Marion :

— Et voilà une jolie fille, dit-il, qui serait bien aimable de me venir en aide dans cette besogne...

Barras écoutait stupéfait. L'aplomb de cet homme qui disait être mort et qui demandait une éponge et de l'eau comme un vivant des plus vulgaires, déconcertait le directeur.

Cependant il lui dit, montrant une porte au fond du salon :

— Veuillez entrer dans ma chambre, là... vous y trouverez ce que vous demandez.

Cadenet prit le bras de Marion et l'entraîna, sans que ni

madame Tallien, ni Barras, ni Dufour eussent eu le temps de s'y opposer.

— Singulier personnage que vous m'avez présenté là, madame ! dit Barras à madame Tallien.

La jeune femme était encore tout étourdie de la tournure bizarre qu'avait prise la présentation du citoyen Cadenet.

— Mon cher directeur, dit-elle à Barras, je vous assure que mon ami est un fort aimable homme, en dépit de ses tatouages.

— Veuillez donc alors me dire son nom ?

— Le marquis de Cadenet, répondit madame Tallien.

— Comment ! vous aussi, madame...

— Je l'ai toujours connu sous ce nom.

— Mais il est mort le marquis de Cadenet ! s'écria Dufour. Je l'ai jugé et condamné.

— Alors, il aura été sauvé...

— Non, je suis sûr qu'il a été guillotiné.

— Eh bien ! c'est un autre Cadenet, voilà tout, dit madame Tallien.

— Depuis quand le connaissez-vous, celui-là madame ?

— Depuis 1792.

— Tout cela est assez bizarre, murmura Barras, et je suis curieux de savoir...

— Chut ! fit madame Tallien, souriante, le voilà qui revient...

Le citoyen Cadenet s'était enfermé avec Marion dans le cabinet de toilette du directeur Barras.

Marion était pâle comme une morte et ses dents claquaient.

— Eh bien ! lui dit Cadenet qui prit un pot de vermeil et versa de l'eau dans une aiguière de métal, que penses-tu de mon entrée ?

— Georges... Georges... murmura Marion en joignant les mains, vous voulez donc mourir, vous aussi...

— Bah ! je ne crains rien.

— Prenez garde ! balbutia-t-elle avec une terreur croissante, la révolution n'est pas finie. On danse partout et je vends des fleurs, mais il tombera bien des têtes encore.

— Bah ! la mienne est solide...

— Il disait cela, *lui* aussi, murmura Marion...

Cadenet vit une larme rouler sur la joue pâlie de la jeune fille.

— Pauvre Marion ; dit-il ; mais va, l'heure de la vengeance est proche, et nous le vengerons, *lui*.

— Oh ! j'ai peur... j'ai peur... dit encore la bouquetière.

— Soit, mais obéis.

Ces trois mots furent prononcés par Cadenet avec un mélange de bonté et de fermeté.

On sentait, à l'accent de sa voix, qu'il était le maître absolu de cette femme.

Marion courba la tête :

— Que faut-il faire ? demanda-t-elle avec soumission.

— On danse demain, *là-bas.*

— Ah ! fit Marion frémissante.

— Et j'y voudrais conduire un homme qui ne s'attend pas à être invité.

— Et.. cet homme ?

— C'est Barras.

— Lui ! fit Marion avec effroi ; un bourreau parmi les victimes !

— Il vient parfois une heure où le bourreau a peur et se repent du sang versé. Mais écoute... Ta beauté a fait sur lui une vive impression... Il est débauché, ce cher directeur, il s'imagine que toutes les femmes doivent l'aimer...

— Eh bien ?

— Certainement, il te poursuivra de ses hommages, cette nuit.

Marion haussa imperceptiblement les épaules.

— S'il te demande un rendez-vous dans le parc, tu le lui accorderas.

— Moi !

— Oui.

— Mais... que m'arrivera-t-il, mon Dieu ?

— Rien, nous serons là.

Tout en parlant ainsi, Cadenet avait enlevé le rouge, le noir et le bleu qui couvraient son visage, et il apparut blanc et rose comme un homme de vingt-cinq ans qu'il était.

— Viens, dit-il à Marion.

Et ils passèrent de nouveau dans le salon où ils avaient laissé Barras en compagnie de madame Tallien et du fournisseur Dufour.

Ce dernier jeta un cri et recula tout frémissant :

— Qu'est-ce donc ?

— C'est lui, dit le fournisseur, dont les dents claquaient d'épouvante.

— Qui, lui?

— Le marquis de Cadenet !

Et Dufour recula, les cheveux hérissés.

Alors Cadenet regarda Barras et lui dit froidement:

— Vous voyez bien que les morts reviennent.

IV

Barras sentit quelques gouttes de sueur perler à son front.

C'était un fort bel homme que l'ex-comte de Barras, ancien capitaine de cavalerie dans l'armée française des Indes, ancien gentilhomme de vieille roche, ex-député du Var à la Convention nationale, et, pour le moment, premier directeur, c'est-à-dire à peu près roi.

Il était de haute taille, avait les cheveux noirs, le front découvert, l'œil intelligent et un peu mélancolique, les lèvres charnues et sensuelles et de belles dents blanches et bien rangées.

Il avait quarante-six ans ; mais, en dépit de sa vie politique agitée et de son existence privée saturée de plaisirs, il était loin de paraître cet âge.

Du reste, il semblait négliger maintenant les intrigues d'amour pour les intrigues politiques, et l'on prétendait tout bas que le farouche conventionnel, revenant aux idées de son enfance, aux idoles de sa jeunesse, rêvait le rôle du général Monck, le restaurateur de Charles II d'Angleterre.

Toujours est-il que le citoyen Barras avait restauré le plaisir, et Paris lui en tenait compte.

On dansait chez lui avec frénésie ; — on le saluait dans les rues avec enthousiasme.

Il était l'idole de ce qu'on appelait alors la jeunesse dorée.

Par cela même, il était peu disposé à se voir reprocher le passé, et depuis qu'il était à la tête du Directoire, il s'efforçait par tous les moyens possibles, d'effacer jusqu'au souvenir de cette époque sanglante qu'on a nommée la Terreur.

Aussi, Cadenet lui venant dire qu'il s'était mis en tête de lui parler de vérité, Barras s'était-il montré d'assez mauvaise humeur.

Le citoyen directeur, bien que méridional, n'était point superstitieux, et en voyant Dufour s'écrier que Cadenet était bien le gentilhomme qu'il avait jugé, condamné et fait exécuter, — il se dit tout de suite que l'ex-fournisseur était abusé par quelque étrange ressemblance.

Pourtant, nous l'avons dit, la sueur mouillait ses tempes, et il eut comme un battement de cœur en se retrouvant face à face avec cet homme qui lui voulait dire la vérité.

Mais Cadenet avant sans doute changé d'avis, car il lui dit aussitôt :

— Je désire avoir un petit entretien avec vous, citoyen directeur, mais un peu plus tard...

— Et... quand cela ?..

— Oh ! dans le courant de la nuit... Maintenant, votre fête est à peine commencée... vos devoirs d'amphitryon vous réclament... Moi, je vais faire ma cour aux dames.

— C'est lui ! c'est bien lui ! répétait Dufour avec épouvante.

Barras haussa de nouveau les épaules.

Quand à Cadenet, il se contenta de baiser la main de madame Tallien, d'échanger un regard furtif avec Marion ; puis il repartit à travers la foule, en faisant la roue et excitant partout des lazzis et des éclats de rire.

Barras était devenu tout pensif, mais lorsque l'homme aux tatouages eut disparu, il se sentit soulagé et respira plus librement.

Alors il regarda Marion.

La beauté de la bouquetière avait quelque chose de poignant et d'incisif qui mordait au cœur.

Son regard pénétrait jusqu'au fond de l'âme, et Barras en subit aussitôt le charme fascinateur.

— Ah ! souffla madame Tallien à l'oreille de Dufour, je crois que ce cher directeur va perdre la tête et enflammer son cœur aux beaux yeux de Marion.

Dufour allait protester contre cettte opinion émise par madame Tallien.

Mais celle-ci l'arrêta net en lui prenant le bras, et lui disant : — Faites-moi donc faire un tour dans les salons.

Madame Tallien voulait éviter, au moins pour le moment, toute explication avec Barras, touchant Cadenet.

Barras ne la retint point ; tout entier à Marion, il la força à prendre son bras, et il se promena triomphant avec elle au travers de ses deux mille invités.

— Hé ! parbleu ! dit un incroyable en les voyant, cette petite Marion est une fine mouche, et en refusant nos hommages, elle savait bien ce qu'elle faisait.

— Bah ! dit un mirliflor.

— Sans doute. Ne vois-tu pas, mon ami, que Barras en est déjà fou ?

— C'est dommage ! disait-on dans un autre groupe, Marion vendait de bien beaux bouquets, cependant.

— Elle vendra des faveurs, dit une jeune et jolie femme qui ne dédaigna point de risquer ce calembour. Les fleurs et les rubans sont de même famille.

Barras vit partout la foule s'écarter souriante sur son passage.

— Heureux directeur ! soupiraient tous ceux que Marion la bouquetière avait rebutés.

Barras sortit des salons, gagna une terrasse, puis descendit les marches d'un perron qui conduisait dans le parc.

— Il va vite en besogne, le directeur, chuchotèrent quelques voix.

Les groupes épars sous les grands arbres s'écartèrent comme s'étaient écartés ceux des salons.

Jamais l'ancienne cour n'avait mieux respecté les mystères de galanterie du roi Louis XV.

Le citoyen Barras avait, aux yeux de tous, déjà conquis Marion.

Marion, toujours émue et pâle, se laissa entraîner par lui.

— Ainsi donc, ma toute belle, disait le galant directeur qui venait de la conduire dans une allée sombre et à peu près déserte, vous êtes bouquetière.

— Oui... citoyen.

— Un métier de pauvre fille, mon adorée...

— De pauvre fille qui n'a que son travail pour vivre, citoyen...

— Un hôtel, un carrosse, des diamants et des dentelles vous iraient mieux que votre éventaire, ma belle.

Marion soupira.

Barras se méprit à ce soupir et poursuivit d'un ton plus pressant :

— Si je vous donnais tout cela ?...

Mais Marion dégagea brusquement sa main que le tendre directeur serrait doucement dans les siennes, et elle répondit :

— Je ne suis pas à vendre, citoyen !

— Fi ! le vilain mot...

— Et vous feriez un pauvre marché avec moi, citoyen... car j'ai eu le cœur si meurtri jadis, qu'il n'a plus la force d'aimer...

— Tarare ! mon enfant... l'amour est comme le phénix, il renaît de ses cendres.

— Quand ses cendres n'ont point été jetées au vent, dit Marion. Ne me parlez point d'amour, citoyen, je suis sourde et aveugle.

— Eh bien ! répondit l'empressé directeur ; je tâcherai de vous rendre les deux sens qui vous manquent : la vue et l'ouïe.

Et il retira de son doigt une superbe turquoise entourée de rubis, et la passa au doigt de Marion.

La bouquetière eut peur et songea à s'enfuir, mais elle se souvint des ordres que lui avait donnés Cadenet.

Et comme elle obéissait à cet homme, sans jamais discuter ses volontés, elle se laissa conduire par Barras vers un banc de verdure où il la fit asseoir.

Puis, il se mit fort galamment à ses genoux. Mais il

n'eut le temps ni de baiser les mains de Marion, ni de renouveler ses offres tentatrices, car deux hommes, cachés jusque-là derrière un tronc d'arbre, s'élancèrent sur lui et l'étreignirent.

Barras jeta un cri; mais ce cri ne fut point suivi par un autre cri, car on lui passa un mouchoir dans la bouche, en guise de bâillon.

En même temps un des hommes fit entendre un coup de sifflet, et un troisième personnage vint à leur aide.

Marion s'était levée tout éperdue, mais elle n'avait eu garde de crier.

L'agression dont le directeur était victime était si brusque, si inattendue, qu'il ne put faire usage de sa force herculéenne.

Il fut lié, garotté, bâillonné en un tour de main; puis, un de ses trois ravisseurs le chargea sur ses épaules, comme il eût fait d'un enfant, et Barras, qui se débattait en vain et dont le bâillon étouffait les cris, fut emporté à travers la partie la plus fourrée du parc de Grosbois.

Marion suivit les ravisseurs.

Pendant ce temps, on dansait au château et sur les pelouses, et la fête était dans toute sa splendeur.

En vingt minutes d'une course précipitée, les ravisseurs eurent atteint une des lisières du parc.

Le parc de Grosbois avait alors pour unique clôture une haie vive bornée d'un fossé.

Sur le revers opposé du fossé passait un chemin de traverse qui allait rejoindre la grande route.

La haie vive avait une brèche. Les ravisseurs y passèrent.

Le fossé était large, mais ils le franchirent d'un seul bond.

Sur la route était une voiture fermée, attelée de deux vigoureux percherons harnachés en poste.

L'un des ravisseurs ouvrit la portière, et Barras, à moitié suffoqué par le bâillon, fut jeté dans la voiture.

L'un des trois hommes monta sur le siége, les deux autres se placèrent à la gauche et à la droite de Barras, et comme la voiture avait deux siéges, Marion s'assit vis-à-vis de lui.

Alors Barras s'aperçut, à la lueur que projetaient à l'intérieur les lanternes, que les trois hommes étaient masqués et couverts d'amples manteaux.

Et le directeur se souvint du billet anonyme qu'il avait reçu le matin et dans lequel on le prévenait qu'il courait risque d'être assassiné.

— Je suis un homme perdu ! pensa-t-il.

Mais comme il était brave, il songea à bien mourir.

Tout cela s'était accompli sans bruit, et aucun des trois hommes n'avait parlé.

Aussitôt la portière fermée, le postillon fit claquer son fouet, et la voiture partit au grand trot de deux percherons.

Alors un des trois hommes prit un stylet à sa ceinture, et un rayon de la lanterne qui tomba sur la lame en fit jaillir un éclair.

Barras tressaillit.

— Monsieur, dit alors le ravisseur, vous pouvez crier maintenant, on ne vous entendra pas, et comme j'ai besoin

de causer avec vous, on va vous débarrasser de votre
bâillon.

Barras reconnut sous le masque la voix de Cadenet.

Le complice de ce dernier dénoua le bâillon aussitôt.

— Ah ! misérable ! dit Barras.

— Chut ! reprit Cadenet, pas de gros mots. Foi de gentilhomme, je vous plante ce bijou dans la poitrine.

— J'avais été prévenu... murmura Barras, j'aurais dû
me défier... Vous voulez m'assassiner ?

— Oui et non. Oui, si vous résistez... non, si vous vous
prêtez aux circonstances.

— Et ces... circonstances... ricana Barras.

— Cher citoyen directeur, reprit Cadenet, nous avons
une assez longue route à faire d'ici à Paris, et je crois qu'il
est de notre courtoisie de vous débarrasser de ces cordes
que nous avons employées, du reste, bien malgré nous ;
en vous faisant remarquer toutefois que si vous tentiez de
nous échapper, nous serions obligés d'user de moyens
extrêmes.

Barras fut débarrassé de ses cordes, comme on l'avait
débarrassé de son bâillon.

— Maintenant causons, dit Cadenet.

— Volontiers, fit Barras avec dédain.

Le directeur était un homme de sang-froid, et il avait
compris que toute résistance était inutile.

— Je vous disais donc que nous allions à Paris, reprit
Cadenet.

— Vous avez mal pris votre moment, messieurs, ricana
Barras.

— A première vue, oui, car nous vous arrachons à la fête que vous donnez...

— Et certes, on ne tardera pas à s'apercevoir de ma disparition, dit Barras.

— Croyez-vous ? fit Cadenet avec ironie.

— Et la police ne tardera point à nous rejoindre et à me délivrer.

Cadenet se prit à rire sous son masque.

— Tenez, messieurs, dit Barras, vous jouez votre tête en ce moment.

— Oh ! nous le savons.

— Et vous ferez bien de m'assassiner tout de suite.

— Non pas, dit Cadenet.

— Alors, je serai délivré...

— Par qui ?

— Par la police.

— La police, mon cher directeur, s'occupe de ses affaires politiques, mais non de vos amours.

— Mes amours !

— Hé ! pardieu oui...

— Ah ! fit Barras avec rage.

— Car vous avez quitté le bal donnant le bras à Marion.

— C'est vrai.

— Et quoi d'étonnant, en vérité ! que le citoyen directeur ait un caprice de vingt-quatre heures pour la belle bouquetière. Il l'a enlevée et emmenée dans une retraite mystérieuse. Donc, vous le voyez, la police ne va pas se mettre en route pour si peu...

— Oh ! dit Barras, elle finira bien...

— Quand elle s'occupera de vous et de nous, peut-être nous serons-nous entendus.

— Mais qui êtes-vous donc ?

— Vous le saurez plus tard.

— Et vous me conduisez à Paris ?

— Oui.

— Dans quel but ?

— Nous vous menons au bal ; car, ricana Cadenet, mes amis et moi nous nous sommes dit qu'il était convenable de vous offrir une compensation.

— Monsieur, dit Barras avec hauteur, vous m'avez déjà fait ce soir quelques plaisanteries de mauvais goût.

— Je ne plaisante jamais, monsieur. Nous vous conduisons au bal : c'est la vérité pure.

Barras se renferma dès lors dans un silence farouche, et les deux hommes masqués ne cherchèrent pas à l'en tirer.

Les deux chevaux percherons allaient un train d'enfer.

En une heure et demie, ils eurent dévoré l'espace qui sépare Grosbois de Paris, et la voiture s'arrêta devant la grille de la barrière de Charenton.

— Citoyen directeur, dit Cadenet, soyez assez aimable pour vous nommer d'un air souriant à l'officier du poste, et n'allez point commettre l'étourderie de réclamer ses services, car vous seriez mort avant qu'il eut ouvert la portière.

Barras était brave, mais il estimait qu'il est inutile de courir une mort certaine, et il s'exécuta de bonne grâce.

— Il se nomma aux municipaux du poste, qui, apercevant une femme au fond de la voiture, se regardèrent en souriant et se dirent :

— Le directeur est en bonne fortune.

La voiture descendit le faubourg Saint-Antoine.

Arrivée sur l'emplacement où avait été la Bastille, elle s'arrêta.

— Sommes-nous arrivés? demanda Barras.

— Pas encore.

— Alors, pourquoi nous arrêtons-nous?

— Pour remplir une petite formalité.

Et Cadenet tira un foulard de sa poche.

— Il faut que vous vous laissiez bander les yeux, dit-il.

— Mais...

— A moins, ajouta froidement Cadenet, que vous ne préfériez aller coucher dans la Seine où nous porterions votre personne si nous étions forcés d'en faire un cadavre.

Barras se laissa bander les yeux, et la voiture se remit en mouvement.

Elle roula pendant une heure sur le pavé inégal et pointu des rues de Paris d'alors, puis Barras entendit un bruit sonore et comprit qu'elle entrait sous une voûte.

Une minute après elle s'arrêta.

Alors Cadenet prit Barras par la main et le fit descendre.

— Nous sommes arrivés, dit-il.

Le directeur sentit autour de lui une atmosphère et des bruits confus, tandis qu'une clarté vague pénétrait son bandeau.

Alors encore Cadenet lui arracha le foulard, et Barras

fut étourdi par des flots de lumière qui le forcèrent un moment à refermer les yeux.

V

Après avoir un moment fermé les yeux, Barras les rouvrit, et il promena un regard étonné autour de lui.

Il se trouvait dans une vaste salle de forme circulaire,
éclairée par des lustres et de nombreux candélabres.

Les murs, chose bizarre ! étaient peints en rouge et gar-
nis de banquettes de même couleur.

Sur ces banquettes étaient assises des femmes de tout
âge, mais la plupart jeunes et belles, en toilettes de bal
irréprochables.

Seulement, et Barras en fut frappé sur-le-champ, chacune d'elles avait autour du cou un petit cordon d'un rouge
foncé qui traçait une ligne semblable à celle qu'eût pro-
duite le fer de la guillotine en passant, en admettant que la
tête eût, après ce terrible passage, repris sa position nor-
male sur les épaules.

Devant ces femmes se tenaient, respectueusement debout, des cavaliers revêtus au goût du jour, mais n'ayant
point adopté l'immense cravate alors à la mode, et ayant,
au contraire, le cou dégagé et nu.

Comme les femmes, ils avaient un petit liséré rouge qui
traçait le passage sanglant du couteau de la guillotine.

De plus qu'elles, ils portaient un masque sur le visage.

Dans le fond de la salle était un orchestre muet jusque-là et qui n'attendait qu'un signal.

Cadenet se pencha à l'oreille de Barras et lui dit :

— On vous attendait pour commencer.

— Mais où suis-je donc ? demanda le directeur.

— Au bal, comme vous voyez.

— Mais... ces hommes masqués... ces femmes...

— C'est la société habituelle.

— Quels sont-ils ?

— Voyez-vous cette marque rouge qu'ils ont au cou, hommes et femmes ?

— Oui.

— Eh bien ! c'est le signe de ralliement, et comme l'estampille indispensable pour être admis ici.

— Que veut donc dire ceci ?

— Que la guillotine a passé par là. Ce bal se nomme le *Bal des victimes.*

Barras tressaillit.

— Ma police m'a parlé de ce bal, en effet, dit-il.

— Et elle a essayé de le découvrir, n'est-ce pas ?

— Sans succès, jusqu'à présent.

— En effet, dit Cadenet, bien qu'il ait lieu, tous les huit jours, comme il se donne chaque fois dans un endroit différent, votre police, cher directeur, n'a pu, jusqu'à présent le faire fermer.

— Ah ! murmura Barras un peu étourdi, cela se nomme le *Bal des victimes ?*

— Oui, et, pour y être admis, il faut avoir perdu un parent sur l'échafaud, qui un père, qui une femme, qui un frère ou une sœur...

Barras courba la tête et ne souffla mot.

En ce moment peut-être le chef du Directoire, l'ancien conventionnel, l'homme qui avait frappé de la hache cet arbre aux nombreux rameaux qu'on appelait la noblesse de France, se souvenait-il de son origine et se disait-il que tous ces gens qu'il avait sous les yeux avaient jadis été les *siens*, qu'il était de leur rang et de leur race ; et il éprouva l'indéfinissable et poignant sentiment de honte qu'éprouverait un prêtre apostat en se retrouvant dans le sanctuaire.

Cadenet ne parut point s'en apercevoir, et, prenant Barras par le bras, il lui dit :

— Venez, cher directeur, je vais vous présenter aux dames.

— Non ! non ! dit Barras avec une sorte d'effroi ; je ne veux pas !...

— Quelle plaisanterie ! ricana Cadenet.

— D'ailleurs, ajouta le directeur, que viens-je faire ici, moi ?

— Vous venez au bal.

— Mais... je n'ai... aucun droit.

— Vous vous trompez !

Et Cadenet, à travers son masque, lui jeta un froid regard.

— Vous, comme nous tous, citoyen directeur, reprit-il, vous avez perdu quelqu'un pendant la Terreur.

— Moi !

— Vous oubliez votre oncle, le chevalier de Barras... tué à l'armée de Condé... pendant que son neveu votait la mort du roi.

— Il n'y a point de guilloticé, du moins.

— Mais votre tante l'a été à Orange.

Barras tressaillit et baissa les yeux.

— Et... M. d'Auriol... votre cousin et le mien... car nous sommes un peu parents, mon cher directeur...

— Ah ! c'est juste, dit Barras, je crois me souvenir de votre nom.

— Cadenet, pour vous servir.

— Prétendez-vous toujours avoir été guillotiné ?...

— Moi, non, mais mon frère aîné à qui je ressemble si parfaitement que ce brave Dufour s'y est trompé.

— Eh bien ! reprit Barras, qui peu à peu retrouvait son sang-froid, me direz-vous maintenant, monsieur mon cousin, pourquoi vous m'avez conduit ici ?

— Tout à l'heure ; mais venez donc, que je vous présente aux dames.

Barras se laissa entraîner et Cadenet le conduisit près d'une femme jeune encore, d'une beauté merveilleuse, et qui, au lieu d'un simple liseré rouge autour du cou, en avait trois superposés.

— Monsieur le comte de Barras, dit Cadenet, qui présenta le directeur du ton qu'il eût pris à Versailles dix ans plus tôt.

Mais Barras eut à peine envisagé cette femme, qu'il pâlit et recula.

— Laure ! dit-il.

La femme encore belle eut un sourire mélancolique.

— Il y a longtemps que nous ne nous sommes vus, Paul, dit-elle.

Son accent était triste et doux, et Barras sentit ses jambes fléchir.

— J'ai eu bien des malheurs, mon cher Paul, reprit-elle, depuis vingt années bientôt que nous avons été séparés. Car vous n'avez pu oublier le temps de notre jeunesse ; j'avais seize ans et vous vingt-six ; vous entriez aux gardes du corps, je sortais, moi, du couvent de Saint-Cyr ; vous m'aimiez alors... et nous devions nous marier...

Barras passa sur son front une main convulsive.

— Au nom du ciel, Laure, dit-il, ne me rappelez point des souvenirs, hélas ! trop cruels...

— Mais, au contraire, mon cher Paul, dit celle qu'il avait saluée du nom de Laure, laissez-moi vous dire ma triste histoire. Quand notre mariage eut été rompu par l'inflexible volonté de votre oncle, j'épousai le marquis de Valensolles.

C'était un galant homme, et qui s'efforça de me rendre heureuse.

Le temps adoucit les maux de l'âme, mon cher Paul ; je vous aimais toujours, mais je finis par vouer au marquis une bonne et douce affection.

J'eus deux fils de mon mariage, deux fils jumeaux.

Ici la voix de la marquise de Valensolles s'altéra :

— Peut-être, ajouta-t-elle, savez-vous ce qu'est devenu mon mari ?

— Madame... madame... balbutia Barras dont le front était inondé de sueur.

— Mon mari avait été lieutenant aux gardes françaises, mes fils avaient seize ans en 93. Tous trois étaient cachés dans une maison de la rue du Petit-Carreau, et y attendaient des passe-ports qu'on leur avait promis. Ils furent arrêtés...

Vous devinez le reste, mon cher Paul ; je suis une femme sans mari, une veuve sans enfants...

Barras n'en entendit pas davantage, Cadenet l'entraîna, disant :

— Venez ! venez ! vous allez rencontrer bien d'autres connaissances.

Barras, éperdu, sentit alors que tous les regards étaient fixés sur lui avec une sorte de curiosité dédaigneuse.

A mesure qu'il avançait à travers la salle, au bras de Cadenet, les hommes, tous masqués, du reste, s'écartaient et semblaient craindre son contact comme celui d'un animal venimeux.

Cependant, l'un d'eux vint se planter tout debout devant lui et lui dit d'un ton de bonne humeur :

— Bonjour, comte.

Barras tressaillit au son de cette voix.

L'homme était masqué ; mais, à travers son loup, le directeur vit luire un regard chargé de haine et de malice.

— Tu ne me reconnais donc pas ?

— Je ne vous ai probablement jamais vu, répondit Barras.

— Tu te trompes...

— Et, dans tous les cas, il me serait difficile de vous voir à travers votre masque.

— Eh bien ! je vais te montrer mon visage.

Et le masque de l'inconnu tomba.

Barras attacha un regard ardent sur cet homme qui l'avait tutoyé et salué de son titre de comte.

— Machefer ! dit-il.

— Moi-même, mon cher directeur ; je me trompe, je devrais dire mon cher parrain, n'est-ce pas ? c'est toi qui m'as tenu, voici trente-deux ans, tu en avais quatorze, alors, sur les fonts baptismaux de la paroisse de notre pays natal à tous deux.

Nos pères étaient amis. Tu as laissé guillotiner le mien ; je ne jurerais pas même, mon cher comte, que tu n'aies écrit son nom sur une liste de proscription.

— C'est faux ! dit Barras avec énergie.

— Te souviens-tu de ma sœur, comte ?

— Votre... sœur...

— Oui, ma petite sœur Hélène. Tu l'as vue enfant... elle a vingt-cinq ans aujourd'hui... Viens que je te présente à elle...

Et celui qui se nommait Machefer prit à son tour Barras par le bras et l'entraîna vers une autre banquette sur laquelle était une jeune fille dont la beauté merveilleuse était ternie par un regard égaré.

Elle riait d'un rire convulsif et chantait à mi-voix le refrain de la *Marseillaise*, en agitant sa tête de droite à gauche.

— Elle est folle, dit Machefer.

— Folle ! murmura Barras qui, certes, en ce moment, avait oublié Marion, et sa fête de Grosbois, et sa haute situation de directeur.

— Ah ! dit Cadenet qui l'avait suivi, mademoiselle de Machefer a été bien éprouvée. On l'a conduite à l'échafaud en même temps que son père et son fiancé, mais elle a été sauvée... Oh ! sauvée d'une façon horrible... et c'est pour cela qu'elle est folle !

— Il est certain, murmura Machefer, que la mort n'est rien auprès de ce qui lui est arrivé... Figure-toi, comte, qu'en prison, un des geôliers s'était pris d'amour pour elle. Plusieurs fois il lui avait offert de la sauver et elle avait refusé avec indignation. Eh bien ! le croirais-tu ? ce misérable osa venir jusqu'au pied de l'échafaud, et là, il déclara que ma sœur allait être mère. Mieux vaudrait qu'elle fût morte !

Barras frémissait et parfois détournait la tête.

Vingt personnes vinrent tour à tour le saluer, les unes gardant leur masque, les autres osant se montrer à visage découvert.

L'un avait servi dans son régiment, l'autre était un ancien ami ; un troisième, riche avant la Révolution, lui avait ouvert sa bourse, à lui cadet de Provence criblé de dettes.

Parmi ces femmes, qui toutes pleuraient un père, une mère, un mari ou des fils, Barras en reconnut plusieurs.

Il avait rencontré les unes, jeunes filles au front pur, au rire étincelant, sur les pelouses de Trianon ; il avait connu les autres dans le monde de la ville. Une appartenait à une grande famille de Provence, parente de celle de Barras. Et tous ces gens-là, hommes et femmes, semblaient oublier que Barras était l'ancien conventionnel, le gentilhomme, m rénégat, le directeur de la République.

On le saluait tristement, on lui adressait quelques mots d'ironie sans amertume, on ne lui faisait aucun reproche sanglant, on ne l'insultait pas.

Machefer marchait maintenant à côté de lui, comme Cadenet.

L'orchestre était toujours muet, et on n'avait pas encore dansé.

— Quand tu auras dit bonjour à tout le monde, dit Machefer, nous ouvrirons le bal... Il sera peut-être moins gai que celui que tu donnais à Grosbois, mais, ne te fâche pas, mon cher comte, il sera certainement beaucoup mieux composé.

Barras s'en allait à travers cette foule de gens en deuil qui voulaient danser, comme un homme qui aurait noyé sa raison dans des libations nombreuses. Il marchait en chancelant et se laissait conduire, étourdi, par Cadenet. Tout à coup, il ne put retenir une exclamation de surprise, presque de joie.

Un petit homme, vêtu de noir entièrement, à l'exception d'un gilet jaune, qui lui bardait la poitrine et lui couvrait une partie de l'abdomen, — un petit homme maigre, grisonnant, voûté, mais dont l'œil trahissait un reste de jeunesse, venait de s'avancer vers le directeur et le saluait en lui disant :

— Bonjour, monsieur le comte. Ces messieurs et ces dames ont bien voulu m'admettre, moi, pauvre serviteur, en leur compagnie.

— Souchet ! exclama Barras.

— Oui, monsieur le comte, c'est bien moi...

Barras, lorsqu'il était capitaine, avait un ami, un compagnon d'armes, le chevalier d'Aiglemont, avec lequel il avait fait la campagne des Indes.

Ils avaient vécu dix années de la même vie, ils s'aimaient comme deux frères.

La Révolution les sépara.

Depuis lors, Barras avait enfin demandé son ami à tous les échos du monde ; il avait plus d'une fois visité et fouillé les prisons, il avait examiné avec anxiété les livres d'écrou de la Conciergerie ; il avait cherché le nom du chevalier sur toutes les listes de condamnés.

La Terreur passée, Barras était demeuré convaincu que le chevalier avait sauvé sa tête.

Or, le personnage vêtu de noir et qui portait un gilet jaune, l'homme grisonnant que Barras avait salué du nom de Souchet, et qui venait de se dire un simple serviteur, n'était autre que le valet de chambre du chevalier d'Aiglemont.

Barras lui prit vivement les mains :

— Ah ! tu vas me dire où est le chevalier ?

— Mort, monsieur le comte.

— Mort ! dit Barras avec stupeur. Oh ! pas à Paris ; du moins... Il aura été tué à l'armée de Condé ?

— Vous vous trompez, monsieur le comte, il est mort à Paris.

— A Paris !

— Oui.

— Mais de quelle mort ?

— De la mort commune, ordinaire, universelle, monsieur le comte, il a été guillotiné.

— Ah ! c'est impossible !

— Cela est, et un membre de la Commune a fait tanner sa peau.

— Horreur !

— Pour s'en faire un gilet de bal, acheva Souchet.

Ce gilet, je l'ai racheté, quand le montagnard fut guillotiné à son tour... et voilà !

Souchet montrait son gilet jaune, et Barras recula saisi d'horreur. Ce gilet, c'était un fragment de la peau du chevalier d'Aiglemont, son malheureux ami.

VI

Machefer et Cadenet, qui depuis un quart d'heure s'étaient faits les inséparables du directeur Barras, se regardèrent alors.

Quelques gouttes de sueur perlaient à son front, et ses tempes frissonnaient sous l'action d'un tremblement nerveux.

Mais il n'eut pas le temps de répondre Souchet, de prononcer un mot de colère, de pitié et de douleur, en présence de la peau de son malheureux ami, car un signal fut donné et l'orchestre se fit entendre.

Orchestre magique, bruyant, fiévreux, d'une gaieté insensée ; — si l'on songeait qu'il allait faire danser des gens qui avaient la mort au cœur.

Une femme se leva et vint droit à Barras :

— Mon cher Paul, dit-elle, ne me ferez-vous pas danser, ce soir ?

Barras pâlit en reconnaissant cette belle et désolée

madame de Valensolles, qui n'avait plus ni mari ni enfants.

Et, malgré la terreur secrète qui l'envahissait, en dépit de l'émotion poignante qui étreignait son âme, le directeur lui prit la main et se laissa conduire, plutôt qu'il ne la conduisit, au milieu de la salle.

— Comte, lui cria Machefer, je vais te faire vis-à-vis. Tu le veux bien, n'est-ce pas ?

Et Machefer alla inviter pour la contredanse sa sœur, c'est-à-dire cette belle et mélancolique personne qui avait aux lèvres le rire de la folie.

L'orchestre grondait, répandant sur le bal des flots d'harmonie.

Barras perdit la tête.

Pendant un quart d'heure, il se crut à une autre époque, il se trouva plus jeune de dix années, il s'imagina que la Révolution, la Terreur, le 9 Thermidor et le Directoire, que tout cela, en un mot, était un rêve.

Barras, dansant avec la marquise de Valensolles, faisant vis-à-vis au baron de Machefer, parmi les représentants de ce qui restait de la vieille noblesse française, Barras se crut un moment à Versailles ou à Trianon, au beau milieu de quelque fête donnée par Marie-Antoinette, la plus belle des reines et la reine des belles.

Et pendant cette contredanse il entendit des mots charmants ; de frais éclats de rire retentirent à ses oreilles ; mille parfums discrets l'envahirent et le pénétrèrent par tous les pores, lui le sensuel et le raffiné qui essayait en vain d'oublier son aristocratique origine.

Et puis, après la contredanse, et sans que l'orchestre

s'arrêtât autrement que pour changer de mesure, — ce fut
une pavane, la danse des vieux rois, — puis, un menuet,
le triomphe des beaux de Versailles.

Et puis encore la valse... une valse allemande échevelée,
étourdissante, lente et rapide tour à tour, — une valse
notée par Lulli peut-être, et qui reportait le directeur à
son insoucieuse jeunesse de garde-du-corps.

Chaque fois, Barras avait changé de danseuse.

Pendant une heure, Barras véeut dans un monde à
moitié fantastique.

Il avait perdu la mémoire, il ne savait où il était, et il
vivait enivré, fasciné, s'abandonnant à un plaisir fébrile,
faisant danser les plus belles femmes, recueillant des com-
pliments sur son élégance, s'abreuvant d'harmonie et de
parfums.

Barras n'était plus un homme politique, il n'était plus
directeur, il avait oublié qu'il tenait les destinées de la
France dans ses mains.

Barras était redevenu garde-du-corps et gentilhomme : il avait rajeuni de vingt ans, il se sentait à l'aise
dans cette aristocratique réunion, remplie de senteurs,
semée de blanches épaules, de chevelures ondoyantes et
pétries d'élégances achevées. Mais il n'est rêve qui ne
finisse...

L'orchestre se tut, le bal cessa... Et, chose bizarre ! les
lustres s'éteignirent comme sous un souffle puissant et
mystérieux.

Barras se trouva tout à coup dans les ténèbres.

Un bruit confus se fit autour de lui, bruit étrange, mêlé

4

de chuchotements, de froufrous de robes, de souliers de satin glissant sur le parquet.

Puis, plus rien...

Alors une main saisit la sienne.

Une main d'homme, bien que souple et douce au contact, une main qui l'étreignit fortement.

En même temps aussi, une voix lui dit à l'oreille :

— Viens ! comte, viens !

Et Barras fut entraîné parmi les ténèbres, et il sentit que deux hommes marchaient à ses côtés.

Il avait reconnu l'un, celui qui l'avait pris par la main et lui avait dit : « Viens ! »

C'était le baron de Machefer, son filleul.

Il avait reconnu l'autre.

C'était Cadenet.

Cadenet et Machefer firent traverser à Barras la salle du bal dans un sens opposé, c'est-à-dire en tournant le dos à la porte par laquelle il était entré.

Puis ils s'arrêtèrent devant une porte qui était close, Cadenet frappa trois coups.

Cette porte s'ouvrit.

Alors un rayon lumineux vint heurter Barras au visage.

Il était au seuil d'une deuxième salle, pareillement de forme circulaire, mais beaucoup plus petite que celle où l'on avait dansé.

Les murs de cette salle étaient également peints en rouge.

Dans le fond était une immense toile qui tombait de la voûte, descendait jusqu'à terre et semblait cacher quelque chose.

Barras regarda cette toile et éprouva un léger frisson, — le frisson de l'inconnu.

Que cachait donc cette toile ?

Douze personnes étaient assises sur des banquettes en fer à cheval, disposées contre les murs.

Ces douze personnes étaient masquées et vêtues uniformément d'une grande simarre rouge qui rappelait celle des anciens conseillers au parlement.

Ces douze hommes, — Barras les compta, — étaient silencieux et immobiles.

On eut dit les sénateurs de la vieille Rome attendant, sur leurs chaises curules, les hordes barbares de Biennus le Gaulois.

Cadenet et Machefer poussèrent Barras au milieu de la salle.

Puis le premier le conduisit vers un siége qui se trouvait là tout exprès pour lui.

En même temps Machefer ferma la porte.

Barras, organisation puissante, n'était pas homme à se laisser dominer par une situation, si terrible qu'elle fût en apparence.

Le gentilhomme redevint conventionnel ; le conventionnel se souvint qu'il était directeur, c'est-à-dire le premier magistrat de la République française, et au lieu de s'asseoir, demeurant debout, il regarda cette mystérieuse assemblée avec calme et dit :

— Veuillez, je vous prie, messieurs, abréger cette plaisanterie !

Les hommes masqués demeurèrent impassibles.

Cadenet prit la parole pour eux.

— Mon cher directeur, dit-il, nous ne songeons nullement à plaisanter, et les hommes que vous voyez là sont
érigés en tribunal.

— En tribunal suprême, sans doute? ricana le directeur.

— Justement.

— Et au-dessus des lois?

— Au-dessus des lois de la République, mais côte à
côte avec l'équité, dit Machefer.

— Et ce tribunal va me juger?

— Oui.

— Me condamner?

— Ou t'absoudre... cela dépend, dit Machefer.

— Mon cher baron, dit Barras d'un ton dégagé, je te
serai bien reconnaissant d'abréger un peu toutes ces for-
mules ampoulées...

Machefer haussa les épaules et ne répondit pas. Barras
poursuivit :

— Je suis tombé dans un piége, je suis en votre pouvoir... Si vous devez m'assassiner, ayez au moins la galanterie de ne pas m'ennuyer de vos préparatifs.

Cadenet répondit :

— Nous n'assassinons pas, nous jugeons.

— Et vous condamnez?

— Quelquefois.

Barras frappa du pied :

— Voyons, chers amis, dit-il, hâtez-vous un peu, je ne
suis pas patient.

— Assieds-toi donc et écoute, dit Machefer.

Et appuyant ses deux mains sur les épaules de Barras,
il le força à s'asseoir.

Alors un des hommes masqués se leva et dit :

— Citoyen Barras, vous avez été garde-du-corps ?

— Oui.

— Puis capitaine dans l'armée des Indes ?

— Oui.

— Ensuite député à l'Assemblée nationale ?

— Vous le savez aussi bien que moi.

— Puis encore un conventionnel ?

— Oui.

— Et vous avez voté la mort du roi ?

— J'ai agi selon ma conscience, dit Barras avec calme.

— Enfin, maintenant, vous êtes à la tête du Directoire, et il y a quelques heures à peine, vous étiez le premier personnage de France ?

Barras se tut.

— Citoyen Barras, continua l'homme masqué, comme gentilhomme apostat, comme conventionnel régicide, vous avez mérité la mort.

— Messieurs, dit Barras avec dédain, j'ai l'honneur de vous répéter que j'aimerais assez faire tout de suite connaissance avec vos poignards. Ces grandes phrases et ces semblants de justice pompeuse m'ennuient au suprême degré.

L'homme masqué poursuivit :

— Cependant, il serait pour vous un moyen de racheter vos fautes.

— Ah ! vraiment ? ricana le directeur.

— Voulez-vous rendre la France au roi ?

— Messieurs, dit froidement Barras, je crois que c'est un marché que vous me proposez...

4.

— Peut-être...

— Eh bien ! fit ironiquement le directeur, voyons ?

— Le roi Louis XVIII, dit l'homme masqué, fera le comte de Barras pair de France et lieutenant général.

— Bon ! après ?

— Il lui constituera, sur sa cassette, une pension de trois cent mille livres.

— Un joli denier, ricana Barras.

— Et lui conférera le titre de duc.

— Fort bien. Maintenant, pour mériter toutes ces faveurs, que dois-je faire ?

— Rendre la France au roi.

Barras demeura silencieux un moment, et ce silence fit palpiter d'espoir tous les cœurs.

Mais cet espoir fut de courte durée, car le directeur reprit :

— Messieurs, je suis très-reconnaissant à mes anciens amis d'avoir songé à moi, mais je suis bien plus reconnaissant encore à ma conscience de ne point m'abandonner en un tel moment.

Et comme ces mots excitaient quelques murmures, le directeur continua :

— Vous avez bien fait, messieurs, de me rappeler que j'étais gentilhomme ; car un gentilhomme ne trahit jamais ses serments. J'ai juré fidélité à la République ; la France a mis le pouvoir en mes mains, après l'avoir ôté à des hommes souillés de sang, je ne trahirai ni la République ni la France !

Ces paroles produisirent une vive agitation parmi les hommes masqués.

Mais Barras élevant la voix :

— La France, dit-il, a cessé d'être une monarchie, la France est un Etat républicain. C'est à elle et non à moi, qui ne suis que son mandataire, de voir s'il y a lieu de changer cet ordre de choses. Vous m'avez traîtreusement enlevé de chez moi, vous m'avez amené ici, vous avez employé toutes les séductions avant de passer aux menaces ; je suis incorruptible aux unes, je méprise les autres. Encore une fois, sortez vos poignards du fourreau.

— Ainsi donc tu refuses ? dit Cadenet.

— Je refuse !

— Prends garde ! dit Machefer

— Prends garde à toi, plutôt, malheureux, qui conspire, dit Barras.

L'homme masqué reprit la parole :

— Citoyen directeur, dit-il, songez que c'est votre arrêt de mort que vous prononcez.

— Messieurs, dit froidement Barras, j'ai servi le roi comme vous, mais je l'ai servi quand c'était mon devoir. Au siége de Madras, j'ai su montrer à mes compagnons d'armes que je ne reculais point devant la mort. Cessez donc vos menaces, elles sont injurieuses pour moi.

Machefer et Cadenet courbèrent la tête.

— Nous ne servons plus sous les mêmes drapeaux, acheva Barras, — le vôtre, pour le moment du moins, se nomme la rébellion.

— Misérable ! murmurèrent dix voix.

— Le mien, dit froidement Barras, est celui que s'est donné la France !

Et croisant ses bras sur sa poitrine, il parut attendre la mort.

Alors le président du mystérieux tribunal se leva et dit :

— Messieurs, quel est, selon vous, le châtiment que mérite le citoyen Barras ?

— La mort, répondirent une à une onze voix.

Seuls, Cadenet et Machefer se turent.

Barras haussa les épaules et un dédaigneux sourire glissa sur ses lèvres.

Le président fit un signe.

A ce signe, la toile qui masquait le fond de la salle se souleva et monta vers le cintre comme un rideau de théâtre.

Et Barras, tout brave qu'il était, recula.

Il recula pâle et la sueur au front, car un hideux spectacle venait de s'offrir à lui.

Dans le fond de la salle, masquée jusque-là par un rideau, était une sombre et terrible machine élevée sur un tréteau de cinq ou six pieds de hauteur, et dressant jusqu'à la voûte deux bras rouges.

C'était une guillotine.

Une guillotine complète, avec sa plate-forme, sa planche faisant bascule, son couteau triangulaire suspendu au-dessus de la lunette, et auquel la lueur des bougies de la salle arrachait de sinistres éclairs.

Sur la plate-forme, un homme se tenait debout, masqué comme les juges, mais en manches de chemise et les bras nus.

C'était le bourreau.

— Citoyen Barras, dit alors le président, à qui l'émotion du directeur n'avait point échappé, pour la dernière fois, réfléchissez.

Mais Barras se redressa, un fier sourire vint à ses lèvres, et il rejeta noblement la tête en arrière :

— J'ai l'honneur de vous répéter, messieurs, dit-il, que vous avez bien fait de me rappeler que j'étais gentil-homme.

Cadenet et Machefer, qui n'avaient point prévu ce dé-nouement, se regardèrent avec stupeur.

Le président ajouta :

— Alors, monsieur le comte, si vous, voulez mourir en chrétien, il n'est que temps... car il y a un prêtre parmi nous... et il vous donnera l'absolution.

Et comme le président parlait ainsi, un des hommes à simarre rouge se leva parmi les juges et fit un pas vers Barras calme et tranquille.

Mais au même instant, la porte de la salle s'ouvrit et une femme entra.

A la vue de cette femme, Barras sentit sa force d'âme l'abandonner, et il passa la main sur son front inondé de sueur.

VII

La femme qui venait d'entrer était cette malheureuse et belle marquise de Valensolles, épouse sans mari, mère sans enfants, que Barras avait aimée dans sa jeunesse et qu'il avait dû épouser.

Elle était pâle et triste, mais son œil brillait d'une résolution suprême.

— Arrêtez! dit-elle.

Et elle promena un regard dominateur sur tous ces hommes.

— Ce n'est point à nous, ajouta la marquise, à nous les victimes, à nous les persécutés, de nous montrer plus impitoyables que les bourreaux.

Elle vint se placer devant Barras comme pour lui faire un rempart de son corps.

— Moi, vivante, dit-elle, vous n'attenterez pas à la vie de cet homme.

— Madame, dit le président de ce tribunal qui venait de condamner Barras, si nous faisons grâce à cet homme, il nous enverra tous à l'échafaud.

— Ma tête ne tient déjà plus sur mes épaules, dit Machefer.

— Et la mienne branle étrangement, murmura Cadenet.

Derrière la marquise, un homme était entré.

C'était le petit vieillard au gilet de peau humaine.

— Monsieur le comte, dit-il, le chevalier d'Aiglemont, votre ami, me fit une recommandation avant d'aller à l'échafaud.

Barras ne sourcilla point.

— Il voulut, continua Souchet, que je parvinsse, un jour ou l'autre, jusqu'à vous, et que je vous engageasse à redevenir un bon et fidèle sujet du roi.

Le directeur haussa les épaules.

Le président continua, s'adressant à la marquise de Valensolles,

— Madame, le citoyen Barras est condamné.

— Mais il ne mourra pas, dit la marquise.

— Il a refusé nos offres... dit Cadenet.

— Si nous le laissons vivre, c'est nous qui mourrons, dit Machefer.

— Messieurs, dit Barras à son tour, qui baisa les mains de la marquise, vous m'avez condamné, et vous avez eu raison.

— Ah ! tu en conviens ? dit Machefer.

— Car, poursuivit Barras, si vous me laissiez sortir d'ici...

— Eh bien ? fit Machefer.

— A la porte du *Bal des victimes*, Barras se retrouve-rait le premier directeur de la République.

— Et il nous ferait arrêter, n'est-ce pas ?

— Arrêter et juger.

Et Barras se tourna vers madame de Valensolles :

— Vous le voyez bien, madame, dit-il, ces hommes ont raison en me condamnant.

— Oh ! dit la marquise en tombant sur les genoux et joignant les mains.

Puis, comme on gardait autour d'elle un morne silence, elle se redressa et dit :

— Non, vous ne frapperez pas cet homme, non vous ne souillerez point de sang cette enceinte ! non, vous ne me refuserez pas sa grâce !

— Vous accorderait-il la nôtre ?

— Non, dit Barras.

— Qu'il meure alors ! s'écria Cadenet.

Mais la marquise jeta ses bras au cou de Barras et s'y cramponna.

— Eh bien ! moi, dit-elle, moi, faible femme que la Terreur a rendue veuve, moi mère sans enfants, je vous adjure, au nom du roi martyr, de ne point attenter à la vie de cet homme que je prends sous ma protection.

L'accent de la marquise était vibrant, elle venait d'évoquer le souvenir du roi martyr et parlait de pardon en son nom, le terrible tribunal se sentit fléchir.

— Madame, dit Machefer, prenez garde ! c'est notre tête à tous que vous nous demandez !

— Oh ! j'en réponds, dit la marquise.

— Cet homme est une bête fauve... murmura le président, il nous fera rechercher dans Paris.

— Vous fuirez ! dit la marquise.

— Il sera impitoyable ! dit Cadenet à son tour.

— Mon Dieu ! mon Dieu ! murmura la marquise éperdue, je ne veux pourtant pas qu'il meure.

Et elle tournait les yeux vers la porte demeurée entr'ouverte, comme si par cette porte, un secours du ciel eût dû lui arriver.

Et ce secours lui arriva.

Ce ne fut pourtant point un ange, mais une femme qui entra.

Cette femme, c'était Marion.

A sa vue, un nuage passa sur le front de Cadenet.

Ce fut droit à lui que marcha Marion.

Elle lui mit une main sur l'épaule et lui dit :

— Je vous ai servi jusqu'ici fidèlement, aveuglément, à cause de *lui*, mais aujourd'hui, je refuse d'être plus longtemps votre esclave, à moins que vous ne m'accordiez la vie de cet homme.

Et elle montrait Barras.

— De cet homme, ajouta-t-elle, que pour vous obéir j'ai fait tomber dans un piége infâme !

Quelques membres du tribunal murmurèrent hautement.

Mais Cadenet, bouleversé par l'apparition subite de Marion, leur imposa silence. Et son geste impérieux attesta éloquemment qu'il commandait à tous ces hommes.

— Citoyen Barras, dit-il, nous jouons notre tête, ceux de mes amis et moi qui avons osé te montrer notre visage à découvert, mais nous ne résisterons point à la prière de ces deux femmes. Tu ne mourras point.

Barras demeura calme.

— Tu es libre, dit Cadenet, et tu peux sortir d'ici. Quand à nous, sauve qui peut !

Et il regarda ses compagnons.

Mais Barras fit un pas en arrière, et regardant fixement Cadenet :

— Messieurs, dit-il, le citoyen Barras, condamné par vous et prêt à mourir, ne pouvait transiger. Il ne pouvait, sans forfaire à l'honneur, vous promettre le silence et l'impunité en échange de sa vie.

Cadenet, Machefer et les hommes masqués le regardèrent.

Barras poursuivit :

— Vous me rendez la vie et la liberté sans conditions, écoutez-moi donc à présent.

— Parlez, dit Machefer.

— A vos yeux, continua Barras, vous êtes des hommes

loyaux, des serviteurs du roi dévoués et fidèles. Mais, pour moi, vous êtes des conspirateurs qui rêvez le renversement de la République.

— Et nous la renverserons, s'il plaît à Dieu, dit Machefer.

— Tais-toi, dit Barras, et écoute-moi jusqu'au bout.

— Parle...

— Demain, si vous épargnez ma vie, si vous me rendez à la liberté, je serai redevenu le premier magistrat de la République, et mon devoir sera de veiller à sa sécurité, de rechercher les conspirateurs.

— Tu feras ce que tu appelles ton devoir, dit Machefer.

— Mais, acheva Barras, je suis gentilhomme, comme vous me l'avez rappelé, et je n'abuserai pas de votre générosité. Nul ne saura que je suis venu ici, nul que j'ai failli mourir, et j'aurai oublié vos noms et vos visages.

Les juges se regardèrent d'un air de doute, mais Machefer s'écria :

— Vous pouvez le croire !

— Et, acheva Barras, je vais vous demander de me bander les yeux et de me remettre dans une voiture qui me ramènera sur la route de Grosbois.

— C'est inutile, dit Cadenet. On ne te bandera pas les yeux, citoyen directeur. Nous croyons à ta parole.

Barras s'inclina.

Puis il se tourna vers madame de Valensolles et Marion et leur dit :

— Je vous dois à chacune la vie d'un homme. Tôt ou tard, peut-être, aurez-vous à me rappeler cette promesse.

La marquise et Marion demeurèrent muettes.

Alors se tournant une dernière fois vers tous ces hommes qui, après l'avoir condamné, lui faisaient grâce :

— Messieurs, dit-il, je sais qu'il y a parmi vous des hommes qui ont été condamnés par contumace, et que s'ils tombaient aux mains de la police, seraient conduits à l'échafaud. Mais si la République ne peut toujours être clémente et pardonner, au moins, peut-elle fermer les yeux. Je tiendrai des passe-ports à la disposition de ceux qui voudront quitter le sol français.

Nul ne répondit.

. . . .

Quelques minutes après, le citoyen Barras quittait, les yeux bandés, la salle du *Bal des victimes*, et n'arrachait son bandeau qu'à la barrière Charenton.

Une heure plus tard, il arrivait à Grosbois.

Le jour allait paraître, mais la fête du directeur continuait.

On s'était préoccupé quelque peu de la disparition du maître de la maison, mais le nom de Marion avait circulé de bouche en bouche, et on s'était contenté, parmi les femmes, de jalouser Marion, parmi les hommes, d'envier l'heureux sort du citoyen Barras.

Une seule personne s'était montrée préoccupée et inquiète, — mais elle avait gardé le silence et n'avait confié à personne le secret de sa préoccupation et de son inquiétude.

Et cette personne fut la première que Barras, rentrant par les jardins, rencontra sur sa route, au milieu d'une allée couverte et sombre.

— Paul ! dit-elle en courant à lui.

Barras tressaillit et doubla le pas.

— Ah! c'est vous, Lange? dit-il.

— C'est moi, répondit la jeune femme, car c'était une femme jeune et belle, — moi qui vous cherche partout... depuis hier soir...

Et elle lui prit les mains et l'attira dans le rayon lumineux projeté par une lanterne vénitienne suspendue dans les arbres.

Barras passa le pouce de sa main droite dans l'entournure de son gilet, et prit un air conquérant :

— Vous savez, ma toute belle, dit-il, que nous ne sommes plus que de bons amis.

— Eh bien?

— Que nous nous sommes rendu une liberté réciproque et complète... depuis certain jour...

— Après? fit mademoiselle Lange, car c'était bien la belle, la gracieuse mademoiselle Lange, du théâtre de la République, bien-aimée pensionnaire de la maison de Molière.

— Alors mon adorée, dit Barras, qui prit un ton dégagé, j'ai cru pouvoir user de ma liberté.

— Ah!

— Et pendant qu'on dansait ici...

— Aller vous amuser ailleurs, n'est-ce pas?

— Justement.

— Vous avez enlevé Marion la bouquetière?

— Peut-être... Voyons, avouez qu'elle est charmante, presque aussi charmante que vous.

Et le galant directeur prit la belle mademoiselle Lange par la taille et lui vola un baiser.

Mais la jeune femme se dégagea et demeura triste et sé-
rieuse :

— Mon pauvre Paul, dit-elle, vous avez des vêtements
en désordre, vos cheveux sont bouleversés et vous êtes
pâle comme un spectre.

— Vous croyez? fit Barras en tressaillant.

— Je ne conteste point que vous n'ayez quitté Grosbois
avec Marion, mais...

Mademoiselle Lange regarda Barras, Barras baissa les
yeux.

Elle reprit :

— Ce n'est pas vous qui avez enlevé Marion?...

— Par exemple.

— C'est elle.

— Ah! la chose est plaisante ?

Et Barras s'efforça de rire.

Mademoiselle Lange posa sa main blanche et parfumée
sur le bras du directeur :

— Je sais bien des choses, dit-elle.

— Que savez-vous donc ?

— Vous avez reçu un billet hier matin ?

— Oui.

— Dans ce billet, on vous prévenait que vous couriez
risque d'être assassiné ?

— Oui.

— C'est moi qui l'ai écrit.

— Vous !

— Oui, moi, et vous avez dû courir un danger cette
nuit...

Barras se tut.

— Je ne vous demande pas, poursuivit mademoiselle Lange, comment vous y avez échappé... Peu m'importe! puisque vous voilà... Seulement, croyez-moi, soyez prudent... Adieu!...

— Comment! dit Barras, vous me quittez?

— Je pars.

— Vous quittez Grosbois?

— Oui, mon ami. Il est cinq heures du matin; j'ai répétition à midi, et je joue ce soir. Adieu... ou plutôt, tenez, donnez-moi le bras. Nous allons suivre cette allée qui mène à la grille, et vous me conduirez jusqu'à ma voiture.

Barras obéit.

Quelques minutes après, il ouvrait lui-même la portière du carrosse et y faisait monter mademoiselle Lange.

Au fond du carrosse était une grosse et grasse personne, entre deux âges, plus près de quarante ans que de trente, qui fit entendre un grognement de satisfaction en voyant arriver sa maîtresse.

— Ah! Jeannette était avec vous, chère belle? dit Barras, qui, après avoir refermé la portière, approcha sa tête du carreau.

— Je ne quitte pas ma maîtresse, dit la femme de chambre Jeannette.

— Jamais? fit Barras en riant.

— Oh! le moins possible...

— Et, dit mademoiselle Lange en souriant, elle fait bonne garde autour de moi.

— Ah! vraiment.

— Et les amoureux ne s'approchent que respectueusement.

— L'amour, c'est une bêtise, dit Jeannette. Ce n'est pas
avec ça qu'on achète des rentes, de l'argenterie et un
château.

— Bonne Jeannette ! dit Barras en riant, elle ne sera
jamais accusée de folie. Au revoir, ma toute belle !...

Barras salua et fit un signe aux postillons qui *enlevèrent*
leurs quatre chevaux d'un vigoureux coup de fouet.

Le carrosse partit bruyamment.

— Madame... madame... dit vivement Jeannétte, oh !
si vous saviez...

— Eh bien ! quoi ? demanda mademoiselle Lange.

— Il est venu ici.

— Qui ?

— M. Machefer.

— Je le sais, dit froidement mademoiselle Lange.

— Ah ! vous l'avez vu ?

— Oui.

— Il vous a parlé ?

— Non.

Jeannette respira.

— A la bonne heure ! fit-elle.

— Eh bien ! quand il m'aurait parlé... dit mademoiselle
Lange... quand il serait venu à Grosbois tout exprès pour
moi...

— Ah ! madame !

— N'est-ce point mon ami ?

— Un ami... sans le sou... proscrit... que la police recherche...

Mademoiselle Lange haussa les épaules.

— Vous verrez cela madame, un beau matin, continua Jeannette en s'animant, la police descendra chez vous.

— Je me moque de la police !

— On fera une perquisition dans vos papiers.

— Je les brûlerai auparavant·

— Et vous serez arrêtée... jetée en prison.

— Bah !

— On confisquera votre hôtel, votre linge, vos titres de rente, et tout cela pour ce ci-devant ruiné... ce vagabond...

Mademoiselle Lange interrompit Jeannette :

— Je te défends, lui dit-elle sévèrement, de me reparler de M. Machefer.

— Mais... madame... au moins ne le recevrez-vous plus ?

— Je le recevrai, s'il vient me voir.

Jeannette poussa un gros soupir et se tut.

Le carrosse attelé en poste continua à rouler rapidement vers Paris.

Il arriva à la porte de Charenton comme sept heures sonnaient, gagna les quais, traversa la Seine au pont Neuf et se dirigea vers le faubourg Saint-Germain.

C'était là que mademoiselle Lange, la rose, la belle, l'incomparable mademoiselle Lange, s'était bâti une demeure entre cour et jardin, digne de sa fortune, de son talent et de sa beauté.

La cour était peuplée de statues et de colonnettes de marbre, le jardin planté de grands arbres où chantaient des milliers d'oiseaux.

Argenterie ciselée, vaisselle d'or, tapis d'Orient, tableaux des grandes écoles, marbres plus blancs que la neige, l'hôtel de mademoiselle Lange renfermait de tout à profusion.

La jeune actrice entra chez elle, le front pensif, accordant à peine un regard dédaigneux à toutes ces richesses, et elle marcha droit à un petit boudoir tendu d'étoffe gris-perle encadrée par des baguettes d'or, et qui était son lieu de retraite de prédilection.

Ce boudoir communiquait avec le jardin par un perron de quelques marches qui aboutissait à une allée solitaire.

Au bout de cette allée était une petite porte qui mettait le jardin en communication avec une ruelle voisine.

Derrière cette porte était un banc de verdure.

Mademoiselle Lange se fit déshabiller, puis, au lieu de se mettre au lit, elle s'enveloppa dans un grand peignoir du matin et renvoya Jeannette.

Jeannette partie, mademoiselle Lange prit sur la tablette de la cheminée du boudoir le rôle qu'elle apprenait alors et qu'elle devait jouer le soir même.

Puis, ce rôle à la main, elle descendit au jardin, prit l'allée solitaire et alla s'asseoir sur le banc de verdure qui se trouvait derrière la petite porte.

Elle y était à peine depuis quelques minutes que deux coups discrets furent frappés du dehors.

Mademoiselle Lange se leva précipitamment, et son cœur battit à outrance.

5.

VIII

Mademoiselle Lange tressaillit en entendant frapper à la petite porte du jardin, et son front se colora d'une vive rougeur.

Mais elle n'hésita pas une seconde fois, et alla ouvrir.

Un homme entra comme un ouragan.

— Vite ! dit-il, on me suit.

Cet homme était enveloppé d'un manteau dont un pan, ramené sur l'épaule, lui couvrait une partie du visage.

Mademoiselle Lange referma précipitamment la porte.

Alors, le nouveau venu se débarrassa de son manteau, et la jeune femme lui jeta ses deux bras autour du cou, en disant :

— Tu veux donc me faire mourir ?

Il lui mit avec transport un baiser sur le front.

— Chère femme, dit-il, tu es bonne et dévouée... et je t'aime !

— Ah ! si tu m'aimais réellement, dit-elle, comme tu n'exposerais pas ta vie à chaque instant, mon Armand adoré ! car, vois-tu, poursuivit-elle avec animation, je sais tout, moi !...

— Tu sais... tout ?

— Oui, tout.

Il eut un fier sourire aux lèvres ; puis, il s'assit auprès

d'elle et promena sur son front blanc aux veines bleues ce regard mêlé de tendresse et de fatuité de l'homme qui se sent aimé.

— Eh bien ! dit-il, que savez-vous mon bel ange ?

— Je sais que tu es allé à Grosbois.

— Oui, certes ! je t'y ai vue...

— Oh ! moi aussi... et la peur m'a prise.

— Folle !

— La peur de la mort, mon Armand... J'ai senti mes jambes fléchir... un nuage a passé sur mes yeux...

— Et pourquoi donc cette angoisse, chère adorée ?

— Mais tu as donc perdu la tête, fit-elle naïvement, que tu me le demandes ?

— Mais non... au contraire !

— N'es-tu pas proscrit ?

— Peuh

— Condamné à mort ?

— Tu vois pourtant que je me porte bien.

— Et si tu avais été arrêté à Grosbois ?

— Allons donc ! fit l'homme au manteau. Je n'étais pas seul, du reste.

— Oh ! je le sais.

Il lui prit la tête à deux mains et y déposa un nouveau baiser.

— Vous savez donc bien des choses ? dit-il.

— Je sais tout.

— C'est beaucoup, mon cher ange. Eh bien ! dis-moi ce que tu sais.

— Tu le veux ?

— Mais sans doute ; parle.

— Tu étais à Grosbois avec Cadenet et Souchet, l'homme au gilet de peau humaine.

— C'est vrai.

— Et tu as enlevé Barras... vous l'avez garotté, bâillonné... jeté dans une voiture.

— C'est exact, dit Machefer, car c'était lui.

— Qu'en avez-vous fait ? C'est ce qu'il n'a pas voulu me dire ?

— Ah ! tu l'as donc vu ?

— Oui... il rentrait à Grosbois au moment où j'en partais...

Machefer devint sérieux. Il prit dans ses mains les petites mains blanches de mademoiselle Lange et lui dit :

— Ecoute-moi bien... Cette nuit même un grand espoir s'est évanoui pour moi.

— Oh ! je devine...

— Peut-être, dit Machefer pensif.

— Oui, reprit mademoiselle Lange, je devine. Vous avez cru, tes amis et toi, que Barras, cet homme de plaisir, ce jacobin demeuré gentilhomme, ce grand seigneur de foire sous le bonnet rouge de qui pointe encore un fleuron de sa couronne comtale, se laisserait toucher par les malheurs de sa caste, envahir par les souvenirs du passé, corrompre par les promesses d'un avenir magnifique.

— Hélas ! soupira Machefer.

— Vous avez tous cru, n'est-ce pas ? poursuivit mademoiselle Lange, que séduit par l'exemple de Monck il voudrait quelque jour rendre la France à ses anciens maîtres ?

— Oui, dit Machefer, nous l'avons cru fermement.

— Eh bien ! vous vous êtes trompés.

— Je m'en aperçois depuis ce matin ; mais qu'importe ! nous triompherons sans lui.

— Que veux-tu dire, Machefer ? demanda mademoiselle Lange inquiète.

— Je veux dire, reprit le jeune homme avec animation, que le refus de Barras est l'étincelle qui va mettre le feu aux poudres d'une conspiration qui embrasera la France entière, — la France qui cherche et attend un maître... et qui, depuis trois ans, n'est gouvernée que par des valets !

— Mon pauvre Armand, dit mademoiselle Lange avec tristesse, je suis de ton avis, la France attend un maître, mais...

— Le maître, dit Machefer, c'est le roi Louis XVIII.

— Tu te trompes... je crois...

Machefer eut un rire ironique :

— Penserais-tu donc, dit-il, que c'est le citoyen Barras ? La comédienne secoua la tête :

— Non, dit-elle.

— Alors... qui donc... oserait...

Mademoiselle Lange prit les mains de Machefer et lui dit :

— Ne me parlais-tu pas d'une conspiration.

— Oui.

— D'où part-elle ?

— De l'Est. Elle commencera à la Franche-Comté, s'étendra à travers la Bourgogne, remontera vers la Lorraine ; descendra aux rives de la Loire, et de là...

— De là, interrompit mademoiselle Lange, elle fera sa

jonction avec l'insurrection de l'Ouest, le Poitou, la Vendée
et la Bretagne?

— Oui.

— Ces trois provinces luttent énergiquement. Mais
comment soulèverez-vous les autres, demanda la jeune
femme.

Machefer répondit gravement :

— Ceci est un secret qui ne m'appartient pas.

— Garde-le donc, alors, fit-elle avec tristesse. Mais, au
nom du ciel, au nom de notre amour... Armand... écoute-
moi...

— Parle, dit Machefer avec tendresse.

— Les femmes, vois-tu, mon Armand adoré, ont une
prescience de l'avenir qui échappera toujours aux hommes.
Nous aimons plus que vous, nous sentons mieux que vous,
nous voyons là où pour vous il n'y a que des ténèbres.

— Que veux-tu dire?

— Je ne sais si vous réussirez à soulever une partie de
la France, peu m'importe! mais l'heure n'est point venue
de renverser la République.

— Elle ne vivra pas six mois, dit Machefer avec conviction.

— Tu te trompes, Armand.

— Quand le tronc est pourri, l'arbre tombe.

— A moins qu'on ne l'étaye...

— Et qui donc, aujourd'hui, oserait et pourrait l'étayer?
demanda Machefer avec dédain.

— Qui donc? fit la jeune femme dont le beau et pâle
visage prit une expression prophétique.

— Oui, qui donc?

— Ecoute, dit-elle, n'as-tu pas vu, au soir du *treize
vendémiaire*, un général de vingt-cinq ans, un jeune homme
pâle, aux cheveux longs, à l'œil brillant d'un feu sombre,
qui parcourait les rues de ce Paris conquis comme un
triomphateur ? Ne l'as-tu pas vu pousser son cheval sur les
masses de peuple entassées aux abords de Saint-Roch, et
n'as-tu pas vu ces masses reculer frémissantes comme un
troupeau d'esclaves à l'approche du maître ?

— Oh ! tais-toi... tais-toi !... dit Machefer ému.

— Eh bien ! . acheva mademoiselle Lange, conspirez,
soulevez les provinces, arrêtez les voitures publiques,
brûlez les édifices, faites tout ce que vous voudrez, cet
homme se lèvera et vous rentrerez tous dans le néant.

Machefer eut peur et frissonna.

En ce moment on frappa à la porte de la ruelle.

Cette fois, ce fut Machefer qui alla ouvrir.

Un homme entra et arracha un cri à mademoiselle
Lange.

— Vous encore ! dit-elle. Ah ! vous venez me l'enlever !
vous êtes un mauvais génie.

— Je suis l'homme du devoir, répondit le nouveau venu.
Allons Machefer, fais tes adieux à madame, tout est prêt
et l'heure du départ a sonné.

Mademoiselle Lange tomba défaillante dans les bras de
Machefer.

L'homme qui venait de lui apparaître comme le mauvais
génie de Machefer, de son Armand bien-aimé, était Souchet, le petit vieillard au gilet de peau humaine !

FIN DU PROLOGUE.

I

Le pays où nous allons transporter maintenant nos lecteurs, est une contrée pittoresque et montagneuse, couverte de bois et de vignes, qui s'étend sur les deux rives de
l'Yonne au-delà d'Auxerre, en remontant vers Clamecy.

C'est un pays broussailleux, sauvage, qui touche au
Morvan et en a toute l'âpreté et tout le charme mélancolique.

Pays de braconniers et de chasseurs avant tout, terre
insoumise que la loi n'a jamais effrayée, et qui, aux plus
mauvais jours des révolutions, a su déployer pour le bien
ou le mal une indomptable énergie.

C'est là que nous allons retrouver, à trois mois de distance, c'est-à-dire par un soir d'hiver de l'année 1796,
quelques-uns des personnages entrevus dans le prologue
de cette histoire.

Or donc, ce soir-là, un soir de décembre, triste et froid,
comme le jour baissait et faisait place au crépuscule, un
beau jeune homme, en veste de chasse, un fusil sur l'é-
paule, sortit des bois de Fouronne et se dirigea vers une
cabane de bûcherons bâtie sur la lisière de la forêt.

Deux grands chiens *ramoneaux*, c'est-à-dire tachés de
noir, de blanc et de feu le suivaient.

La neige couvrait les sillons ; une bise aiguë coupait le visage, pour nous servir de l'expression bourguignonne.

La cabane était habitée, sans doute, car un filet de fumée bleue montait en spirale dans le ciel gris.

Cependant, avant de frapper à la porte, le chasseur se retourna et promena un regard investigateur autour de lui.

Le regard d'un homme qui cherche un compagnon égaré.

Mais la lisière de la forêt était déserte et le chasseur se décida à mettre la main sur la cheville en bois qui servait de loquet à la porte de la cabane.

La porte ouverte, il s'arrêta un moment sur le seuil et salua d'un air affable.

— Bonjour, Jacomet, dit-il ; bonjour, petiote.

Le premier de ces saluts s'adressait à un homme d'environ quarante ans, barbu comme un bouc, le visage noirci, petit et trapu, et dont le large cou, rentré dans les épaules, trahissait une force herculéenne.

L'autre salut, qui avait été suivi d'un sourire, était pour une jeune fille de quatorze ou quinze ans qui assise auprès du charbonnier noir et farouche, ressemblait à un ange accouplé avec un démon.

Grande, mince, fluette, avec des cheveux dorés, des yeux bleus, une bouche rose, des mains blanches, en dépit du travail, cette créature avait la beauté calme et fière d'une fille de roi, sous la pauvre jupe rayée de blanc et de bleu et sa grosse chemise de toile écrue.

Il fallait être du pays et l'avoir toujours entendu dire, pour croire que c'était là le père et la fille.

Jacomet se leva avec empressement du billot taillé en forme d'escabeau sur lequel il était assis.

— Honneur à vous, monsieur Henri, dit-il.

— Bonjour, mon parrain, dit simplement la jeune fille, qui lui fit la révérence et vint lui tendre chastement son front.

— Bonjour, Myette, bonjour, mon enfant, dit le jeune homme qui lui donna un gros baiser.

Et il s'assit devant le feu de broussailles et de souches dont la lueur éclairait les murs en torchis de la cabane.

— Crois-tu qu'il fait froid, Jacomet? reprit-il, je suis transi...

— A qui le dites-vous, monsieur le comte? répondit le charbonnier. J'ai la peau plus dure que vous, moi; eh bien! j'ai été obligé de cesser ma besogne... le bois est aussi gelé que de la pierre. Vous n'avez pas dû faire bonne chasse aujourd'hui?

— J'ai tiré un loup — je ne l'ai pas eu, répondit le chasseur.

— Ça m'étonne, monsieur Henri, — pardon, monsieur le comte...

— Jacomet, dit le chasseur, je te dispense de m'appeler monsieur le comte; est-ce que je ne suis pas toujours monsieur Henri?

— Comme vous voudrez, répliqua le bûcheron avec le sans-façon qui caractérise le paysan bourguignon... Je vous disais donc que ça m'étonnait.

— Pourquoi?

— Mais, parce que vous tirez comme personne à dix lieues à la ronde.

Le chasseur se mit à jouer avec les tresses blondes de la chevelure de Myette, qui était venue se blottir auprès de lui et dit en souriant :

— Je t'avoue que cela m'étonne un peu, moi aussi. Je l'ai tiré à vingt pas, dans une éclaircie, et il n'en a pas moins continué son chemin. Il est fâcheux que je ne croie point aux sorciers. Mais, ajouta le chasseur, tu n'as pas vu mon compagnon ?

— Est-ce que vous étiez avec quelqu'un ?

— Oui, avec un de mes amis de Paris, un officier qui est arrivé chez moi il y a huit jours.

— Tiens ! c'est juste, observa la jolie fille, on m'en a parlé...

— Tu es donc au courant des nouvelles, petite ?

— Dam ! je suis allé voir ma marraine, hier, pendant que vous étiez à la chasse, et j'ai vu un habit rouge et blanc qu'un domestique brossait. Dame ! j'ai demandé, moi... et on m'a dit que c'était l'habit d'un ami de M. Henri.

— Vous chassiez ensemble aujourd'hui ? demanda le bûcheron.

— Nous nous sommes perdus dans le bois, il y a une heure. Mais le rendez-vous est ici. Il a vu ta cabane en passant, ce matin... et il saura bien retrouver sa route.

— Est-ce que vous n'avez pas rencontré les gendarmes, ce matin, monsieur Henri ?

— Non ! la brigade de Coulanges est donc par ici ?

— Voici trois jours qu'ils sont à la recherche des incendiaires ; mais, jusqu'à présent, ils ont fait buisson creux.

— Est-ce que tu crois aux incendiaires, toi, Jacomet ?

— Mais, dam! monsieur, quand on voit la flamme et la fumée, faut bien croire au feu. La ferme de la *Fringale* a brûlé l'autre semaine.

— C'est sans doute le résultat d'une imprudence.

— La meule du père Jacquier, le fermier des oseraies, n'a-t-elle pas brûlé avant-hier?

— Quelque pâtre qui aura mis le feu en se chauffant.

Le charbonnier secoua la tête.

— Voici trois mois, dit-il, que les incendies se multiplient étrangement. Les meules, les fermes, les bois, tout brûle... Oh! ils sont une bande, allez!

— Tu crois?

— Tenez, monsieur Henri, reprit Jacomet, j'ai l'air d'un bandit, moi, parce que je vis dans les bois et que je suis un pauvre homme, et, sinon à vous qui me connaissez, je n'inspire pas grande confiance. Eh bien! n'importe! si on voulait se *créancer* à moi quelque peu... enfin, suffit.

Et le charbonnier se tut, en homme qui craint d'en avoir trop dit.

En ce moment, on frappa à la porte, et Myette alla ouvrir.

Un autre chasseur entra, et, portant la main à son bonnet de police, fit le salut militaire.

Le personnage qui venait d'entrer n'était autre que celui que le comte Henri avait perdu dans les bois.

Il pouvait avoir trente ans. C'était un grand garçon au visage bronzé, à l'œil noir, à l'épaisse moustache taillée en brosse, dont la beauté mâle, un peu sauvage peut-être, contrastait étrangement avec les yeux bleus et les cheveux blonds de son hôte.

Le comte Henri était de taille moyenne et cachait, sous une apparence délicate, une énergie à toute épreuve, une force développée par les exercices du corps, et un courage léonin qui ne l'empêchait point de sourire comme une jeune fille.

— J'ai des nouvelles de ton loup, Henri, dit-il en venant prendre place auprès du feu.

— Tu l'as tiré?

— Non, mais il est mort... C'est un fermier des environs qui l'a emporté.

Le comte Henri fronça le sourcil.

— Sais-tu quel est ce fermier?

— Une femme qui ramassait du bois mort et qui lui a vu charger le loup sur sa charrette, m'a dit son nom, il s'appelle Brulé.

A ce nom, le bûcheron Jacomet fit un brusque mouvement.

— C'est le fermier du citoyen Solérol, dit le comte; je connais Brulé, c'est un brave homme... il ne fera aucune difficulté de me rendre mon loup.

— Monsieur le comte a donc bien grande confiance dans Brulé? fit Jacomet d'un air goguenard.

— Dam! c'est un brave homme... **Tout le monde** le dit... Oh! pour ça oui...

Et Jacomet eut un petit rire sec et nerveux.

— Je sais ce que je sais, dit-il. Enfin, suffit!

Tandis que le bûcheron parlait, l'officier le regardait attentivement.

— Ah ça, dit le comte, sais-tu, mon pauvre Jacomet, que tu es joliment mystérieux, aujourd'hui?

— Moi, monsieur ?

— Tu parles d'incendiaires... tu prétends que Brulé n'est pas un honnête homme...

— Moi, monsieur? je n'ai jamais dit cela.

— Mais tu crois aux incendiaires ?

— Comme au bon Dieu, à la Vierge et aux saints.

Le comte Henri haussa les épaules.

— Nous sommes, mon cher Victor, dit-il en s'adressant à l'officier, dans un singulier pays. C'est à qui tremblera plus fort... Le feu a pris à une ferme, on a brûlé, par imprudence, deux ou trois meules de blé, et voilà qu'on s'imagine qu'il y a des incendiaires organisés.

L'officier garda le silence.

— Qu'est-ce que tu penses de cela? insista le comte.

— Mais je pense, répondit l'officier, que tu es d'un optimisme rare ou d'une ignorance profonde.

— Plaît-il? fit le comte.

— Hé ! mon cher, continua l'officier, ne sais-tu donc pas que le département tout entier est en feu.

— Ma foi, non ! je ne lis pas les journaux, et je passe mon temps à la chasse.

L'officier retomba dans son mutisme.

Jacomet caressait sa barbe, en homme qui brûle d'être interrogé.

La jolie Myette était devenue triste et rêveuse.

Le comte reprit :

— Je veux bien qu'il y ait des incendiaires, mais jusqu'à présent, il paraît que je suis fort bien avec eux, car ils ne m'ont rien brûlé.

— Faut jurer de rien, monsieur Henri... ça pourra venir...

— Bah! dit le comte, la Révolution m'a fait si pauvre, qu'il n'y a pas grand'chose à brûler chez moi. Les incendiaires, en admettant qu'ils existent, ne brûlent pas pour l'unique plaisir de brûler...

— Oh! dam, ça c'est certain, dit Jacomet.

— Ils brûlent pour vous piller... et, ma foi! quand ils nous auront pris, à ma sœur et à moi, quelques couverts d'argent et quelques louis...

— C'est toujours ça, dit Jacomet. Le fermier de la Fringale n'était pas riche: on l'a brûlé tout de même.

— Dis donc, Jacomet, fit le comte Henri, sais-tu le plus court chemin pour aller à la ferme du bonhomme Brulé?

— Oui, monsieur.

— Tu devrais bien nous y conduire. Je veux avoir mon loup.

— Mais, monsieur, dit Jacomet, il y a une bonne lieue sous bois, et il fait froid.

— Nous soufflerons dans nos doigts.

— Et puis ça vous éloigne joliment de chez vous... deux lieues au moins.

— Brulé nous prêtera des chevaux.

— C'est drôle tout de même! murmura le bûcheron d'un ton gouailleur, vous aimez fièrement le bonhomme Brulé, monsieur Henri. Enfin, ce n'est pas mon affaire.

Pour la seconde fois l'officier regarda le bûcheron.

Celui-ci baissa les yeux.

— Allons! dit le comte Henri, prends ta peau de bique, Jacomet, et montre-nous le chemin. Adieu, petite.

Le jeune homme saisit à deux mains la jolie tête de Myette et y mit un baiser.

Jacomet posa sur ses épaules sa veste en peau de chèvre, décrocha son fusil qui était placé horizontalement sur deux chevilles au-dessus de l'âtre, ouvrit la porte de la cabane et sortit le premier.

L'officier le suivit.

— Adieu, mon parrain, dit l'enfant qui à son tour, jeta ses bras autour du cou du jeune homme.

Puis elle approcha ses lèvres de son oreille :

— Restez un moment, dit-elle tout bas, je veux vous parler...

Le comte Henri ne put dissimuler un geste de surprise.

— Que peux-tu avoir à me dire, ma petite? fit-il en la regardant.

Myette attendit que Jacomet et l'officier se fussent éloignés d'une vingtaine de pas :

— Monsieur Henri, dit-elle, je vous aime comme si vous étiez mon père, et je ne voudrais pas qu'il vous arrivât malheur.

— Hé ! que veux-tu donc qu'il m'arrive, ma petite ?

— Mon père dit que vous avez tort d'aller aux Saulayes.

Henri tressaillit.

— Le chef de brigade vous guette... Il vous arriverâ malheur, pour sûr, quelque jour, monsieur Henri...

— Tais-toi, dit brusquement le jeune homme

Et il donna un dernier baiser à Myette, et rejoignit au plus vite ses deux compagnons de route.

Mais l'officier avait eu le temps d'échanger quelques mots avec Jacomet.

Lorsque le comte Henri fut auprès d'eux, Jacomet retomba dans son mutisme.

Les deux chiens suivaient la tête basse ; car la nuit était venue, et leur maître les avaient couplés de peur qu'il ne leur prît fantaisie de rentrer sous bois.

Jacomet marchait le premier, et, comme il ne parlait plus, il s'était mis à sifflotter un air de chasse.

Le chemin le plus direct pour se rendre à la ferme du père Brulé, qui se trouvait de l'autre côté des bois, dans la direction de Fontenay, était une grande ligne tortueuse qu'on appelait l'allée du Renard.

La neige était tombée depuis quelque temps, avec une telle abondance, que tout sentier frayé avait disparu ; et, comme l'allée du Renard traversait plusieurs carrefours sans poteaux, ni indications, la conduite de Jacomet était loin d'être inutile.

Un bûcheron seul pouvait aisément retrouver son chemin, la nuit, dans ces bois qui sont les plus fourrés de la contrée.

Le comte Henri prit le bras de son ami l'officier, et, laissant entre Jacomet et lui une certaine distance, il lui dit :

— Sais-tu pourquoi je m'occupe peu des incendiaires ?

— Non, dit l'officier avec curiosité.

— Parce que je suis amoureux.

— Je m'en doutais.

— Vraiment ?

— D'abord, tu as tout à la fois le physique et les airs

6

extatiques de l'emploi. Tes yeux sont battus, ta mine s'allonge, tu es distrait. Ensuite tu sors la nuit...

Le comte Henri tressaillit.

— Tu sais cela?

— Voici trois nuits de suite que, couché derrière mes persiennes, je te vois t'esquiver de chez toi, ton fusil sur l'épaule, quand tout le monde est couché. Où vas-tu? Je ne sais... mais tu rentres tard... au petit jour.

— Mon cher, dit le comte Henri avec insouciance, tu sais ce qu'est la vie à la campagne? Les belles dames y sont rares, et s'il s'en trouve, elles ont un mari. Ce n'est donc point de ce côté-là qu'il faut aller...

— Bon! je comprends... Hé! hé! sais-tu que cette petite charbonnière est fort gentille?

— Oh! dit brusquement le comte, trêve de plaisanteries, là dessus, mon cher Victor. Myette est ma filleule, c'est la vertu et l'innocence personnifiées.

— Pardonne-moi de m'être trompé... mais alors...

— Une jolie fermière, souffla le comte Henri.

Et il se tut de nouveau.

Ils cheminèrent silencieusement quelque temps encore, puis l'officier reprit :

— Confidence pour confidence, je vais te dire mon secret.

— Tu es amoureux?

— Hélas! non. Mais écoute... Tu as cru jusqu'à présent, mon très-cher ami, que tu logeais chez toi un vieil ami, un officier en congé qui venait se délasser de son rude métier en se faisant ton compagnon de chasse?

— Dam ! n'est-ce point là ce que me disait la lettre dans laquelle tu m'annonçais ton arrivée ?

— Oui, mais j'avais un autre but...

— Et... ce but?

— Je vais te le dire : il y a quinze jours, le directeur Barras m'a fait appeler : Bernier, m'a-t-il dit, je vous sais actif, hardi, prudent et d'une rare sagacité. Je vais vous fournir l'occasion de changer le grain de vos épaulettes. Je vous donne une mission secrète.

Un moment, je te l'avoue, j'ai cru que le directeur allait m'envoyer en Autriche ou en Russie. Point.

« Voici trois mois a-t-il continué, que la France est désolée par un étrange fléau, — l'incendie !

« Il s'est organisé partout des bandes d'incendiaires qui brûlent les récoltes, les fermes, les maisons. Ma police y perd son latin ; les gendarmeries départementales déploient en pure perte leur activité. Je veux pourtant que cet état de choses cesse au plus vite.

« Je viens de choisir une centaine d'officiers jeunes, intelligents, et ne reculant devant rien. J'en fais mes commissaires dans les départements. Vous je vous envoie dans l'Yonne. Allez, observez, étudiez, prenez vos renseignements, ne brusquez rien... Mais anéantissez-moi les incendiaires. »

Barras m'a fait remettre le soir même des instructions secrètes et détaillées, et des pleins pouvoirs qui mettront, à ma première réquisition, toutes les autorités civiles et militaires du département sous mes ordres...

Maintenant, mon cher, que te voilà averti, sois muet,

Jusqu'à présent, j'observe, je prends mes renseignements. L'heure d'agir n'est point venue.

Le comte Henri avait écouté gravement, sans interrompre une seule fois son ami :

— Eh bien, dit-il enfin, dussé-je être traité de fou, j'aurai le courage de mon opinion. Je ne crois pas à l'incendie organisé. J'admets des faits isolés, des vengeances particulières, et, chez les paysans, la première idée de vengeance consiste à brûler la maison de son ennemi. Mais je ne crois pas qu'il y ait des bandes d'incendiaires avec une organisation et des chefs. D'ailleurs, quel serait leur but?.. Le pillage d'abord ; mais, ensuite...

M. Victor Bernier s'arrêta hésitant :

— Je ne sais pas, dit-il, si je dois te dire tout cela. Tu es royaliste ardent, tu n'aimes point ce régime... et je le comprends fort bien... Ton père est mort sur l'échafaud révolutionnaire, et la chute de l'ancien régime t'a ruiné.

— Laissons cela, dit brusquement le comte Henri.

— Eh bien ! reprit le capitaine Victor Bernier, la politique n'est pas étrangère aux incendies. On veut lasser la France du régime républicain. Les incendiaires sont salariés... Par qui? jusqu'à présent c'est un mystère.

Le comte Henri eut un geste d'indignation.

— Tranquillise-toi, dit le capitaine en riant, ce n'est pas toi que je soupçonne.

Tandis qu'ils parlaient ainsi, une lumière brilla au travers des arbres, à l'extrémité d'une ligne transversale.

— Tiens, dit le capitaine, est-ce déjà la ferme où nous allons ?

— Non, monsieur, répondit Jacomet, en se retournant, c'est le château du chef de brigade Solérol.

Le comte Henri tressaillit, mais il ne souffla mot.

— Comment, dit le capitaine, le chef de brigade habite par ici ?

— Voilà le château des Saulayes qu'il a acheté l'an dernier.

— Mais n'est-il pas de ce pays-ci ?

— Oui, fit dédaigneusement le comte Henri, c'est le fils d'un tabellion de Coulanges-la-Vineuse.

— Et il est marié, je crois ?

Le comte Henri ne put dissimuler une certaine émotion.

— Oui, il est marié, dit-il.

— Avec qui ?

— Avec mademoiselle de Berfaut des Saulayes. C'est la Révolution qui a fait ce mariage... répondit Jacomet. Ah ! dam ! ajouta le bûcheron, ça n'a pas été sans peine.

— Comment cela ? -

— Le chef de brigade n'est pas jeune, il n'est pas beau... et on disait qu'il était fièrement brutal.

— J'en sais quelque chose, dit le capitaine Victor Bernier, j'ai servi sous ses ordres.

— Faut croire, poursuivit Jacomet, qu'il n'était pas du goût de mademoiselle Jeanne, car elle s'est défendue longtemps.

— Mais enfin, elle a cédé ?

Tandis que Jacomet parlait, le comte Henri gardait un morne silence, interrompu quelquefois par un geste d'impatience, auquel le capitaine ne prit garde.

6.

Mais Jacomet, devenu bavard, continua :

— On dit, — c'est les gens du château, du moins, — que madame la générale n'est pas heureuse. Le général est jaloux à faire frémir. Il n'y a pas un jeune homme qui se risquerait dans le parc, la nuit. Le général le ferait tuer...

— Comme c'est bien l'ancien colonel que j'ai connu ! murmura le capitaine Bernier en manière d'aparté.

— Et puis, acheva Jacomet, il tuerait sa femme ensuite.

Le capitaine se tourna vers son ami.

— Est-ce qu'elle est jolie la femme du chef de brigade ?

— Je ne sais pas, répondit brusquement le comte Henri.

— Comment ! tu ne sais pas... Tu ne l'as donc jamais vue ?

— Je l'ai connue enfant... mais son père, qui est mort il y a deux ans, avait toujours profondément haï mon père, et comme j'ai été compris dans cette haine, nous ne nous sommes jamais fréquentés.

Jacomet se prit à sifflotter son air de chasse, et, une fois encore, le silence s'établit entre le comte et son ami.

Le vent du nord s'était levé et balayait la neige durcie et réduite en poussière à la surface.

— C'est tout de même une drôle d'idée que vous avez, monsieur Henri, reprit Jacomet, de vouloir aller ce soir chez le père Brulé.

— Je veux mon loup.

— Vous l'eussiez envoyé chercher par votre fermier, demain matin.

Le jeune homme haussa les épaules et ne répondit pas.

La lumière qui brillait à travers les arbres avait disparu, et les trois voyageurs avaient laissé derrière eux le château des Saulayes.

— Tenez, dit Jacomet, je crois que vous n'avez plus besoin de moi, monsieur Henri. D'abord, maintenant, le chemin est tout droit, en suivant cette ligne; et puis, voilà que le hasard vous envoie un guide.

Et Jacomet étendit la main et montra devant lui quelque chose de noir qui se mouvait sur la neige de l'*allée*.

II

L'œil perçant du comte Henri eut bientôt reconnu un jeune garçon, portant un fagot sur son épaule, et marchant droit devant lui.

— Hé! le *Bouquin?* s'écria Jacomet.

Le jeune garçon s'arrêta, et répondit d'un air insolent :

— Quêque-tu veux, toi !

— Attends un peu. Voici M. Henri de Vernières et un de ses amis qui ont besoin de toi.

— Payera-t-on à boire ? demanda le gamin avec effronterie.

— Je te donnerai trente sous, dit le comte Henri.

Le gamin s'arrêta et jeta son fagot contre un arbre.

Mais, au lieu de venir au-devant de Jacomet et des deux jeunes gens, il demeura planté sur ses deux pieds, sa casquette de peau de renard sur la tête.

— C'est *Bouquin*, le fils à Brulé, dit Jacomet avec dédain. Ça ne le dérangera pas de beaucoup, ce garnement-là, de vous conduire chez lui.... puisque c'est son chemin.

Bouquin entendit et répliqua d'un ton moqueur :

— Est-ce que vous savez si je vas chez nous ?... J'ai des collets à tendre, moi... J'en ai plein mon fagot.

— Ah ! petit drôle, dit le comte Henri, — que nous appellerons désormais M de Vernières, ou simplement Henri, — tu oses avouer que tu tends des collets ?

— Et pourquoi donc pas ? Est-ce que le gibier n'est pas à tout le monde ?

— Mais non... il est à ceux qui le nourrissent.

— Eh bien ! mon père est fermier.

— Mais le droit de chasse est au propriétaire, ajouta le capitaine.

Le gamin le regarda de travers.

— Est-ce que ça vous regarde, vous ! fit-il. Tiens ! c'est un officier... un gendarme, quasiment...

Et l'enfant se mit à rire d'une façon indécente, tandis que le capitaine demeurait abasourdi de tant d'audace.

— Ah ! monsieur, dit Jacomet, vous n'avez rien vu encore. Ce gringalet-là, c'est gros comme deux liards de beurre, mais c'est plus méchant que trois jacobins réunis. Ça ne croit à rien, ni au bon Dieu, ni au diable...

— C'est pas étonnant, répondit l'enfant, le bon Dieu et
puis le diable c'est des bêtises !...

— Et, continua Jacomet, ça n'a pas quinze ans, mais
c'est mauvais !... Un régiment ne lui ferait pas peur...

— Eh ! le vieux ! grommela Bouquin, si tu as fini de
dire du bien de moi, tu me préviendras...

— Il est voleur, menteur, braconnier... mauvais fils... il
bat sa mère...

— La *vieille* m'embête ! dit le gamin. Elle ne veut pas
me donner d'argent les jours de décade. Heureusement le
vieux est moins dur...

Le capitaine, stupéfait, murmura à l'oreille de son ami :

— Mais d'où sort donc ce petit gibier de potence ?

— C'est le fils du père Brulé, répondit Jacomet, le plus
brave homme de tout le pays, comme dit M. Henri, ajouta-
t-il d'un ton ironique.

L'enfant jeta à la dérobée un regard farouche sur le bûcheron.

— Allons, décide-toi, veux-tu conduire ces messieurs ?

— Si M. Henri me promet trente sous, oui.

— Tu les auras ; nous allons chez toi. Bonsoir, Jacomet.
Au revoir.

Jacomet s'approcha du jeune homme et lui dit à l'oreille :

— Monsieur Henri, je vous jure que vous aurez tort
d'aller aux Saulayes cette nuit.

— Tais-toi

— Le chef de brigade est revenu, murmura Jacomet...
Il ne faut qu'un moment... un malheur est bientôt arrivé...

— Il y a un Dieu pour ceux qui aiment, répondit Henri
à voix basse.

Et il rejoignit le capitaine Victor Bernier, qui avait fait quelques pas en avant, — tandis que Jacomet s'en retournait pensif et prenait le chemin de sa cabane.

Les quelques mots échappés au fils du bonhomme Brulé le peignent tout entier au moral.

C'était un garnement sans foi ni loi, d'une audace inouïe, d'une effronterie sans bornes, un malfaiteur de quinze ans qui ne demandait qu'à grandir.

Au physique, il était petit, mal bâti, un petit peu boiteux, un peu bossu, le visage couturé par la petite vérole et éclairé par deux petits yeux dont l'un était jaune et l'autre noir.

On l'appelait indifféremment le *Véron* ou le Bouquin.

Le premier sobriquet est aisé à comprendre, l'épithète de *véron* s'appliquant à tout homme ou à tout animal dont les yeux sont dissemblables.

Le second, qui était le plus fréquemment employé, provenait de la maigreur extrême et presque cadavérique du gamin. En vain mangeait-il et buvait-il comme un garçon de ferme de cinq pieds huit pouces, il ne pouvait pas engraisser. Son nez crochu et son menton de galoche se touchaient ; ses mains larges et difformes produisaient, en se heurtant, le bruit d'ossements dépouillés.

Or, en terme cynégétique, on appelle *bouquin*, le lièvre mâle ; à certaines époques de l'année le lièvre mâle devient d'une maigreur effrayante.

Une chevelure jaune, en broussailles et crépue comme la laine d'un nègre, couvrait son front bas et fuyant et cachait à moitié ses vilains yeux.

A l'école où on l'avait envoyé pendant deux ans, le Bouquin avait crevé un œil à un de ses camarades, enfoncé un canif dans la cuisse du maître, et mis le feu à la maison un soir.

Le père Brulé, qui jouissait d'une excellente réputation, avait, à prix d'argent, c'est-à-dire avec un sac de blé et deux sacs de pommes de terre, étouffé cette affaire fâcheuse.

De retour à la ferme, le Bouquin, rudement battu par son père, n'en avait pas moins recommencé ses charmantes espiègleries.

Un jour, on jetait sur du blé de semailles du vitriol destiné à le garantir des rats, le Bouquin avisa une servante de la ferme qui était jeune et jolie, et il lui dit :

— Pourquoi donc que tu as la peau fine comme du beurre, toi qui n'es que la servante, puisque je suis grêlé comme une écumoire, moi qui suis le maître?

Et il lui jeta du vitriol au visage.

La pauvre enfant, horriblement défigurée, alla se plaindre à son père qui était un journalier besoigneux. Avec trois autres sacs de pommes de terre le bonhomme Brulé arrangea encore cette affaire.

Un jour, le brigadier de la gendarmerie prit le fermier à part :

— Vous devriez faire attention à votre fils, lui dit-il, vous verrez qu'il finira mal...

— Bah ! dit le père Brulé, c'est de la gourme, tout çà ! il se rangera un jour ou l'autre.

Devant le monde, le fermier se montrait sévère pour son fils ; mais, en tête à tête, il le traitait comme un enfant gâté.

Brulé avait trois enfants, — deux fils et une fille.

L'aîné était un robuste paysan, conduisant la charrue, menant les bestiaux au marché, dirigeant les valets de ferme, les pâtres et le dindonnier.

On le nommait Sulpice.

C'était un brave garçon, ne fréquentant point les cabarets, dur à l'ouvrage, rond et honnête dans ses transactions.

Le second était Bouquin, que nous connaissons à présent.

Sulpice était le fils de prédilection de la mère Brulé, — une bonne femme qui avait enduré bien des misères secrètes et dévoré bien des larmes.

Entre la naissance de Sulpice et celle de Bouquin, avait eu lieu la naissance d'une fille du nom de Lucrèce.

A quinze ans, elle était la plus jolie fille des environs; à seize, elle fut demandée en mariage par un riche fermier qu'elle refusa; à dix-sept ans, elle disparut. Qu'était-elle devenue? Ce fut toujours un mystère.

D'abord on crut qu'elle s'était noyée, puis on prétendit qu'elle avait suivi un bel étranger qui passa un soir par la ferme et y reçut l'hospitalité.

On alla même jusqu'à dire, mais tout bas, que Lucrèce s'était éprise d'un propriétaire des envrions et que, désespérant de s'en faire aimer, elle avait quitté le pays.

Toujours est-il qu'il y avait trois ans passés que Lucrèce avait disparu... et jamais, ni à la ferme, ni au village, on n'avait eu de ses nouvelles.

Le père Brulé devenait farouche lorsqu'on prononçait son nom devant lui.

Quelquefois il disait brusquement :

— J'espère bien qu'elle est morte...

La mère Brulé pleurait silencieusement, quelquefois elle murmurait tout bas :

— Ah ! si elle revenait... comme je lui pardonnerais... comme je lui ouvrirais mes bras...

Le bon Sulpice disait aussi :

— Elle a fait une faute, la chère sœur, mais c'est-y une raison pour ne pas revenir ? Est-ce qu'elle n'a pas sa part ici ?... qu'elle revienne ! et je lui trouverai un brave garçon qui voudra encore bien d'elle pour femme...

Quand le Bouquin entendait sa mère et son frère parler ainsi, il haussait les épaules, se drapait dans un puritanisme farouche et s'écriait :

— Il ferait beau voir cette drôlesse revenir ici ! Une fille qui s'est *perdue*... une vagabonde !...

. . . .

. . . .

Or, le bûcheron Jacomet parti, le Bouquin dit à M. Henri de Vernières :

— Est-ce que vous avez affaire à mon père, que vous venez à la ferme ?

— Je veux lui réclamer mon loup.

— Quel loup ? Vous avez donc des loups ? et vous les prêtez ?... C'est bien drôle, tout d'même !

— Mon bonhomme, dit froidement le capitaine Victor Bernier, ton étonnement naïf me prouve que tu es parfaitement au courant. M. le comte Henri de Vernières a tiré un loup, voici deux heures environ.

— C'est bien possible, dit le gamin avec flegme.

7

— Le loup est allé tomber à cent pas dans un fourré...

— Ça se peut bien...

— Un fermier passait par-là avec son chien, sa vache et son mulet.

— Ah ! bon ! dit le Bouquin.

— Et il a ramassé le loup mort que le chien avait éventré, l'a placé sur son mulet et l'a emporté...

— Dam ! fit le gamin, une patte de loup, ça se paye quinze francs à Auxerre.

— Et ce fermier, c'est ton père.

— Ah ça, dit le Bouquin, en regardant de nouveau le capitaine avec défiance, vous êtes donc sorcier, vous ?

— Ça se peut bien, répondit le capitaine, se servant de la locution du gamin.

— Et vous croyez que mon père vous rendra le loup ? Est-ce qu'il est à vous ? Le loup est à celui qui l'a trouvé... Ça vaut 15 francs sans compter la peau... Avec la peau on donne du lard, des œufs, des pommes de terre... Moi, je ne rendrais pas le loup...

— Mais c'est moi qui l'ai tiré ? dit Henri.

— Bah ! vous l'avez manqué, possiblement.

— Mais puisqu'il est mort..,

— Ça ne prouve rien... il fait si froid... Et puis, on dit qu'il y a une maladie sur les loups... Ça s'est vu !

— Allons, petit drôle ! dit le capitaine impatienté, marche devant nous et tais toi, ou je te tire les oreilles. Ce n'est pas à toi, mais à ton père que nous réclamerons le loup...

La menace du capitaine ne produisit pas grand effet sur l'esprit sceptique et railleur de Bouquin.

Cependant il reprit son fagot et se mit en marche, en chantant d'une voix aigrelette et discordante :

> Des gendarmes, le capitaine
> Voulait me mettre en prison,
> Turlutaine, turlutaine,
> Turlutaine, turluton.

> Je me moque des gendarmes,
> Et du capitaine aussi...
> Turlutaine, turluti !...

— Voilà un enfant, murmura le capitaine à l'oreille de Henri de Vernières, qui croit être sur le chemin de sa ferme, et qui s'achemine doucement vers le bagne, sinon vers l'échafaud...

Le Bouquin avait l'oreille fine comme l'animal dont il portait le nom ; il se retourna :

— C'est bien possible, dit-il, que je prenne le chemin du bagne, mais ça ne me déplaît pas, allez... On vous envoie à Toulon... un pays chaud... j'aime la chaleur, moi... et quand à l'échafaud, faut pas vous monter la tête là-dessus, mon bourgeois... j'ai vu ça de près à Auxerre, il y a trois ans, quand ça chauffait ferme pour les nobles. C'est rien du tout... le temps d'avaler un verre de blanc et c'est fini... Et puis, il y a du monde qui vous regarde ! Oh ! mais un monde... Si ça m'arrive, je prêcherai comme un curé. Vous verrez ça !

Le capitaine et Victor firent un geste de dégoût.

En ce moment, ils arrivaient à une des lisières de la forêt.

La lune, qui était dans son plein, resplendissait sur la terre blanchie.

A sa clarté, on apercevait un vallon couvert de neige, abrité par des coteaux rocheux et boisés.

Au milieu des terres disparues sous leur blanc linceul se dressaient les murs gris de la ferme qui se divisait en trois corps de bâtiments : — un qui était l'habitation du fermier ; l'autre qui était destiné à engranger les récoltes ; le troisième qui comprenait les étables et les écuries. La ferme du père Brulé appartenait comme fond de terre au chef de brigade Solérol, depuis son mariage avec mademoiselle de Bertaut des Saulayes. Avant la Révolution, elle faisait partie des vastes domaines que possédait la famille de Bertaut, une des plus riches de la basse Bourgogne.

La famille Brulé tenait cette ferme à bail depuis plus de cent ans. Le père Brulé actuel qui était un fort brave homme, l'avait achetée en 1793, pour trente mille francs d'assignats. A l'avénement du Directoire, il l'avait rendue à mademoiselle de Vernières, qui avait épousé le chef de brigade.

Cette ferme, une des plus vastes du département, ne contenait pas moins de huit cents journaux de terre, prés ou bois.

On l'appelait *la Ravaudière*.

Le Bouquin la montra du doigt et dit :

— Tenez, v'là la fumée du père Brulé, il se chauffe. Prenez la *sente* que voilà.

Sente, en bourguignon, veut dire sentier.

— Prenez la sente que voilà, elle est marquée, les bœufs

y ont passé du matin. Vous n'avez plus besoin de moi...
Baillez-moi mes trente sous, monsieur Henri.

— Comment ! tu nous quittes ?

— Dam ! je vais placer mes collets.

— Ce drôle a vraiment trop d'audace ! s'écria le capitaine Victor Bernier.

— Pourquoi donc ça ? demanda insolemment le gamin.
Est-ce que ça vous regarde, mes collets ?... C'est-y à vous
les bois... ou au général ?... Etes-vous le garde cham-
pêtre... ou bien le brigadier de gendarmerie ?

Et le Bouquin, sans attendre la réponse du capitaine,
rentra brusquement sous bois en chantant :

> Des gendarmes, le capitaine
> Voulait me mettre en prison,
> Turlutaine...

— Mon cher, dit Henri de Vernières, telles sont les
mœurs du pays, tout le monde ici est braconnier.

— Aussi n'est-ce point aux braconniers que je viens
faire la chasse, répliqua le capitaine assez haut, et ne songeant plus à la finesse d'ouïe du Bouquin, qui d'ailleurs
avait disparu dans le fourré, ce n'est point aux braconniers, mais aux incendiaires !...

Henri de Vernières sauta du revers du fossé qui bordait
le bois dans le sentier où les bœufs avaient laissé une em-
preinte noirâtre, et son ami le suivit.

Tous deux se mirent à marcher rapidement vers la
ferme.

. . . .

Le Bouquin s'était jeté dans la broussaille, et un moment ses pas avaient retenti sur la neige durcie et les feuilles mortes.

Il avait paru s'éloigner.

Mais tout à coup, rebroussant chemin et se mettant à plat ventre, il était revenu se blottir dans une touffe, à trois pas des deux amis.

Obéissait-il à un pressentiment, ou bien à cette impérieuse habitude d'espionnage qui existe chez les paysans?

C'est ce qu'il est difficile de préciser; mais il tressaillit profondément, et un frisson nerveux parcourut tout son corps, lorsqu'il entendit le capitaine dire à son ami :

— Je ne fais pas la chasse aux braconniers, mais bien aux incendiaires...

— Oh! oh ! murmura le Bouquin, qu'est-ce que c'est donc que cet oiseau-là ?... Et pourquoi donc va-t-il à la ferme ?...

Le Bouquin suivit des yeux les deux jeunes gens, jusqu'au moment où ils atteignirent les murs de la ferme, puis il se redressa, bondit sur ses jambes torses avec l'élasticité d'un chevreuil, et se prit à courir sous bois, non plus en suivant des lignes ou des sentiers, mais en passant au plus fourré, et affrontant les épines, tête baissée.

A une demi-lieue environ de la ferme, à l'ouest et dans la partie la plus épaisse des bois de Fouronne, se trouve une sorte d'entonnoir formé par des blocs de rochers entassés les uns sur les autres, comme par un bouleversement volcanique.

D'énormes broussailles couvrent ces rochers, dont quelques-uns sont creux et servent d'abri à des nichées de renards,

Aussi le *Trou à renards* est-il le nom qu'on a donné à l'entonnoir tout entier.

Les broussailles qui l'encombrent sont épineuses, et les chiens répugnent à les fouiller.

Rarement un chasseur, voire un braconnier, s'aventurait par là.

Un silence de mort y régnait en tout temps, et les oiseaux des bois eux-mêmes, trouvant les arbres trop serrés sans doute, avaient déserté ce canton.

Ce fut vers cet endroit, cependant, que se dirigea le Bouquin.

— Ma foi ! dit-il, en y parvenant tout ensanglanté, le *Tison* ne veut pas que je sois du conseil, mais il ne se fâchera pas aujourd'hui, quand il saura pourquoi je viens.

Il acheva de se frayer un passage à travers les ronces, jusqu'à un trou de rocher, — un vrai trou de renard, celui-là...

Et quand il fut là, il se coucha à plat ventre et posa deux doigts sur sa bouche.

Puis il fit entendre une sorte de piaulement sourd, semblable au cri de la chouette ou du hibou.

Ensuite il attendit.

Quelques secondes après, un cri semblable monta des profondeurs caverneuses des rochers jusqu'au trou dans lequel le Bouquin avait passé sa tête et la moitié du corps.

— Ils y sont, se dit-il.

Et il se glissa dans cet étrange terrier, rampant sur le ventre et les mains.

III

Tandis que Bouquin se dirigeait vers le *Trou à Renards*, au travers des broussailles, tandis que M. Henri de Vernières et son ami le capitaine Victor Bernier s'acheminaient vers la Ravaudière, la mère Brulé et son fils Sulpice étaient seuls dans la cuisine de la ferme. Sulpice était assis devant le feu qui flambait joyeusement, et il fumait silencieusement sa pipe.

La mère Brulé rangeait le vaisselier et disposait sur une longue table de chêne les assiettes de terre rouge et les cuillers d'étain destinées au souper des gens de la ferme qui allaient bientôt venir.

Les garçons de charrue faisaient la litière à leurs chevaux, le pâtre tirait de l'eau au puits creusé dans la cour.

Le dindonnier dormait dans l'étable. On attendait, pour souper, le père Brulé qui était allé au marché de Mailly-le-Château, et Bouquin qui vagabondait on ne savait où.

La mère Brulé accomplissait sa besogne accoutumée, en soupirant.

C'était une femme qui n'avait guère plus de quarante-deux ans. Elle avait été belle et en conservait des traces fugitives ; mais ses joues amaigries et ses yeux rougis par les larmes disaient éloquemment de longues et cruelles douleurs concentrées, étouffées sans murmure.

La mère Brulé allait et venait par la cuisine, mettant tout en place.

Quelquefois, elle s'avançait vers le seuil, et jetait par la porte entrebâillée un regard au dehors.

Le chemin de Mailly-le-Château était désert.

Puis elle revenait vers l'âtre et soulevait le couvercle de l'immense marmite dans laquelle bouillait la soupe quotidienne, et elle la remuait avec la grande cuiller de bois accrochée sous le manteau de la cheminée.

Sulpice était assis en face de la marmite, de telle façon que, parfois, pour accomplir cette vulgaire opération de ménage, la mère Brulé s'appuyait sur l'épaule de son fils.

Sulpice avait posé sa main gauche sur son genou.

A un certain moment, quelque chose de chaud tomba sur sa main.

Le jeune homme tressaillit...

C'était une larme, — une larme échappée des yeux de sa mère et tombée brûlante sur lui.

Sans doute cette larme n'étonna point le paysan ; car il ne poussa pas un cri, et n'eut aucun geste insolite.

Il se contenta de passer ses deux bras au cou de sa mère, puis, l'attirant sur ses genoux, il l'embrassa avec respect, lui disant :

— Pauvre mère... vous y penserez donc toujours ?

— Toujours, répondit la mère Brulé, qui se prit à fondre en larmes. Est-ce qu'on peut oublier sa fille ?... Est-ce qu'ici tout ne me parle pas d'elle ? Tiens, mon pauvre fieu, voilà-t-y pas sa petite chaise, quand elle était enfant... et son verre, là, sur l'étagère... Ma pauvre Marie...

Ah ! mon Dieu ! continua la mère Brulé d'une voix entrecoupée de sanglots, quand je *taille* notre soupe, j'ai le cœur qui se fend, et je me demande si la chère enfant a seulement du pain à manger... Où est-elle, mon Dieu?... où est-elle?... Quelque fois je me dis qu'à Paris il doit bien faire froid... vu que c'est au nord, par rapport à nous... et qui sait si elle a quasiment une brassée de bois pour se chauffer..-

Sulpice étreignit sa mère dans ses bras, puis, il la repoussa doucement, et il se leva de son escabeau.

— Tenez, mère, dit-il, voici longtemps que j'ai une bonne idée... Je veux aller à Paris... Je finirai bien par la retrouver, notre Mariette... quand bien même Paris serait-il grand comme le restant du département.

Un geste d'effroi échappa à la mère Brulé.

— Ah! malheureux, dit-elle, tu veux donc que ton père te tue! Tu sais pourtant bien qu'il suffit de parler d'*elle* pour qu'il entre en fureur et parle de tout massacrer!

— Je sais bien ça, répondit Sulpice, mais ce n'est pas pour moi que j'ai peur... c'est plutôt pour vous, mère... vu que, lorsque vous êtes seule, avec lui, il vous bat.

— Ah! Seigneur-Dieu! murmura la pauvre femme, que toute sa colère tombe sur moi, mais qu'il t'épargne, toi, mon enfant, toi le bon fils et le bon sujet.

— Faut vous dire, reprit Sulpice, que j'ai une idée... oh! une fameuse, pour aller à Paris, sans que mon père se doute de la vraie vérité. Vous savez, mon oncle Jean, votre propre frère, qui est maître-flotteur à Clamecy...

Au nom de son frère, la mère Brulé sentit redoubler ses larmes.

— Pauvre Jean ! dit-elle tout bas, et comme se parlant à elle-même, c'est lui qui a fait mon malheur...

— Oh ! il le sait bien, répliqua Sulpice, à preuve qu'il m'a dit un jour :

« — Si j'avais su que ton père fût dur et brutal comme il est, jamais il n'aurait eu ma sœur. »

Mais laissez-moi vous conter la chose, mère...

La semaine prochaine je m'en irai à la foire de Clamecy vendre les deux veaux que nous avons élevés, je verrai l'oncle Jean, et je lui conterai mon idée. Vous verrez que nous conviendrons de tout. Au premier train de bois qu'il conduira à Paris, il s'arrêtera à Mailly-la-Ville et se donnera une entorse, pour rire bien entendu !...

Puis il se fera apporter ici sur une civière et il me dira :

« — Mon garçon, faut que tu ailles à Paris conduire mon train de bois. Autrement, je perdrais des mille et des cents.

Si tu y vas, je te donnerai une belle pièce. »

Vous pensez bien, mère, continua le bon Sulpice, que mon père n'y verra que du feu ; et puis vous savez aussi qu'il ménage l'oncle Jean, rapport à l'héritage.

Il ne fera donc pas d'opposition et me laisssera partir... et comme tout le temps que je serai absent, mon oncle Jean restera ici, vous serez tranquille.

Voyons, bonne mère, ne pleurez plus... Quand je devrais marcher nu-pieds le reste de mes jours, faudra que je la retrouve notre chère Lucrèce.

— Pourvu qu'elle soit encore de ce monde !... murmura la pauvre mère.

Sulpice tressaillit.

— Ah ! pour ça, oui, dit-il. Le bon Dieu ne reprend pas ainsi le monde...

— C'est qu'elle a tant souffert, pauvre enfant..

Et la mère Brulé continua à pleurer.

Sulpice lui prit la main :

— Tenez, dit-il, faut pourtant que vous disiez la vérité, mère, car je n'ai jamais su, au bien juste, pourquoi elle était partie...

La mère Brulé eut un nouveau geste d'effroi.

A son tour, Sulpice alla vers la porte et regarda dans la cour.

La cour était déserte.

Puis il revint vers sa mère :

— Personne ne nous écoute, dit-il, et à moins que vous ayez méfiance de moi.

— Méfiance ! s'exclama la mère Brulé, méfiance de toi mon pauvre enfant ? Ah ! mon Dieu !

— Eh bien ! alors, mère, dit Sulpice qui la fit asseoir auprès du feu et s'assit avec elle, dites-moi comment la chose est arrivée.

La mère Brulé jeta un dernier regard effrayé autour d'elle ; puis elle fit un suprême effort et se décida à épancher dans le cœur de son fils le secret qui la brûlait et la tourmentait depuis si longtemps.

— Te souviens-tu du temps, dit-elle, où mademoiselle Berthe de Vernières, tu sais la demoiselle du château des Roches, apprenait à chanter aux jeunesses de la paroisse pour le jour de la Fête-Dieu ?

— Si je m'en souviens ! dit Sulpice ; à preuve que ma

sœur allait tous les matins aux Roches, et que là demoiselle l'avait prise en amitié.

— Eh bien ! mon pauvre enfant, c'est de ce moment que date le malheur de notre fille.

— Comment cela, ma mère?

— Elle s'est affolée de M. Henri.

— Oh ! mon Dieu !

— Tu penses bien que M. Henri ne l'a jamais su ni demoiselle de Vernières non plus. Mais ma pauvre fille s'est affolée qu'elle en pleurait nuit et jour, et qu'elle me dit même un soir : « O mère ! je sais bien que j'en mourrai ! »

Un jour j'osai dire la chose à ton père. D'abord il entra en fureur. Et puis il assit la petite sur ses genoux et lui dit :

« Tu es trop bête de pleurer comme ça, la petite. »

Et comme elle pleurait de plus belle, il ajouta :

« En place de me rougir les yeux, sais-tu ce que je ferais? Je m'attiferais au dernier goût, je me ferais belle, je rirais pour faire voir mes petites quenottes blanches, et je regarderais ce grand nigaud de M. Henri à lui faire perdre la tête. Il n'a que vingt ans ; c'est le bon âge...

» Vois-tu, ajouta ton père, si j'étais jolie comme toi, je voudrais que M. Henri devînt fou de moi avant huit jours.

« Mais dit notre fille qui pleurait toujours, à quoi ça m'avancerait-il? M. Henri est un noble et il est bien riche, rapport à nous ; est-ce qu'il voudrait m'épouser ?

Ton père cligna de l'œil :

« Minute! dit-il, j'ai un bon fusil à deux coups, et voici

que les nobles ne sont plus les maîtres. Quand il t'aurait
perdue, faudrait bien qu'il t'épouse !... »

Lucrèce jeta un cri d'indignation :

« Oh ! ce serait infâme ! dit-elle. Jamais ! jamais !... »

Et, de ce moment, elle n'alla plus au château des
Roches ; mais elle changeait à vue d'œil ; ses yeux étaient
rouges, son teint se décolorait, elle se sentait mourir...

Quelquefois elle se sauvait de la ferme bien avant le
jour, et elle allait se blottir dans une épaisse broussaille, à
l'entrée des bois, dans l'espoir de voir passer M. Henri qui
s'en allait à la chasse, tous les matins.

Et puis elle revenait et fondait en larmes en me disant:
« Je l'ai vu. »

Ton père haussait les épaules ; il disait que Marie était
une niaise ; que si elle avait voulu il en aurait faite une
châtelaine des Roches...

Un jour on fit courir le bruit dans le pays du prochain
mariage de M. Henri avec la demoiselle de Saulayes, notre
maîtresse.

Pour le coup, je crus que ma pauvre fille allait mourir.

Elle passa trois jours et trois nuits entre la vie et la
mort ; et puis le bon Dieu et la jeunesse lui vinrent en aide.
Elle se releva, et de ce moment, elle ne pleura plus.

Mais son œil me faisait peur ; on aurait dit qu'il y avait
du feu dedans.

Elle ne parlait plus ; elle ne m'embrassait plus...

On parlait toujours du prochain mariage de M. Henri
avec la demoiselle de Saulayes.

La mère Brulé en était là de son récit lorsqu'on entendit
des pas dans la cour.

Sulpice courut vers le seuil et aperçut les deux jeunes gens, c'est-à-dire M. Henri et son ami le capitaine.

La mère Brulé étouffa un cri d'angoisse.

L'homme qui venait chez elle était la cause innocente du malheur de sa fille.

Le comte Henri, qui ne soupçonnait point qu'il avait, trois ans auparavant, amené le malheur sous ce toit, entra en souriant :

— Bonjour, mère Brulé, dit-il, voilà bien longtemps que nous ne nous sommes vus. Comment ça va-t-il ?

— Vous me faites bien de l'honneur, monsieur le comte... Et mademoiselle votre sœur, sans vous offenser, comment se porte-t-elle ? répondit la mère Brulé, qui passa son tablier sur ses yeux humides.

— Mais, Dieu me pardonne ! mère Brulé, dit Henri, on dirait que vous venez de pleurer.

— C'est vrai, monsieur Henri, répondit la pauvre mère qui domina son émotion. Mais c'est pas de chagrin, croyez-le-bien... j'ai coupé de l'oignon...

Henri alla, sans façon, s'asseoir au coin du feu et invita, d'un geste, son ami le capitaine à en faire autant.

— Savez-vous ce qui nous amène, mère Brulé ? dit Henri.

— Le mauvais temps, peut-être, mes bons messieurs. Il fait un vent qui coupe la figure...

— Ce n'est pas cela. Nous venons réclamer notre bien. Où est votre mari ?

— Mon mari est parti, du matin, au marché de Mailly-le-Château, monsieur le comte.

— En êtes-vous bien sûre, mère Brulé ?

— Oh ! très-sûre... il est allé vendre du blé...

— A preuve, dit Sulpice, qu'il a emmené le mulet.

— Et vous dites qu'il n'est pas revenu ?

— Pas encore, monsieur le comte.

— Voilà qui est bizarre, dit Henri en regardant le capitaine.

L'honnête physionomie de la mère Brulé et de son fils excluait de la pensée toute idée de fraude.

— Cependant, reprit Henri, il a passé, voilà deux heures, dans les bois de Fouronne...

— Ça m'étonne bien, dit la mère Brulé, à moins qu'il ne soit allé chez le voisin, à la ferme de Monestier. Mais, est-ce que vous avez affaire à lui, monsieur Henri ?

— Oui, ma bonne mère. J'ai tiré un loup ; j'ai cru l'avoir manqué ; mais le loup est allé tomber roide mort à cent pas, dans un fourré. Votre mari qui passait par là, l'a chargé sur son mulet.

— Eh bien ! il va le rapporter, si c'est comme ça, et nous vous le ferons porter demain matin aux Roches... Mais chauffez-vous donc monsieur... et reposez-vous, il doit faire bien mauvais voyager... de ce temps-là...

Sulpice était retourné vers le seuil et regardait le ciel gris :

— D'ici une demi-heure, dit-il, la neige va tomber dru, et il ne fera pas bon par les chemins...

— Tu crois, mon garçon ?...

— Eh bien ! dit la mère Brulé, si la neige tombe vous coucherez ici, ce monsieur et vous... Nous avons fait faire deux belles chambres dans le bâtiment aux récoltes... Le général **y a couché** plusieurs fois... C'est propre et les lits sont bons...

Et puis voilà qu'il est bien tard, continua la mère Brulé, approchant sept heures du soir... Vous devez avoir faim, monsieur le comte?...

— Ma foi! mère Brulé, répondit Henri, vous avez un morceau de lard dans la marmite qui sent rudement bon. J'ai bonne envie de souper avec vous.

Et il échangea un regard avec le capitaine qui acquiesça d'un signe de tête.

Par une de ces fréquentes bizarreries du cœur humain, la mère Brulé, qui aurait dû haïr cet homme, la cause involontaire du malheur de sa fille, se sentait au contraire, entraînée vers lui.

Elle l'aimait, parce que sa fille l'avait aimé.

— Ah! monsieur Henri, dit-elle presque joyeuse, c'est de l'honneur que vous nous faites... Aussi je veux vous plumer tout à l'heure un beau canard... nous le mettrons à la broche... c'est cuit en un rien de temps.

— Hé! Sulpice! feignant! cria du dehors une voix impérieuse, en même temps qu'on entendait le pas du mulet sur les pavés de la cour.

— Voilà mon père, dit Sulpice qui se précipita hors de la cuisine.

IV

Cinq minutes après, le père Brulé entra.

C'était un homme de quarante-huit à cinquante ans à peine, quoiqu'il eût la barbe et les cheveux blancs.

Il avait une physionomie ouverte et souriante, éclairée par de grands yeux bleus, les lèvres charnues, le cou dégagé.

De taille moyenne, plutôt maigre que gras, il avait les épaules larges et paraissait robuste.

Cet homme, qui, à en croire les terreurs de la mère Brulé et de son fils Sulpice, était un tyran domestique et exerçait chez lui une autorité sans bornes, avait pour justifier l'opinion du comte Henri, l'air du meilleur homme du monde.

— Ah ! monsieur le comte, dit-il en allant droit à Henri, sa casquette à la main, vous n'allez pas me faire l'injure, j'imagine, de croire que j'aie voulu vous voler votre loup ! Une femme qui ramassait du bois m'a dit que c'était vous qui l'aviez tiré... Je l'ai chargé sur mon mulet, et s'il n'avait pas été presque nuit, je vous l'aurais envoyé ce soir... mais j'avais de l'argent à compter au métayer du Monestier, et voilà ce qui m'a retardé. Du reste, demain, à la première heure, le loup aurait été chez vous... C'est une belle bête, allez ! et qui vous fera un tapis un peu soigné ; regardez plutôt.

Sulpice entrait en ce moment, portant l'animal sur ses épaules.

C'était un loup de la plus grande taille, au poil zébré de fauve et de noir, avec l'extrémité des oreilles et la queue d'un pelage gris-cendré.

— Oh ! la belle bête ! dit le comte, lorsque Sulpice l'eut étendu sur le sol de la cuisine.

— Et il n'est pas gâté, dit le fermier, votre balle est entrée au défaut de l'épaule, la peau est intacte... et nous sommes en hiver... le moment où les peaux sont bonnes...

Le capitaine, tandis que Brulé parlait, l'examinait avec attention.

— C'est singulier, pensait-il, cet homme n'a pas du tout la physionomie d'un scélérat.

Henri se prit à sourire.

— Dites donc, père Brulé, dit-il, savez-vous que votre gringalet de fils n'a pas les mêmes idées que vous touchant le bien d'autrui ? Il a prétendu tout à l'heure que, s'il était à votre place, il ne rendrait pas le loup.

Le père Brulé haussa les épaules.

— Vous l'avez donc rencontré, ce petit bandit ?... demanda-t-il avec tristesse.

— Il y a une demi-heure... il nous a montré le chemin de la ferme. Et puis, il nous a quittés au bord du bois et a eu l'effronterie de nous dire qu'il allait tendre des collets...

— Le petit misérable ! Ah ! monsieur le comte, soupira Brulé, cet enfant fait notre désespoir, à sa mère et à moi.

— De quoi ! dit une voix moqueuse au seuil de la cuisine.

On se retourna et l'on vit le Bouquin qui entrait, un bâton sur son épaule et au bout de ce bâton une grappe de
lapins.

— Ah ! petit drôle ! s'écria le père Brulé en enflant sa
voix, diras-tu encore que tu ne braconnes pas ?

Et il lui arracha le bâton, jeta les lapins à terre, puis,
faisant tournoyer le bâton, il lui en appliqua deux coups
entre les épaules.

— Tiens, méchante gale ! dit-il, tiens, polisson !

L'enfant geignit un peu, mais il ne perdit rien de son
insolence.

— C'est-y malheureux, dit-il, d'avoir des parents si
bêtes que ça.

Et il se sauva, recommençant sa chanson :

Des gendarmes, le capitaine...

— Mes bons messieurs, murmura Brulé d'une voix
émue, voilà bien longtemps que je me demande s'il n'y aurait pas moyen de corriger cet enfant, qui finira par tourner à mal. Je l'ai battu, puis je l'ai pris par le raisonne-
ment... rien n'y fait. Il est *perverti*.

— Faites-le enfermer dans une maison de correction, ça
le corrigera peut-être.

La mère Brulé avait étalé une belle nappe blanche sur le
haut bout de la table, puis elle avait placé dessus des assiettes de faïence, des timbales et des couverts d'argent
qu'elle avait retirés d'un bahut.

— Je vais chercher un canard, dit-elle.

Et elle sortit juste au moment où les garçons de ferme, le pâtre, le dindonnier et le Bouquin rentraient.

Le poulailler, à la Ravaudiere, était, comme dans bien des fermes, séparé des bâtiments.

Il était situé en dehors de la cour, à l'extrémité du potager, au bord d'une mare.

Construit en planches de peuplier et couvert de chaume, il était divisé en trois compartiments, — le premier réservé aux poules ; le second aux oies, le troisième aux canards.

Les dindons avaient, dans la ferme, une étable particulière.

Le plus court chemin pour y arriver était de traverser le potager.

Le potager était entouré d'une haie vive du côté des champs, et bordait à l'ouest, le chemin forestier qui vient de Courson et se dirige sur Fouronne.

En plus d'un endroit, cette haie avait des brèches.

Les gens de la ferme, peu respectueux pour les clôtures, ne se gênaient point, afin d'éviter un détour, de franchir la haie aux endroits où elle était le moins touffue.

Petit à petit, ils avaient ouvert des brèches, où un homme passait à l'aise et sans se déchirer.

La mère Brulé, qui s'était munie d'une lanterne, traversa donc le potager et se rendit au poulailler.

Dans les temps doux, et quand la mare n'était point glacée, on laissait la clôture des canards ouverte.

Mais, en ce moment, et comme depuis plusieurs jours, la mare était prise, on fermait la porte à claire-voie avec un lien de paille.

La mère Brulé entra. La lumière fit crier les canards,

qui dormaient sur le ventre, la tête sous leur aile ; puis, avisant le plus jeune et le plus dodu de la troupe, elle s'en empara, malgré les cris d'angoisse du pauvre volatile.

Cette expédition nocturne inaccoutumée jeta quelque désordre et souleva quelque tapage parmi les palmipèdes ; puis, la lanterne disparue et la porte refermée, tout rentra dans le silence.

Le pauvre animal que la ménagère emportait continua seul à crier...

Tout à coup, la mère Brulé s'arrêta inquiète...

Elle avait entendu marcher derrière elle.

Puis elle se retourna, et soudain sa lanterne lui échappa des mains.

Mais elle ne poussa pas un cri,— elle ne fit pas un geste.

Elle demeura comme pétrifiée, la gorge sèche, les yeux ouverts et fixes, comme si quelque épouvantable apparition eût surgi devant elle.

Elle se trouvait face à face avec une mendiante.

Une pauvre fille, hâve et pâle, marchant nu-pieds et couverte de haillons...

Cette créature fit deux pas encore, en chancelant et comme brisée par une indicible émotion ; puis elle se mit à genoux et murmura un seul mot :

— Ma mère !

La mère Brulé jeta alors un cri, un cri suprême de joie, d'angoisse, de terreur tout à la fois.

Puis elle ouvrit ses bras et prit sa fille à bras-le-corps, l'étreignant comme si elle eût craint qu'on ne vînt encore la lui reprendre.

— Ah ! dit-elle d'une voix sourde, tu ne t'en iras plus maintenant.

Et farouche en sa joie, elle oublia le monde entier, elle oublia même cet homme terrible qui avait juré de tuer sa fille si jamais elle revenait...

Elle l'avait enlacée, elle appuyait ses lèvres arides sur le front et les yeux de la jeune fille, elle la couvrait de ses larmes.

— Ah! ma mère, murmura Lucrèce sanglotant, me pardonnerez-vous jamais... savez-vous que je viens de Paris... à pied... mendiant mon pain... Ah! quand j'ai senti que j'allais mourir, j'ai voulu vous revoir...

— Mourir ! mourir ! s'écria la pauvre mère affolée, toi mourir !... mais le bon Dieu ne serait plus le bon Dieu s'il permettait cela... Mourir ! mourir... répéta-t-elle en délire.

Et elle prit sa fille dans ses bras et l'emporta vers la ferme.

Mais au moment où elle allait franchir le seuil de la cour, elle s'arrêta comme épouvantée...

Et certes elle ne craignait point, en ce moment, la colère de son mari... N'était-elle pas là pour défendre sa fille, pour la couvrir de son corps ? Non, elle ne songea qu'à une chose, c'était que *M. Henri était là !*... M. Henri était la cause des malheurs de sa fille, M. Henri dont la vue peut-être suffirait à la tuer.

Dieu donne du courage et d'héroïques inspirations aux mères ; elle reprit sa fille dans ses bras et la porta vers le bâtiment aux récoltes, là où le père Brulé avait fait faire deux belles chambres de réserve.

A côté de ces chambres, il y en avait une autre dans laquelle couchait le Bouquin, commis la nuit à la garde de ce corps de logis.

Ce fut là que la mère Brulé porta sa fille, et elle la déposa doucement sur le lit en lui disant :

— Il faut bien que je prépare ton père à ton retour... ça pourrait le tuer...

Lucrèce Brulé, la pauvre mendiante, était docile comme un enfant; elle versait des larmes silencieuses en regardant sa mère et la couvrait de baisers à son tour.

La mère Brulé lui donna un dernier, un suprême baiser, puis elle s'enfuit en lui disant :

— Je vais t'envoyer Sulpice.

Elle redescendit dans la cour, haletante, le front baigné de sueur, son pauvre cœur tressautant dans sa poitrine; elle alla jusqu'à la porte de la cuisine, et cria :

— Sulpice? Sulpice? j'ai laissé éteindre ma lanterne... viens avec moi...

La mère Brulé lui sauta au cou et lui dit d'une voix mourante :

— Soutiens-moi... je n'ai plus de force, je crois que je vais passer... Elle est là !... elle... ma fille... notre Lucrèce... elle est revenue... Ne crie pas !... ton père est là...

Le bon Sulpice faillit tomber à la renverse; mais sa mère lui rendit ses forces et sa présence d'esprit en lui disant .

— Je l'ai cachée dans la chambre de Bouquin... Cours-y, allume du feu... elle est transie... Pauvre petite ! elle est pâle comme une morte... Et surtout ne lui parle point de M. Henri... un rien la tuerait...

Sulpice s'élança vers le bâtiment aux grains.

La mère Brulé à qui le vague danger que courait sa fille avait rendu une énergie sans égale, eut le courage de retourner dans le potager, d'y ramasser sa lanterne et de retourner chercher un second canard, car l'autre lui avait échappé.

Puis elle revint, sa lanterne éteinte, et elle fut assez maîtresse d'elle-même pour rentrer dans la cuisine calme et les yeux secs.

On s'était mis à table pendant son absence.

Une fille de la ferme trempait la soupe au lard.

La mère Brulé prit une écuelle, l'emplit de soupe et l'emporta.

— Où vas-tu donc, femme ? demanda maître Brulé en la voyant sortir son écuelle à la main.

— Je porte ça à une pauvre femme qui a passé par ici tout à l'heure ayant bien froid et bien faim, et qui m'a demandé à se réchauffer un peu dans l'étable aux vaches.

Le père Brulé tenait à justifier sa réputation de meilleur homme du monde.

— Tu as raison, femme, dit-il avec bonhomie, faut toujours faire le bien, quand on peut.

Et comme elle franchissait le pas de la porte, il ajouta :

— Amène-la donc ici, cette pauvre femme, elle se chauffera au feu tout à son aise.

— Oh ! non, répondit la veuve Brulé, elle n'a pas voulu tout à l'heure... elle est honteuse.

Quand elle fut partie, le père Brulé regarda ses hôtes.

— Tenez, mes bons messieurs, dit-il, c'est tout de même bien dangereux de loger des vagabonds par le temps d'incendie qui court.

8

La semaine dernière encore, il y a eu une ferme qui a brûlé à deux lieues d'ici et, justement la veille on y avait fait coucher un mendiant.

— Vraiment, dit le capitaine, toutes ces histoires d'incendie sont donc vraies ?

— Hélas ! oui, monsieur.

— Et la malveillance s'en mêle ?

— Ce n'est que ça, mon bon monsieur, et nous sommes tous consternés dans le pays, car si c'est aujourd'hui le tour des uns, demain ce sera le tour des autres.

— Mais enfin, dit le capitaine, qui soupçonne-t-on ?

— On ne sait pas... Chacun dit la sienne, d'aucuns prétendent qu'il y a de la politique là-dessous ; d'autres disent que c'est des bandes de pillards... Est-ce qu'on sait ? Ah ! murmura le père Brulé en manière de péroraison, je ne suis malheureusement qu'un pauvre homme, mais si j'étais le gouvernement, je voudrais en avoir le cœur net.

— Il paraît, dit un garçon de ferme, qu'il y a des gens qui, pour une somme qu'on paye tous les ans...

— Ah ! oui, des compagnies d'assurances... c'est connu... mais je ne m'y fierais pas.

— Comment ! dit le capitaine, qui continuait à regarder le père Brulé avec ténacité, votre ferme n'est point assurée ?

— Non, monsieur.

— Ni votre bétail, ni vos récoltes ?

— Rien.

— C'est un tort, il faut vous assurer... si vous veniez à être brûlé, on vous indemniserait...

— Ça se peut bien tout de même, répondit le fermier de ce ton sceptique naturel aux paysans.

Le Bouquin, qui avait avalé son écuellée de soupe, prit la parole à son tour.

— C'est égal, dit-il, c'est rudement beau un incendie ! j'ai vu flamber la *Fringale !* c'était comme le jour de la Saint-Jean.

Et l'œil de Bouquin étincelait ; et le capitaine se reprit à le regarder attentivement.

V

Rétrogradons maintenant d'une heure , et suivons le Bouquin que nous avons vu se glisser d'abord à travers les broussailles, puis atteindre l'orifice de cet espèce de terrier appelé *Trou à renards*.

Le fils du père Brulé s'y était engagé bravement et sans aucune hésitation, rampant sur les mains et les genoux tout d'abord.

Il avança ainsi l'espace de quinze ou vingt mètres, puis un rayon de clarté rouge frappa son visage.

En même temps le terrier s'élargit, s'agrandit, et le Bouquin se trouva à l'entrée d'une sorte de grotte de sept ou huit pieds de circonférence sur trois de hauteur. Une lanterne était posée au milieu.

Trois hommes étaient accroupis autour de cette lanterne.

Ces trois hommes avaient le visage barbouillé de suie, ce qui les rendait méconnaissables, et leurs habits étaient ceux des paysans de la contrée, le bourgeron bleu, la casquette de peau de renard ou de chèvre, et le pantalon de cadis roux.

Un fusil était posé à terre auprès de chacun d'eux. Un peu avant l'arrivée inattendue du Bouquin, celui qui paraissait être le chef disait :

— Il faut nous tenir tranquilles pendant un bout de temps ; le gouvernement se donne du mal pour nous pincer.

— Est-ce que vous avez peur, père Tison ? demanda le second.

— Peur ? Oh ! non... Et puis, on nous paie si bien pour faire le métier, sans compter les aubaines du *brûlage*, que nous aurions mauvaise grâce à bouder l'ouvrage ; mais, faut être prudent, mes enfants... c'est essentiel... je sais bien, aussi vrai que Tison est mon nom de guerre, le nom des amis, que ma réputation est bonne... et que ce n'est pas à moi qu'on songera... Mais enfin, il ne faut qu'un moment... et vous savez, nous serions *gerbés* roide, ce qui veut dire guillotinés.

— Dieu merci ! nous n'y sommes pas encore.

— J'ai mes instructions nouvelles... D'abord on m'avait dit de respecter les vieux nobles.

— Oh ! dit le troisième visage noirci, silencieux jusque-là, nous avons fait la chose en conscience. Jusqu'à présent on n'a brûlé que les bourgeois, les parvenus.

— Eh bien ! voici qu'il paraît, reprit celui qui s'était donné le nom de Tison, voici qu'il paraît qu'on s'en est aperçu dans le gouvernement, et qu'on s'imagine que c'est les royalistes qui mettent le feu pour dégoûter la France du régime républicain.

— Ah! ils disent ça? fit le deuxième visage noirci.

— Oui, *la Bourée*, répliqua Tison.

La Bourée était encore un joli nom.

On appelle une bourée, un assemblage de gros et de petits bois formant fagot.

— Alors, dit le troisième, qui se nommait *la Bise*, un joli nom encore, faut brûler les nobles, maintenant?

— Pas tous. Quelques-uns...

— Qui donc brûler par ici?

— J'ai fait mon choix.

— Ah!

— Nous brûlerons le château des Roches.

— Le château de M. Henri.

— Pourquoi pas? D'abord je lui en veux, moi! dit le Tison d'un ton qui ne souffrait pas de réplique.

— Et après?

— Après, dit froidement le chef, nous mettrons le feu aux Saulayes... C'est un bon château... il flambera comme un fagot d'épines.

Ce fut en ce moment que le cri d'oiseau de nuit du Bouquin se fit entendre.

Le Tison bondit et sauta sur son fusil.

Ses deux compagnons l'imitèrent.

— C'est le Bouquin, dit Tison. Mais pourquoi vient-il? pour sûr il y a du nouveau.

Et Tison répondit au houhoulement du Bouquin.

8.

Cinq minutes après, l'affreux gamin fit son apparition parmi les incendiaires.

Le Bouquin avait la mine bouleversée, les mains et les pieds en sang.

— Je crois qu'on veut nous pincer, dit-il.

— D'où viens-tu ? demanda Tison.

— Oh ! c'est une histoire, allez !

— Souffle, dit impérieusement l'incendiaire, et puis, parle vite !

Le gamin respira quatre ou cinq fois coup sur coup, reprit haleine et poursuivit :

— Voici la chose : je filais dans l'allée des *Dines*, au Valpoiseaux, mon fagot sur la tête, et mes collets sur mon fagot. Voilà qu'on me siffle, et je reconnais Jacomet.

— Oh ! le brigand ! murmura Tison, en v'là un dont je me méfie, depuis l'affaire de la Fringale... je jurerais quasiment qu'il m'a reconnu... Aussi, qu'il vienne à me passer un soir d'affût, à trente pas dans le bois, et je lui ferai son affaire. Continue, petiot.

— Jacomet, reprit l'enfant, était avec deux bourgeois, M. Henri et un officier.

— Où allaient-ils ?

— A la Ravaudière, donc ! M. Henri veut avoir son loup.

— C'est bon ! on lui rendra son loup, ce n'est pas une affaire...

— Tiens ! on donne quinze francs... à Auxerre.

Tison haussa les épaules.

— Après... après ? fit-il avec impatience.

— V'là Jacomet qui me propose de conduire ces messieurs à la Ravaudière. On me promet trente sous... ça me va ! Jacomet s'en retourne et nous v'là partis... mais l'officier, c'est un capitaine, je crois, m'avait tapé dans l'œil, il me chiffonnait... Je l'ai fait jaser... Il marque mal, comme disent les gendarmes... Quand nous avons été au bord du bois, en vue de la Ravaudière, je leur ai dit : « Le chemin est tout droit, voilà la ferme, bonsoir. »

— Je suis rentré dans le fourré et je me suis collé à plat ventre. Ça fait que je les ai entendus causer.

— Et qu'ont-ils dit ?

— Le capitaine a dit : « Je ne fais pas la chasse aux braconniers, mais aux incendiaires. »

Tison jeta un cri.

— Ah ! la canaille ! dit-il, je sais qui c'est...

— Tiens ! vous le connaissez ?

— Non, mais on m'a prévenu.

Les deux hommes noircis et le Bouquin regardèrent le chef avec curiosité.

— Faut plus faire de bêtises, faut jouer serré, maintenant, dit Tison. On ne m'avait point trompé en me disant que le gouvernement avait envoyé par ici un officier qui est chargé de nous exterminer, et qui a le pouvoir de tout faire, même de changer le préfet. — Et tu dis qu'il est avec M. Henri ?

— Oui.

— Eh bien ! fit Tison d'un air ironique, je comprends pourquoi, maintenant, on songe à brûler le château des Roches.

— Pourquoi donc ça ? demanda naïvement Bouquin.

— Mais, imbécile, dit Tison ; parce que M Henri loge l'officier...

— Ah ! c'est juste...

— Et les chefs l'ont su ?

— Mais un moment, dit l'incendiaire qu'on appelait la Bourée de son nom de guerre, il y a quelque chose qui me chiffonne...

— Quoi ?

— Pour qui travaillons-nous ?

— Pour nous, donc !

— C'est-à-dire que nous profitons du brûlage, et qu'on nous abandonne le butin.

— Tu vois donc bien, dit Tison qui prit un air naïf, tu vois donc bien que nous travaillons pour nous.

— Oui, mais on nous paye.

— Sans doute.

— Alors, ce n'est pas seulement pour nous, observa la Bise à son tour.

— Eh bien ! nous travaillons pour ceux qui nous payent.

— Voilà justement, reprit la Bourée, ce que je veux savoir.

— Tu veux savoir qui nous paye ?

— Oui.

— Mon gars, dit Tison, je commence par te faire obser-ver que, lorsque je t'ai enrôlé, tu ne m'en as pas demandé si long, ni toi, ni tes camarades.

— Oui, mais je veux savoir, maintenant.

— Et pourquoi cela ?

— Mais parce que cela m'embête de risquer ma peau tous les jours.

— Et quand tu saurais pour qui tu la risques, la risque-rais-tu moins ?

—. Non, mais...

Tison eut un mauvais regard.

— Si tu veux ne plus marcher avec nous, tu es libre de te retirer.

— Je n'ai pas dit cela.

— Seulement, tu dois te souvenir de Bertrand, notre ca-marade qui était parti un matin à travers bois pour aller nous vendre à Auxerre.

— Eh bien ?

— Il n'est jamais arrivé à Auxerre. Il a été arrêté... par une balle.

— Oh ! fit la Bourée, qui se radoucit tout à coup, vous avez un mauvais caractère, père Tison. Je ne veux pas abandonner les camarades... Seulement, je voudrais savoir qui nous paye.

— Des gens de Paris.

— Mais encore ?

— Et, dit Tison dont l'accent parut sincère à ses com-pagnons, s'il faut vous parler vrai, je ne les connais pas.

Ces mots arrachèrent une exclamation de surprise aux compagnons de Tison.

— Vrai, répondit celui-ci, je ne les connais pas, et de-puis un an tout à l'heure que je travaille pour eux, et que j'ai organisé notre bande, je n'en ai vu qu'un seul.

— Mais vous l'avez vu ?

— Oui et non.

— C'est drôle, fit Bouquin.

— Il avait un capuchon rouge sur le visage, et je n'ai aperçu que ses yeux qui brillaient comme des tisons.

— Mais, enfin, c'est lui qui vous donne des ordres...

— Oui.

— Toutes les semaines ?

— A peu près.

— Et il a toujours la tête couverte d'un capuchon ?

— Les jours où je le vois. Car, ajouta Tison, je ne le vois pas toujours.

— Comment cela ?

— Il y a des semaines où je reçois mes instructions par écrit.

— Mais qui vous les porte ?

— Oh ! soyez tranquilles, dit Tison en riant, ce n'est point le postillon des lettres.

— Qui donc alors ?

— Le chef et moi, nous avons une boîte, et c'est là que nous allons, chacun à notre tour.

— Et cette boîte ?

— C'est le creux d'un chêne, au milieu des bois. Je fais mes rapports et je les dépose dans le creux. Le lendemain je reviens, mon rapport n'y est plus, mais il y a des instructions nouvelles. Ainsi, hier, j'ai trouvé l'ordre de brûler le château des Roches.

— Et quand cela ?

— Voilà ce que je ne sais pas... mais que je saurai bientôt.

— Ah ! fit la Bourée.

— Je ne vous ai réunis, ce soir, que pour vous avertir de vous tenir prêts.

— C'est bon ! dit la Bise. On le saura d'autant mieux qu'il doit y avoir du butin aux Roches.

— Tu crois ? fit Tison.

— De la vaisselle d'argent, du linge et des écus.

— M. Henri n'est pas bien riche pourtant...

— Oh ! répondit la Bourée, c'est pour sauver sa tête, il y a trois ans, qu'il a fait courir le bruit qu'il était ruiné.

— Enfin... on verra...

Comme Tison prononçait ces derniers mots, les incendiaires et lui sautèrent sur leurs fusils.

Un houhoulement, semblable à celui du Bouquin, venait de se faire entendre.

— Nous n'attendons pourtant personne ? s'écria la Bise.

— Nous sommes pincés par les gendarmes, exclama la Bourée.

Mais le houhoulement se prolongea et fut modulé d'une certaine façon particulière.

— C'est le chef ! dit Tison, dont le visage, un moment bouleversé, se rasséréna.

— Le chef ?

— Oui, celui qui me donne des ordres... Restez là, vous autres... Que personne ne bouge avant mon retour... Reste là, Bouquin !

Et prenant son fusil, Tison s'élança hors du terrier.

Au bout de cinq minutes, Tison eut revu le ciel, — c'est-à-dire qu'il sortit du Trou à renards et se montra au travers des broussailles.

A trois pas de l'orifice du terrier, un homme se tenait debout et immobile.

— Est-ce vous, maître ? dit Tison.

L'homme fit un signe affirmatif.

Tison s'approcha.

Cet homme était enveloppé dans un grand manteau, avait sur la tête un chapeau à larges bords, et sous le chapeau le capuchon rouge dont avait parlé Tison.

Il prit Tison par le bras et l'entraîna dans le fourré.

— Tes hommes sont là-bas ? lui dit-il.

— Oui, maître. M'apportez-vous l'heure du rendez-vous ?

— Oui.

— Et cette heure ?

— Cette nuit.

— Il y a loin d'ici aux Roches.

— Aussi n'est-ce point les Roches que tu brûleras.

— Quelle ferme, quel château, quelle maison avez-vous donc condamnée ?

— C'est ce que tu sauras cette nuit.

— Mais... où ?...

— Tu vas donner rendez-vous à tes hommes dans le bois qui touche à la ferme.

— Pour quelle heure ?

— Pour dix heures du soir.

— Et puis ?

— Et puis, tu m'attendras...

— Comment, fit Tison, vous viendrez... vous.

— Moi, et nul ne trouvera cela extraordinaire... pas même toi...

— Oh ! c'est étrange ! murmura Tison ; il me semble pourtant que je vous connais...

L'inconnu ricana sous son capuchon.

— J'ai entendu votre voix... quelque part... Seulement en passant par ce masque que vous avez sur le visage, elle perd son timbre ordinaire sans doute.

— C'est possible, dit l'homme au capuchon.

— Et voilà, continua Tison, que je suis comme mes camarades, à présent.

— Ah!

— Je voudrais savoir qui me paye pour brûler...

— Prends garde! dit l'inconnu.

— A quoi donc, maître?

— Tu risques ta tête en brûlant, c'est vrai: Mais tu ne risques que ta tête...

— Que puis-je risquer de plus?

— La vie de tous les tiens.

Tison tressaillit.

— Car, si tu me trahissais...

— Oh! pas de danger dit Tison.

— Tu veux donc savoir qui je suis?

— Il me semble que si je le savais, je vous servirais mieux...

— Eh bien! dit l'inconnu, sois satisfait...

Et il souleva son capuchon.

La lune brillait à travers les branches des arbres.

Un de ses rayons éclaira le visage que l'inconnu venait de découvrir.

Soudain Tison recula stupéfait, l'œil hagard, les cheveux hérissés.

— Vous! vous! dit-il d'une voix étranglée.

— Moi! dit l'inconnu froidement.

9

Et laissant retomber son capuchon, il ajouta :

— Maintenant je puis te donner mes instructions tout de suite.

VI

Revenons maintenant à la ferme où Brulé, le père de Bouquin, causait fort tranquillement avec M. Henri de Vernières et le capitaine Victor Bernier.

La mère Brulé était revenue s'asseoir au coin du feu, après avoir, disait-elle, porté la soupe à un pauvre.

Sulpice était sorti à son tour.

— Où vas-tu, mon gars ? lui avait dit son père étonné.

Sulpice ne s'était point déconcerté.

— La nuit dernière, répondit-il, une vache s'est détachée à l'étable et elle a couché dehors ; je vais voir si elle est tranquille ce soir.

Les gens de la ferme, pâtres, dindonniers, valets de charrue, étaient entrés l'un après l'autre et s'étaient assis autour de la table.

Henri, le capitaine et Brulé occupaient le haut bout.

Une servante, celle qui faisait le pain d'ordinaire et coulait la lessive, tournait la broche.

Brulé buvait à petites gorgées, mangeait lentement et causait en homme de sens.

— Voyez-vous, mes bons messieurs, disait-il, on a beau dire que la Révolution qui vient de passer a fait les hommes égaux, c'est de la bêtise, ça. Les hommes sont faits pour qu'il y ait des riches et des pauvres, des nobles et des paysans.

Henri sourit, sans répondre.

Brulé continua :

— Et vous, monsieur Henri, vous seriez peut-être un peu bien emprunté, quoique vous soyez vaillant à l'ouvrage, s'il vous fallait conduire la charrue ou rompre un morceau de pré.

— C'est fort possible ce que tu dis là.

— Donc, poursuivit le fermier qui était d'une logique rigoureuse, puisque Dieu fait bien ce qu'il fait, la Révolution a eu tort de vouloir le défaire. Et comme dans ce pays, nous étions des gens de bon sens pour la plupart, nous n'avons jamais accepté complétement la Révolution.

— Ah ! vraiment ? fit le capitaine Victor Bernier avec un peu d'ironie.

— Non, monsieur, dit Brulé.

— Cependant...

— Oh ! je sais ce que vous voulez dire, reprit le fermier ; on a guillotiné à Auxerre.

— Comme ailleurs.

— Mais nous sommes loin d'Auxerre d'une façon, dit Brulé, et bien qu'il n'y ait que six lieues à travers bois.

— Comment cela ?

— Voyez-vous, mon officier, continua Brulé, dans ce pays-ci nous touchons quasiment au Morvan. D'aucuns prétendent même que nous sommes Morvandiaux.

— Eh bien ?

— Qui dit Morvandiau dit un honnête homme. Nous n'avons qu'un défaut, nous sommes braconniers.

— Ah ! vous en convenez ?

— Pardieu ! fit naïvement Brulé. Ce qui ne nous convenait pas, du temps du roi, c'était de ne pouvoir tuer un lièvre, un chevreuil ou un sanglier sans courir le risque d'aller en prison. Alors, dam ! quand on a dit qu'il n'y avait plus de nobles, et lorsque les nobles ont pris la fuite, les paysans ne se sont pas privé de mettre le gibier à sac et de tout exterminer.

D'ailleurs, comme on guillotinait à Auxerre, les nobles étaient partis.

Mais on ne leur aurait pas fait de mal, allez !

— Peuh ! qui sait ? fit le capitaine.

— Voyez M. Henri, plutôt!.. continua Brulé.

Il est resté ici tout le temps, lui, et personne n'a songé à le dénoncer.

— Cela est vrai, dit Henri, je dois avouer que les gens de ce pays se sont montrés peu enthousiastes de la Révolution.

— Moi, dit Brulé, je sais bien une chose, c'est que nous avons tous eu un regret.

— Lequel ? demanda le capitaine.

— C'est que M. Henri n'ait pas épousé sa cousine mademoiselle Hélène.

— Tais-toi, dit brusquement Henri.

Et il passa la main sur son front comme pour en chasser un pénible souvenir.

Sulpice rentra tandis qu'on causait.

Le valet de charrue et les gens de la ferme s'étaient levés un à un, leur souper fini, et souhaitant le bonsoir au maître, s'en étaient allés se coucher.

— Allez, mes enfants, leur avait dit le père Brulé d'un ton paternel, allez vous reposer et demain soyons de bonne heure à l'ouvrage : nous battrons du blé en grange, puisque la neige nous empêche d'aller aux champs.

— Eh bien ! et ta vache ? dit-il à Sulpice en le voyant entrer et venir se rasseoir à table.

— Elle est sur la litière et n'a pas bougé, répondit Sulpice un peu troublé.

La mère Brulé ne tenait pas en place. Elle mangea peu, et comme le fermier demeurait volontiers à table, elle dit à son mari :

— Maître, je vais aller préparer les chambres de ces messieurs, là-bas, dans le corps du bâtiment aux fourrages.

— Ah çà ! fit le capitaine, est-ce que décidément nous couchons ici ?

Henri sortit sur le seuil de la porte :

— Il le faut bien, dit-il ; voici la neige qui recommence à tomber. Nous nous en irons demain matin.

— Ta sœur ne sera pas inquiète ?

— Nullement ; elle est habituée à de semblables absences.

Le bâtiment des fourrages, comme disait la mère Brulé, était justement celui où elle avait caché sa fille.

Les étables étaient d'un côté, les granges de l'autre ; au-dessus, entre les greniers à foin, on avait ménagé trois chambres, dont deux étaient contiguës et se commandaient.

Ces deux dernières étaient les chambres dites de *réserve*. On les donnait au nouveau propriétaire, quand il venait visiter sa ferme, comme on les avait données à l'ancien, c'est-à-dire à M. le marquis de Vernières, l'oncle du comte Henri, qui s'était fait tuer à l'armée de Condé.

Ce fut pour aller faire les lits d'Henri et du capitaine que la mère Brulé sortit, après avoir pris des draps dans un grand bahut de frêne, et prié Sulpice de se munir d'une lanterne pour l'éclairer.

En traversant la cour, la fermière se pencha à l'oreille de son fils :

— Seigneur-Dieu ! lui dit-elle, je suis à la mort de penser que M. Henri va coucher ici.

— Mais pourquoi donc ça, mère ? demanda Sulpice naïvement.

— Parce que Lucrèce le verra ou l'entendra.

Le bon Sulpice hocha la tête :

— Ah ! dit-il, j'ai dans l'idée que la pauvre sœur ne pense plus à M. Henri.

— Tu crois ?

— Hélas ! soupira le fils Brulé, je crois qu'elle a eu d'autres malheurs depuis ce temps.

— Eh bien, fit la mère Brulé, si c'est comme ça, nous la consolerons de notre mieux... nous verrons... tout se passe, à la fin des fins...

Comme ils atteignaient le petit escalier qui grimpait dans le bâtiment des fourrages et conduisait aux trois chambres, la mère Brulé ajouta :

— Pourvu que ton père n'ait pas l'idée d'accompagner ces messieurs,

— Qu'est-ce que ça fait, mère ?

— Et d'entrer dans la chambre où est Lucrèce ?

Sulpice frissonna.

— Oh ! dit-il, j'ai peur qu'il ne la tue.

— Non, non, dit la mère Brulé avec force, il me tuera auparavant... n'aie pas peur.

Ils entrèrent à bas bruit dans la chambre où ils avaient laissé Lucrèce.

La pauvre mendiante, enveloppée dans les couvertures du lit, commençait à se réchauffer. Elle regarda sa mère et son frère avec un doux et triste sourire.

— Ah ! dit-elle, c'est bon d'être ici !

La mère Brulé lui prit la tête à deux mains et la couvrit de baisers.

— Mais, ma pauvre enfant, dit-elle, faut te méfier de la colère de ton père. Tu sais combien il est violent...

— Oh ! oui, dit Lucrèce avec un mouvement d'effroi subit.

— Je le préparerai à te revoir. Mais, ce soir, il est un peu allumé, ajouta Sulpice.

— Ah ! dit la jeune femme...

— Oui, se hâta de dire la mère Brulé, il a soupé en compagnie...

— Il y a du monde à la ferme ?

— Oui... des officiers... des chasseurs...

— Est-ce que M. Henri est avec eux ? demanda Lucrèce.

— A cette question, la mère Brulé devint pâle comme une morte.

Mais Lucrèce se prit à sourire.

— Oh! dit-elle, n'ayez pas peur.,. ce n'est pas pour lui... que je souffre !...

La mère Brulé eut un cri de joie :

— Eh bien ! tant mieux, dit-elle, et si tu souffres d'ailleurs, nous prierons tant et tant le bon Dieu qu'il te guérira !

— Pauvre mère, dit Lucrèce, qui rendit à la mère Brulé caresses pour caresses.

— Es-tu un peu réchauffée, mon enfant? demanda la fermière.

— Oui, mère.

— As-tu pu manger ?

— Oui... et je n'ai plus faim... mais j'ai bien besoin de dormir, allez !... je suis si lasse !

— Eh bien ! dit la fermière, dors, ma fille chérie, et quelque bruit que tu entendes, ne sors pas... J'ai si peur de la colère de ton père !...

Sulpice et la mère Brulé bordèrent Lucrèce dans son lit, entassèrent des couvertures sur ses pieds, l'embrassèrent tendrement et sortirent.

— Mais que dira le Bouquin quand il viendra se coucher? observa la mère Brulé, car c'est sa chambre où nous avons mis Lucrèce.

Sulpice répondit :

— N'ayez crainte, mère. Le Bouquin ne passe jamais la nuit à la ferme. Il s'en va tendre ses collets jusqu'au matin. Quand il rentrera, je serai levé... et je l'empêcherai bien de monter.

— Ah ! c'est que, dit la mère Brulé avec **conviction**, il

vendrait sa sœur tout de suite... Il est si méchant, cet enfant.

— Oui, dit Sulpice, mais j'ai le poignet solide, allez!

La mère Brulé et Sulpice préparèrent en hâte les deux chambres.

On alluma du feu dans la première, et ce fut là qu'on dressa le lit du capitaine.

La seconde, qui n'avait point de cheminée, fut réservée à M. Henri.

Un mot de la mère Brulé expliqua ce choix à Sulpice.

— Ce monsieur, qui vient de Paris, est frileux, sans doute, dit-elle, tandis que M. Henri est un enfant du pays. Il ne craint rien..., ni le chaud, ni le froid... ni la pluie, ni la neige, et il ne nous en voudra pas d'avoir fait honneur à son ami.

Quand ce fut prêt, la mère et le fils redescendirent.

VII

Le corps de ferme où était la cuisine et où, par conséquent, Henri et Victor Bernier achevaient de souper en compagnie de leur hôte, servait de logis au fermier, à sa femme et à leur fils aîné.

Bouquin, nature indépendante et sauvage, s'était lui-même choisi la chambre du bâtiment à fourrages, afin de pouvoir entrer de nuit et sortir à sa fantaisie.

9.

Les valets et les pâtres couchaient dans un troisième corps de logis.

Suivant la paisible habitude des gens de la campagne, tous étaient déjà au lit, et il n'y avait plus sur pied dans la ferme que Brulé, ses hôtes, sa femme et son fils quand ces derniers reparurent dans la cuisine.

Le Bouquin s'en était allé.

Où ? bien malin eut été celui qui eût pu le dire.

La neige qui tombait en gros flocons n'arrêtait pas le maudit petit braconnier.

Maître Brulé causait toujours.

Il était descendu à sa cave et en avait remonté une bouteille de vieux vin de la chaînette, un cru fameux de l'Auxerrois.

Henri et l'officier buvaient sec.

Le vin déliait la langue de Brulé.

— Ma foi ! disait-il, les incendiaires peuvent venir maintenant ; ils n'auront pas cette bouteille.

Et il acheva d'emplir son verre.

— Ah ! dit Henri, laisse donc un peu les incendiaires de côté, mon pauvre Brulé !

— Vous en avez donc bien peur, vous ? dit le capitaine qui continuait à observer Brulé.

— Ah ! dam, répondit le fermier, savez-vous bien que j'ai toutes mes récoltes en grange ?

— Rassure-toi, dit Henri ; tu es un trop brave homme pour qu'on songe à te faire du mal.

— Le fermier de la Fringale aussi était un brave homme, soupira Brulé. Ça n'empêche pas qu'il a été brûlé... incendié.

— Allons nous coucher, en attendant, et dormons tranquilles, fit Henri, qui se leva en voyant entrer la mère Brulé et son fils.

— Vos chambres sont prêtes, messieurs, dit la fermière.

— Je vais vous y conduire, ajouta Brulé.

— Oh! fit Henri, ce n'est pas la peine... j'ai couché plus d'une fois chez toi... et je connais le chemin.

Mais Brulé tenait à honneur de conduire ses hôtes.

Il prit la lanterne que Sulpice avait encore à la main et passa le premier.

Henri et son compagnon reprirent leurs fusils qu'ils avaient, en entrant, déposés au coin de la cheminée pour les préserver de l'humidité.

On traversa la cour rapidement, car la neige tombait toujours; mais le capitaine eut le temps de jeter un coup-d'œil à toutes choses, et il se rendit un compte exact de la situation des trois corps de bâtiment qui composaient la ferme.

La mère Brulé tremblait si fort pour sa fille, qu'elle suivit le fermier.

Celui-ci passa, sans s'arrêter, devant la chambre de Bouquin et pénétra le premier dans le logis réservé au capitaine.

Un bon feu flambait dans la cheminée.

— Messieurs, dit Brulé après avoir allumé une chandelle sur une table, vous voilà chez vous... Bonne nuit et bon repos !

— Merci, Brulé.

— A quelle heure faudra-t-il vous éveiller?

— Oh ! sois tranquille, dit Henri. Je serai sur pied au point du jour... Nous nous en irons en chassant et nous arriverons aux Roches pour l'heure du déjeuner.

— Bonsoir, messieurs.

— Bonsoir, l'ami, répéta le capitaine.

Brulé fit mine de sortir, mais il revint sur ses pas et entra sans affectation dans la deuxième chambre, celle qui était destinée à Henri.

— Je vous demande pardon, dit-il, mais le volet de cette fenêtre est dur à fermer... Excusez !...

Il ouvrit la fenêtre et fit mine de pousser le contrevent.

Henri lui posa la main sur l'épaule.

— Chut ! dit-il tout bas, ne ferme pas.

Brulé regarda le jeune homme et cligna de l'œil.

— Est-ce que vous auriez envie, dit-il, de sauter par la fenêtre ?

— Chut !

Brulé secoua la tête.

— Ah ! monsieur Henri, dit-il, je crois que vous avez tort ?

— Hein ?

— Il vous arrivera malheur un jour ou l'autre.

Henri haussa les épaules, appuya de nouveau un doigt sur ses lèvres et congédia Brulé.

Brulé s'en alla sans avoir fermé le volet.

Quand il fut parti, Henri retourna dans la chambre du capitaine.

Ce dernier délaçait ses guêtres de chasse devant le feu.

— Eh bien ! dit Henri, comment te trouves-tu de cette journée, mon ami, tu dois être bien las ?

— Oui et non, dit le capitaine ; mais ce n'est point cela qui m'occupe.

— Ah !

— Connais-tu beaucoup ce fermier ?

— Il est né dans sa ferme, et sa ferme a appartenu cent ans et plus à ma famille ; c'est un fort brave homme.

— Tu crois ?

— Oh ! certes !

— C'est bizarre... il ne me revient pas.

— Quelle folie !

— Quant à son fils...

— Oh ! celui-là, dit Henri en riant, je te l'abandonne... c'est un chenapan.

— Et peut-être bien un incendiaire...

— Halte-là ! dit Henri, tu vas trop loin... les Brulé sont d'honnêtes gens... J'en réponds...

— Ah ! c'est différent.

Et le capitaine continua à délacer ses guêtres ; puis, après un silence :

— Au fait, ne m'as-tu pas dit que tu ne croyais pas aux incendiaires.

— Je sais qu'il y a beaucoup d'incendiés depuis quelque temps, mais...

— Mais ? fit Victor Bernier.

— Mais je ne crois pas à des bandes organisées.

— Ah !

— Et comme je n'aime pas à faire de mauvais rêves, ajouta le comte Henri, je vais, pour ne m'y point préparer par des conversations sinistres, me mettre au lit sur-le-champ. Bonsoir, Victor.

— Bonsoir, Henri.

Le comte Henri ferma sa porte, se posa sur son lit tout habillé, souffla sa chandelle et attendit.

Il attendit que le capitaine se fût mis au lit pareillement et eut éteint sa lumière.

Quelques minutes après, un ronflement sonore vint apprendre au comte Henri que l'officier dormait.

Alors, le jeune homme ouvrit sa croisée sans bruit, se pencha au dehors et écouta.

La neige avait cessé de tomber. Le silence le plus profond régnait dans la ferme où toute lumière était éteinte.

La fenêtre était à six pieds à peine du sol.

Le comte Henri prit son fusil, se dressa sur l'entablement de la fenêtre, et sauta lestement à terre, tombant sur ses pieds avec la précision et la légèreté d'un clown.

Après quoi, il traversa la cour, ouvrit la claie qui fermait le potager et gagna une des brèches de la haie vive.

— Je serai bien de retour demain matin, avant l'aube, se dit-il en s'éloignant de la ferme.

Le comte Henri reprit, malgré la neige et le froid, le chemin qu'il avait suivi quelques heures plus tôt, c'est-à-dire cette grande allée forestière qui s'en allait à travers bois jusqu'à la cabane de Jacomet le bûcheron.

Il marcha pendant une heure environ d'un pas rapide, bien que la neige fût tombée en abondance, et il ne s'arrêta qu'à l'angle formé par une autre allée, qui coupait celle qu'il avait suivie jusque-là perpendiculairement. C'était à l'extrémité nord de cette dernière route forestière que le capitaine Victor Bernier avait, en passant dans

la soirée, remarqué un petit château construit en briques
rouges.

Le château était sans doute le but de la course nocturne
du comte Henri, car il pressa le pas et eut un battement de
cœur en voyant, malgré l'heure avancée, une lumière
briller au second étage, derrière une persienne discrète-
ment fermée.

— Elle m'attend ! se dit-il.

Quand il ne fut plus qu'à quelques centaines de pas du
château, le jeune homme quitta l'allée forestière qui conduisait directement à la grille du parc, et il entra sous bois,
sans doute pour ne point laisser sur la neige la trace de
son passage.

Alors, prenant un sentier qui lui était familier, il s'approcha du château en décrivant une sorte de demi-cercle,
et il atteignit la clôture du parc, clôture qui était fermée
par une haie et un saut de loup.

La haie avait une brèche ; le saut de loup n'était pas
très-large.

D'un bond, le jeune homme, qui était leste et avait le
pied sûr d'un chasseur de bois, eut franchi le saut de
loup.

Mais, comme il s'apprêtait à se glisser par la brèche de
la haie, un homme se dressa subitement devant lui.

Henri porta la main à son fusil, qu'il avait en bretelle
sur son épaule.

VIII

L'homme qui venait de surgir devant le comte Henri lui
dit, en lui posant la main sur l'épaule :

— N'ayez pas peur, monsieur Henri.

— Jacomet ! exclama le comte.

— Oui, c''est moi.

— Hé mon pauvre ami, dit Henri, qui s'efforça d'accepter gaiement cette rencontre qu'il supposait être fortuite,
que diable viens-tu faire ici ? Braconnerais-tu, toi aussi, et
viendrais-tu poser tes collets à lapins ?

— Je pourrais vous faire la même question, monsieur
Henri.

— Oh! moi... c'est différent.

— C'est-à-dire, dit Jacomet avec tristesse, que vous,
monsieur Henri, vous venez braconner sur les terres du
chef de brigade... seulement votre gibier à vous.

— Chut ! fit Henri.

— Eh bien ! moi, dit Jacomet, c'est uniquement pour
vous que je viens.

— Pour moi ?

— Oui, monsieur Henri.

Le jeune homme parut inquiet.

— Je me suis douté, poursuivit Jacomet, que vous iriez
aux Saulayes cette nuit.

— Tu le vois...

— Et je viens vous dire que vous avez tort.

— Tu me l'as déjà dit, il y a quelques heures.

— Oui, mais alors ce n'était qu'un conseil.

— Serait-ce un ordre, maintenant? fit le comte Henri en souriant.

— Vous savez bien, monsieur Henri, que je n'ai pas d'ordres à vous donner.

— Eh bien ! alors... explique-toi.

— Voici, dit le bûcheron. Quand vous êtes venu chez moi et que je vous ai accompagné, je me suis borné à vous conseiller de cesser vos visites nocturnes aux Saulayes.

— Bon. Après ?

— Maintenant j'ai sur ce qui passe au château des renseignements de telle nature, que je vous dis hardiment : monsieur Henri, n'y allez pas !

— Que se passe-t-il donc au château? le chef de brigade y est... Eh bien?

— Vous vous trompez, il n'y est pas.

— Alors, raison de plus pour que j'y aille.

— Au contraire, rebroussez chemin.

— Mais pourquoi ?

— Parce que le général rentrera cette nuit d'un moment à l'autre.

— Qu'est-ce que cela me fait? madame Solérol habite une aile du château et lui l'autre.

— Il peut entrer chez sa femme.

— Oh ! pour cela, non ! dit Henri avec une hauteur dédaigneuse. Il a le château, c'est-à-dire la dot, et ma cousine porte son nom, mais là s'arrête leur intimité.

— Je sais bien ça, mais faut s'en méfier de ce louchard-là...

— Je ne le crains pas, sois tranquille... Ah çà, poursuivit Henri, il n'est pas au château, où est-il donc ?

— Je le sais, mais...

— Tu ne veux pas le dire ?

— Non, dit Jacomet, car ce secret n'est pas le mien.

— Ah ! la chose est différente... Eh bien, au revoir !

— Comment ! vous ne suivez pas mon conseil ?

— Non.

— Vous allez aux Saulayes ?

— Tu vois bien qu'elle m'attend, dit Henri.

Et il montrait la lumière qui brillait derrière les persiennes.

— Monsieur Henri, au nom du ciel... vous verrez qu'il vous arrivera malheur.

—Bah ! n'ai-je pas là le frère Jacques pour me défendre ?

Et Henri frappa de la main sur la crosse de son fusil.

Puis, tandis que Jacomet poussait un soupir, il franchit la brèche et se glissa dans le parc.

— Il y a des choses que je ne puis pourtant pas lui dire, murmura tristement Jacomet.

. . . .

Et le bûcheron s'éloigna.

Entrons maintenant au château de Saulayes.

C'était une construction du seizième siècle qui avait conservé une certaine apparence féodale, bien qu'on eût abaissé les tours, comblé les fossés et supprimé un pont-levis.

La Révolution l'avait respecté, — bien que le marquis de Vernières, son possesseur alors, eût émigré et passé à l'armée de Condé.

Pendant les plus mauvais jours de 93, une bande d'Auxerrois s'était présentée un jour pour raser le château et y mettre le feu ; mais un ange l'avait protégé.

Cet ange, c'était une jeune fille, une orpheline de dix-neuf ans, mademoiselle Hélène de Vernières, qui était demeurée aux Saulayes sous la garde de Dieu et d'une vieille gouvernante.

Les carmagnoles et les bonnets rouges avaient reculé devant le regard et le front pur de la jeune fille.

Ils s'étaient retirés sans causer aucun dégât ; et, depuis lors, le château avait été respecté.

Or, maintenant, l'ange protecteur des Saulayes, mademoiselle de Vernières, avait changé son nom. Elle s'appelait madame Solérol et elle était la femme du chef de brigade de ce nom.

Ce mariage, accompli depuis bientôt trois ans, avait jeté le pays tout entier dans un étonnement voisin de la stupeur.

Henri de Vernières et mademoiselle Hélène étaient cousins-germains, et ils s'aimaient, au su et connu de toute la contrée.

Peut-être même cet amour de la jeune fille, qui était généralement adorée, avait-il sauvegardé Henri des orages révolutionnaires.

On l'avait respecté, lui et sa sœur, dans leur petit manoir des Roches, qui surplombait l'Yonne, à deux lieues du bourg de Châtel-Censoir.

Aussi, quand un matin on apprit que mademoiselle de Vernières renonçait à épouser son cousin, pour apporter sa main et sa fortune, qui était considérable, au chef de brigade Solérol, un officier de fortune, et qui ne devait son avancement militaire qu'à des circonstances mystérieuses, éprouva-t-on dans tout le pays environnant une surprise mêlée de consternation.

Le mariage s'était fait le premier thermidor, c'est-à-dire neuf jours avant la chute de Robespierre et du parti montagnard.

Henri de Vernières avait témoigné une douleur morne et résignée, une douleur sans éclat, — et cela contre toute attente encore, — car ce mariage devait ruiner toutes ses espérances de fortune.

Pourquoi et comment cette union s'était-elle accomplie ?

Voilà ce que nul ne savait d'Auxerre à Clamecy, et d'Avallon à Sens.

Tout ce qu'on avait appris, c'est que, un soir, après avoir passé la journée chez ses cousins au château des Roches, et fixé son mariage avec Henri aux premiers jours du mois de septembre prochain, mademoiselle de Vernières était rentrée aux Saulayes.

Là, elle avait trouvé un inconnu qui arrivait de Paris à franc étrier et lui avait remis une lettre.

Mademoiselle de Vernières était partie sur-le-champ, et, pendant un mois, on n'avait su ce qu'elle était devenue.

Au bout de ce temps, elle avait reparu aux Saulayes.

Seulement elle s'appelait madame Solérol et était accompagnée de son mari.

Le général en chef de brigade Solérol devait, disait-on, son avancement à Robespierre. Il avait servi dans l'armée du Rhin, en Vendée et en Bretagne.

A l'époque de son mariage, il commandait une brigade de l'armée de Paris.

C'était un homme de quarante-cinq ans, au visage sinistre, au regard empreint de méchanceté.

Fils d'un ancien tabellion de Coulanges, la Révolution l'avait trouvé clerc de procureur à Paris. A la chute de Robespierre, il était général. Trois années lui avaient suffi pour faire ainsi son chemin.

Le parti thermidorien l'avait mis de côté. On l'avait placé dans le cadre de réserve et invité à quitter Paris pour quelques jours.

Le chef de brigade avait obéi d'abord.

Il avait passé dix mois aux Saulayes. Puis, au bout de ce temps, il était reparti pour Paris, laissant sa jeune femme dans le château bourguignon.

Plus d'une année s'était écoulée depuis son départ.

Un jour même, le bruit de sa mort avait couru, et, dans le pays, ce bruit avait été accueilli avec une sorte de joie.

On avait cru un moment que la réaction thermidorienne l'avait enveloppé dans une de ses fournées de condamnés qu'on appelait la queue de Robespierre.

Mais un matin, le général reparut.

Il revint aux Saulayes, et de ce jour, Henri de Vernières cessa, ostensiblement du moins, de venir voir sa cousine.

Cependant, quelques personnes bien informées, des bûcherons comme Jacomet, des fermiers comme le père Brulé, savaient que Henri s'en allait souvent, la nuit, à travers les bois, des Roches aux Saulayes.

Et en effet, presque chaque nuit, le jeune homme accomplissait ce voyage.

Cependant le général était au château. On prétendait même qu'un soir, lui et Henri s'étaient rencontrés dans le parc.

Pourtant aucun éclat n'avait eu lieu, et on s'était salué de part et d'autre sans s'aborder.

Or, pour avoir la clef de tous ces mystères, il est nécessaire de pénétrer sur les pas de Henri dans le château des Saulayes.

Le général ou chef de brigade, — car c'était le mot usuel, alors, — habitait l'aile droite ; madame Solérol, l'aile gauche.

Cette dernière partie du château avait un escalier particulier qui descendait dans le parc et était fermé par une petite porte.

Ce fut vers cette porte que Henri se dirigea, et il tira de sa poche une clef qu'il mit dans la serrure, tout en levant les yeux vers cette fenêtre éclairée au second étage.

Une lampe était placée au bord de la fenêtre, et la persienne s'entr'ouvrit doucement.

Henri ouvrit alors la porte et entra.

L'escalier était plongé dans les ténèbres, mais le jeune homme était familier sans doute avec les êtres de la maison, car il monta lestement, étouffant le bruit de ses pas, et il ne s'arrêta qu'à la porte de cette pièce, où madame Solérol l'attendait sans doute.

C'était un petit boudoir dont les murs étaient couverts de portraits de famille qu'on avait enlevés au grand salon du château.

Jamais le chef de brigade n'y était entré.

Lorsque Henri arriva, madame Solérol était enveloppée dans un grand peignoir blanc et ses beaux cheveux noirs flottaient dénoués sur ses épaules.

— Ah ! dit-elle en jetant ses deux bras au cou du jeune homme, j'avais peur que vous ne vinssiez pas ce soir, Henri.

— Et pourquoi ?

— Il fait si mauvais...

— Vous savez bien que cela ne m'arrête jamais, chère Hélène, dit Henri qui déposa son fusil dans un coin et se laissa choir dans le fauteuil que la jeune femme lui roula au coin de la cheminée.

— Et pourtant, dit-elle, j'avais bien des choses à vous dire ce soir.

— Ah ! fit Henri.

— J'ai de bonnes nouvelles de Paris.

— Vraiment ?

— Oui, mon ami, dit Hélène, nos amis se remuent et travaillent à ramener la France à un autre régime. Le Directoire a renversé l'échafaud, mais, il faut qu'il cède la place à la monarchie restaurée.

— Hélène ! Hélène !... murmura Henri en secouant la tête, ne vous faites-vous pas bien des illusions ?

— Oh ! non, dit la jeune femme avec une sorte d'enthousiasme fiévreux, l'heure de la monarchie n'est pas loin... l'heure de ma délivrance, aussi...

Henri soupira :

— Ne vous abusez pas, Hélène, dit-il enfin.

— Non, mon ami, répondit-elle, mon mariage sera cassé.

— Oui, si le roi revient ; mais reviendra-t-il ?

— Oh ! vous manquez de foi, Henri, dit la femme avec tristesse.

— Pourquoi ?

— Mais parce que vous croyez à la durée de la République, vous ?

— Hélas ! je ne crois à rien, si ce n'est à la fatalité qui nous poursuit...

— Nous la dominerons, Henri, dit la jeune femme avec fierté.

Puis, après un silence, elle ajouta :

— Cadenet est ici.

Henri tressaillit.

— Cadenet est ici ? dit-il... mais où ? et depuis quand ?

— Depuis ce soir.

— Au château ?

— Non, il est à la ferme du Vieux-Moulin, à un quart de lieue d'ici.

— Comment le savez-vous ?

— Il m'a écrit, tenez...

Et la jeune femme tendit une lettre ouverte à son cousin.

Mais comme il s'approchait de la cheminée et s'y accoudait auprès d'un flambeau à deux branches pour y voir, Hélène l'arrêta.

— Chut ! dit-elle ; écoutez !

— Qu'est-ce ?... dit Henri prêtant l'oreille.

— C'est le général qui rentre. J'entends craquer ses pas sur la neige.

Hélène s'approcha de la croisée, souleva un coin des rideaux et jeta un regard furtif au dehors.

— D'où peut-il venir à cette heure ? demanda Henri.

— Eh ! le sais-je ? répondit-elle. Depuis quatre ou cinq jours, il fait de fréquentes absences. Je crois qu'il conspire, lui aussi...

— Pour le roi ?

— Oh ! non, dit-elle avec dédain, pour la République rouge, lui, pour la guillotine !

Et il y eut dans son geste et dans son accent un poëme de mépris et de haine pour cet homme dont elle portait le nom.

— Ah ! il n'est pas seul, dit-elle encore.

— Quelqu'un l'accompagne ?

— Oui, deux hommes.... et deux hommes que je ne reconnais pas... bien qu'il fasse un clair de lune superbe.

— Ah !...

Cette dernière exclamation fut arrachée tout à coup à la jeune femme, non point par la vue du chef de brigade rentrant furtivement au château, en compagnie de deux inconnus, mais bien par une clarté subite qui se fit à l'horizon.

— Qu'est-ce ? qu'avez-vous ? demanda Henri.

10

Henri laissa la lettre de Cadenet et s'approcha de la fenêtre.

Une lueur immense venait de se faire au-dessus du bois, la lueur rouge et sinistre d'un incendie ! était-ce une forêt qui brûlait ? était-ce une ferme ou une maison ?

Hélène de Vernières saisit vivement le bras de son cousin et lui dit d'une voix étranglée :

— C'est étrange ! mais j'ai remarqué que le chef de brigade était sorti le soir du château, chaque fois qu'un incendie avait jeté l'épouvante dans les pays environnants !

A son tour, Henri jeta un cri :

— Oh ! je ne me trompe pas, dit-il, c'est la ferme de Brulé qui est en flammes !

IX

Revenons maintenant à la ferme de Brulé.

Le fermier et sa femme, après avoir conduit leurs hôtes à leurs logis, étaient redescendus, et, quittant le bâtiment aux fourrages, ils étaient revenus dans la cuisine.

La mère Brulé tremblait de tous ses membres, car la mine avenante du fermier avait fait place à cet air dur et brutal qu'il avait d'ordinaire, lorsqu'il se trouvait seul ou en compagnie des siens, c'est-à-dire de sa femme et de son fils.

Elle tremblait la pauvre femme, car elle n'osait avouer à son mari le retour de Lucrèce.

Et cependant il faudrait bien lui tout dire à un moment ou à un autre...

La mère et le fils avaient échangé plusieurs regards furtifs ; — regards pleins d'indécision

— Ah ça ! s'écria Brulé qui vint se rasseoir devant la table du souper et se versa un grand verre d'eau-de-vie ; qu'est-ce que vous avez donc tous les deux ?

— Rien, le père, dit Sulpice ; je couvre le feu, crainte d'accidents.

— Pourquoi regardes-tu donc ta mère comme un chien regarde un lièvre au gîte, en ce cas ?

La mère Brulé rangeait les assiettes dans le vaissellier et ne soufflait mot.

Sulpice s'approcha de son père et lui dit tout bas :

— Ma mère est craintive, vous savez, le père... et comme elle vous voit allumé un brin...

— Hé bien ! fit Brulé d'un air dur, qu'elle aille se coucher ! et toi aussi feignant... moi, je vas fumer ma pipe !

Il tira un brûle-gueule de sa poche et le bourra, ajoutant :

— Puisque c'est chose dite que la Révolution n'a pas passé par ici, et que les nobles sont toujours les nobles, faut pas fumer devant eux !

Il eut un gros rire plein d'ironie ; puis il alla prendre un charbon dans les cendres, se servit de ses doigts calleux en guise de pincettes et alluma sa pipe.

Cela donna le temps à Sulpice de passer auprès de sa mère et de lui souffler à l'oreille :

— Il ne faut rien dire ce soir... il est de trop mauvaise humeur... il serait capable de la tuer...

La mère Brulé ôta son tablier de cuisine et dit à son mari :

— Vous n'avez besoin de rien, maître ?

— Non, la mère... va te coucher.

— Bonsoir, maître.

— Bonsoir, fit Brulé d'un ton bourru.

Il y avait au fond de la cuisine un escalier de bois qui conduisait à l'unique étage de la ferme.

La mère Brulé gravit les marches et disparut, laissant Sulpice avec le fermier. Sulpice allait s'en aller aussi.

— Hé ! fieu ! dit Brulé, attends un peu... j'ai deux mots à te dire.

Sulpice tressaillit. Il crut que son père avait deviné le retour de Lucrèce.

Mais le père Brulé continua d'un ton radouci :

— J'ai besoin de toi, mon gars. Faut que tu ailles à Mailly-le-Château.

— A cette heure, dit Sulpice. Voici qu'il est approchant minuit.

— Et il fait froid... il y a de la neige... et tu serais mieux dans ton lit, feignant ? fit Brulé d'un ton brutalement moqueur.

— S'il faut y aller, j'irai, dit Sulpice avec résignation.

— Certainement, il le faut... reprit Brulé.

C'est demain que je paye mon fermage, et il me manque soixante écus, autrement dit cent quatre-vingts livres. Tu vas aller chez le maître d'école, Nicolas Bertin, il te les prêtera et tu lui feras un billet.

— Mais, père, il sera couché, le magister !

— Eh bien ! il se lèvera... Faudrait voir que ce méchant vendeur de *sainte Croix* ne se dérangeât pas pour moi, qui, lorsque j'étais du conseil à la commune, lui ai fait donner trente écus de plus par an.

— Mais pensez-vous, dit encore Sulpice qui tremblait en songeant qu'il allait laisser sa mère et sa sœur à la merci des brutalités du fermier, pensez-vous, père, qu'il aura soixante écus chez lui ?

— S'il ne les a pas, il les empruntera, dit Brulé d'une voix qui n'admettait pas de réplique.

Sulpice se dirigea vers la porte.

— Prends la *Grise*, dit encore le fermier, elle trotte un bon train ; et fais en sorte d'être ici avant le jour.

Quand Sulpice fut sorti, le père Brulé s'approcha de la fenêtre et regarda dans la cour. Il n'y avait plus de lumière à la croisée de la chambre où couchait le capitaine Victor Bernier.

Par contre, celle de M. Henri, comme on le nommait partout dans le pays, était entr'ouverte.

— Bon ! murmura le fermier, le maître avait raison... Tu ne coucheras pas à la ferme toi, monsieur le comte.

Sulpice avait sellé la jument grise en un tour de main.

Brulé le vit se mettre à cheval et sortir de la cour.

— Me voilà débarrassé de lui ! se dit-il avec un soupir de satisfaction.

Il éteignit la chandelle qui brûlait sur la table, et, de-

10.

meurant auprès de sa fenêtre, il continua à fumer, bien qu'on prétende qu'il n'y a aucun plaisir à fumer dans les ténèbres.

Mais si la cuisine était désormais plongée dans l'ombre, au dehors il faisait un clair de lune superbe, et Brulé, immobile, regardait toujours à travers la fenêtre, celle de M. Henri.

Enfin, cette fenêtre s'ouvrit toute grande, et le jeune homme s'y montra.

Brulé le vit sauter lestement dans la cour, la traverser en courant et gagner le potager.

— Je sais où tu vas, dit le fermier ; au bout du potager il y a un sentier qui mène à l'allée des *Dines,* et l'allée des Dines conduit aux Saulayes, et peut-être jusqu'à la place d'Auxerre et à la place des Fontaines, où on dresse la guillotine pour les incendiaires !

Cette sinistre prédiction prononcée à voix basse, Brulé se leva et alla soulever la trappe de la cave.

Dans presque toutes les habitations bourguignonnes, fermes ou maisons de maître, la cave est un vaste sous-sol qui a deux entrées, — une au dehors, l'autre au dedans. Celle du dehors réunit, par une pente rapide et un boyau assez large, le sol extérieur au sol intérieur.

C'est par là qu'on introduit les futailles et les pièces de vendange.

Elle est recouverte par une large plaque en tôle, à deux battants, fermant avec un cadenas, et le plus souvent avec une énorme pierre.

L'autre entrée est plus étroite, aboutit dans la cuisine par un escalier de pierre et quelquefois une simple échelle de meunier, et se trouve fermée par une trappe en bois, au milieu de laquelle est fixé un gros anneau de fer.

La cave de la Ravaudière, c'était le nom de la ferme, était donc semblable à toutes les autres, avec cette différence peut-être qu'il y avait beaucoup plus de vin que partout ailleurs, le vignoble qui en dépendait étant le plus considérable du pays.

A l'intérieur, elle était divisée en plusieurs compartiments ou caveaux, dont seul, Brulé avait les clefs.

Brulé souleva donc la trappe et descendit à la cave sans lumière, marchant d'un pas sûr et allant droit devant lui.

Au bout d'une trentaine de pas, il atteignit une porte derrière laquelle il vit, sans étonnement, briller un mince filet de lumière, et il poussa cette porte qui céda.

Le fermier se trouva alors au seuil d'un caveau assez large, garni de futailles à droite et à gauche.

Une lanterne était placée sur un tonneau et projetait une lueur indécise sur trois hommes qui étaient occupés à jouer tranquillement aux cartes, sur une futaille renversée.

Ces trois hommes avaient le visage noirci, et il était impossible de les reconnaître.

Ils avaient chacun un fusil à la portée de la main.

— Eh bien, les enfants, êtes-vous prêts? demanda le fermier.

— Voici deux heures que nous attendons...

— Où est le Bouquin?

— Il est parti... mais il a dit qu'il reviendrait bientôt...

Un cri de chouette se fit entendre en ce moment.

Ce cri paraissait sortir des profondeurs de la muraille.

X

Brulé prit une futaille à bras-le-corps et la déplaça.

Cette futaille qui était vide, cachait un trou noir.

Ce trou était un boyau souterrain qui passait sous la cour de la ferme, et allait aboutir à quelques centaines de pas plus loin, à une marnière abandonnée depuis longues années et encombrée de broussailles.

C'était par ce chemin assez étrange que les trois hommes noircis s'étaient introduits dans la cave du père Brulé, et que le Bouquin revenait.

C'était lui, en effet, qui avait fait entendre le cri de chouette ; et peu après, il fit son apparition dans la cave.

— D'où viens-tu ? demanda Brulé, qui regarda son fils cadet avec tendresse.

— Je suis allé faire le guet.

— Où ça ?

— Mais, dam !... à l'entour de la ferme.

— Eh bien ! qu'as-tu vu ?

— J'ai vu M. Henri qui sortait par la brèche du potager.

— Ah !

— Et qui prenait l'allée des *Dines*.

— Cela devait être.

— Tiens ! fit naïvement le Bouquin, ça ne vous étonne pas davantage ?

— Non.

— Et ça ne dérange pas vos plans, papa ?

— Au contraire, gringalet.

Tout en parlant, le père Brulé avait ôté sa blouse et quitté ses sabots.

— Vous êtes un fameux homme, tout d'même, papa Tison ! murmura le Bouquin.

— Te taieras-tu, vipère ! dit le fermier. Si tu prononces jamais ce nom, quand je serai comme je suis là... je t'étrangle !...

— Pardon, excusez, dit l'enfant ; je vas attendre que vous vous soyez noirci comme les camarades.

— Alors, tu attendras longtemps.

— Tiens, fit le Bouquin étonné, vous n'allez peut-être pas travailler à visage découvert, papa, car on *travaille* cette nuit, n'est-ce pas ?

— Oui.

— Alors...

— Tu verras, dit le fermier... Venez, mes enfants.

Et il prit la lanterne et sortit le premier du caveau.

— Tâchez de ne pas faire de bruit les enfants, dit-il, vous savez le chemin.

Mais quand il fut au bas de l'escalier qui remontait dans la cuisine, il éteignit la lanterne.

— Vraï de vrai ! murmura le Bouquin en prenant pied sur le sol de la cuisine, si je sais où nous allons je veux être pendu !..

— Ote tes souliers, dit tout bas le fermier.

— C'est fait. Après ?

— Monte sans bruit là-haut, et écoute si ta mère dort.

Brulé et les trois hommes noircis attendirent immobiles et silencieux que le Bouquin redescendît.

Celui-ci revint :

— Je n'entends pas de bruit, dit-il, faut croire qu'elle dort.

— C'est bien, allons...

— Mais où allons-nous, dit le Bouquin.

— Tu veux le savoir ?

— Pardieu !

— Eh bien ! nous allons mettre le feu au bâtiment à fourrage.

— Le bâtiment de la ferme?

— Oui.

— Mais toutes les récoltes y sont !

— C'est possible... mais qui te dit qu'elles ne soient pas payées...

— Papa Brulé, dit le Bouquin, on n'est pas le fils d'un fier homme comme vous, sans être malin. J'avais deviné ça, et je vois bien que vous voulez brûler le capitaine par-dessus le marché.

— Hélas ! soupira Brulé, c'est bien malheureux pour lui. Eh ! mais, pourquoi diable se permet-il de rechercher les incendiaires et de soupçonner le père Brulé ?...

— Un si brave homme! ricana le Bouquin.

— Tais-toi, gringalet, dit Brulé qui ouvrit sans bruit la porte de la cuisine.

— C'est dommage ! ajouta le Bouquin, que M. Henri s'en soit allé...

— Au contraire, dit le fermier ; puisqu'on dit partout que c'est les nobles qui mettent le feu.

— Oh! fameux, dit le Bouquin d'un ton moqueur, ça lui apprendra à réclamer son loup...

La lune, en montant à l'horizon, s'était cachée derrière le pignon du bâtiment à fourrages, et ce pignon jetait une ombre portée sur une partie de la cour.

Ce fut en cet endroit que les incendiaires traversèrent, de peur que quelque garçon de ferme ne fût éveillé et n'eût eu fantaisie de mettre le nez à quelque ouverture du troisième bâtiment.

Le corps de logis où la mère Brulé avait caché sa fille, où dormait le capitaine Victor Bernier, où se trouvaient les fourrages et les autres récoltes, celui, en un mot, qui était condamné à brûler, avait deux escaliers.

L'un, qui menait intérieurement aux trois chambres, aboutissait à un corridor, et au bout de ce corridor à un grenier où se trouvaient amoncelées des javelles destinées au chauffage du four.

L'autre, qui était extérieur et était en bois, comme l'échelle d'un moulin, servant au service du grenier à fourrage, lequel n'était séparé des chambres de réserve que par une cloison en torchis très-mince.

Ce fut vers cet escalier que Brulé conduisit les trois hommes noircis.

— Vous avez vos briquets, dit-il.

— Oui, maître.

— Ici, vous savez, les enfants, continua le fermier en riant, on brûle, mais on ne pille pas... Donc quand vous aurez mis le feu à la luzerne, au foin et à la paille, en cinq ou six endroits différents, vous vous sauverez... Nous nous reverrons demain... Hé! le Bouquin, conduis donc les camarades !

— Est-ce que vous ne venez pas avec nous, papa !

— Non, je vais de l'autre côté...

— Ah !

— Je vais chauffer le capitaine, moi...

Et Brulé rasant le bâtiment, se dirigea vers le second escalier.

. . . .

Cependant Lucrèce ne dormait pas.

La pauvre enfant, qui venait enfin comme le fils prodigue, mendiant son pain et les pieds ensanglantés, avait d'abord cédé à un premier accablement, et ses yeux s'étaient fermés... Un moment même elle avait, comme on dit, perdu connaissance et goûté quelques minutes d'un sommeil agité et fiévreux, mais elle s'était bientôt éveillée en entendant des voix et des pas.

Des pas qui gravissaient l'escalier, des voix qui parlaient haut.

Une là fit tressaillir, c'était celle du comte Henri.

Alors, bien qu'elle se fût vantée à sa mère de ne plus l'aimer, la pauvre enfant éprouva une émotion bien terrible; ses tempes bourdonnèrent et son cœur battit.

Elle descendit de son lit, se traîna jusqu'à la porte car elle n'avait plus la force de marcher, et elle appliqua son œil à une fente de la porte.

Elle vit d'abord passer Sulpice, puis sa mère, puis le comte Henri et le père Brulé, et enfin derrière eux le capitaine.

Et comme un rayon de lanterne avait éclairé le visage de l'officier, Lucrèce le vit...

Et si Brulé et ses hôtes eussent parlé moins haut, si la mère Brulé n'eût déjà pénétré dans la chambre, elle eût entendu le bruit sourd de la chute d'un corps et un gémissement étouffé.

Car Lucrèce avait vu cet homme ; elle l'avait reconnu... Elle avait murmuré un mot unique :

— Lui !

Et puis elle était tombée lourdement sur le plancher de la chambre, barrant la porte avec son corps privé de mouvement.

. . . .

Combien avait duré son évanouissement, Lucrèce ne le sut pas en revenant à elle ; mais, comme elle se relevait, passait une main fiévreuse sur son front et cherchait à se souvenir, elle entendit un nouveau bruit.

Cette fois, c'était un pas assourdi, le pas d'un voleur ou d'un amoureux.

Lucrèce regarda de nouveau par la fente de la porte.

Elle regarda, et elle vit passer son père, nu-pieds, à demi-vêtu, portant une botte de paille sous son bras.

Alors, obéissant à un sentiment de curiosité poignante, à un pressentiment peut-être, Lucrèce entr'ouvrit la porte de sa chambre sans bruit, et se glissa nu-pieds au dehors.

A l'extrémité du corridor brillait une lumière, de l'autre côté d'une porte entrebâillée.

Lucrèce reconnut que son père était dans le grenier aux javelles.

Et toujours guidée par cet âpre instinct de curiosité qui la dominait ; elle avança jusqu'au seuil de cette porte.

Là, ses cheveux se hérissèrent.

Elle vit Brulé qui entassait de la paille sous les javelles et y mettait le feu.

Alors, Lucrèce jeta un cri.

A ce cri, Brulé se retourna menaçant, vit sa fille, la reconnut et s'élança sur elle.

— Au feu ! au secours ! s'écria Lucrèce.

Mais son père la prit à la gorge et lui dit d'une voix étouffée par la colère :

— Tais-toi ! ou je t'étrangle !

Lucrèce essaya de se débattre, mais le fermier lui appuya une de ses mains sur la bouche, lui serra l'autre autour du cou et l'emporta dans ses bras, tandis que le feu commençait son œuvre de destruction.

Tandis que le comte Henri était au château de Saulayes ; tandis que le feu prenait à la ferme de la Ravaudière, qui appartenait, comme on le sait, au chef de brigade Solérol ; tandis que le bon Sulpice allait à Mailly-le-Château emprunter soixante écus au maître d'école, Jacomet, qui avait en vain averti M. Henri qu'il courait un danger en pénétrant cette nuit-là dans le château, Jacomet, disons-nous, reprenait, à travers les bois, le chemin de sa cabane.

Le bûcheron poussa un gros soupir, et murmura :

— M. Henri se fera assassiner un jour ou l'autre, s'il n'y prend garde... Mais qu'y faire ? Il faut que j'aille à mon devoir... et je ne puis passer la nuit sous les murs du château afin d'aller à son secours... Les *autres* m'attendent.

Le bûcheron pressa le pas et eut, en moins d'une heure, atteint la clairière au milieu de laquelle s'élevait sa hutte.

Un filet de fumée s'élevait au-dessus du toit.

— Ils y sont ! se dit Jacomet, car la petite est pour sûr couchée à cette heure.

Puis, ayant aperçu quelques taches brunes sur la nappe de neige qui couvrait la clairière, il s'en approcha et reconnut une trace de pas.

Ces pas sortaient du bois et se dirigeaient vers la cabane.

— Oui, oui, se dit encore Jacomet, il y en a au moins un au rendez-vous.

Et il hâta sa marche et eut bientôt atteint la porte de sa hutte.

Un bruit de voix confuses se faisaient entendre à l'intérieur.

Jacomet poussa la porte et trouva deux hommes assis au coin du feu et causant.

La hutte du bûcheron était divisée en deux compartiments.

Dans l'un couchait la fille de Jacomet, cette jolie Myette que nous avons entrevue.

L'autre était la pièce d'entrée, la cuisine, le lieu où le père et la fille vivaient ensemble pendant le jour et durant les longues soirées d'hiver.

Ainsi que l'avait supposé Jacomet, Myette était couchée.

Les deux hommes étaient seuls au coin du feu. Chaussés de sabots, vêtus de bourgerons bleus, la barbe inculte et les cheveux longs, c'étaient des paysans à première vue.

Cependant, celui qui les eût examinés de plus près eût remarqué la finesse et la blancheur de leurs mains, la délicatesse de leurs pieds, et jusqu'à la propreté merveilleuse du gros linge qu'ils portaient sous leur blouse. Avant que le bûcheron arrivât, ces deux hommes causaient à mi-voix :

— Ainsi, tu es arrivé, disait l'un, la nuit dernière à Auxerre ?

— Oui, mon cher chevalier, j'ai fait mes quarante-trois lieues à franc étrier déguisé en marchand de chevaux, et, ce soir, je suis venu d'Auxerre ici, où tu m'avais donné rendez-vous.

— A pied ?

— Le fusil sur l'épaule et un bâton à la main.

— Heureusement, les nouvelles que tu apportes sont assez bonnes pour te faire oublier la fatigue.

— Ça craque ! ça craque ! dit en riant le voyageur. Si nous opérons avec ensemble, dans deux mois la France sera gouvernée par le roi Louis XVIII.

— Dieu t'entende ! Cadenet...

Cadenet, car c'était bien le même personnage que nous avons entrevu dans le prologue de cette histoire, se leva et alla entre-bâiller la porte.

— Penses-tu, dit-il, que Jacomet tarde longtemps à revenir ?

— Je l'ai envoyé aux Saulayes.

— Porter mon billet ?

— Oui ; aussitôt que je l'ai eu, je suis venu ici et je l'ai remis à Jacomet.

Cadenet parut réfléchir.

— Il y a loin d'ici aux Saulayes, dit-il. Depuis quand est-il parti ?

— Depuis une heure environ.

— Eh bien ! causons en attendant. Qu'a-t-on fait ici, Machefer ?

— Rien... ou à peu près... Les quelques royalistes qui nous entourent manquent d'énergie... Nous avons essayé d'organiser une brigade de compagnons de Jéhu.

— Et vous n'avez pas réussi ?

— C'est-à-dire que nous avons été battus.

— Par qui ?

— Par les gendarmes, d'abord.

— Et ensuite...

— Par ce misérable Solérol.

— Le chef de brigade ?

— Oui.

— Oh ! celui-là, dit Cadenet, il me passera par les mains, je te le promets. Et Henri ?

— Henri est amoureux... voilà tout...

— Il va donc tous les soirs aux Saulayes ?

— Tous les soirs. Une seule chose m'étonne, c'est que le chef de brigade ne le fasse pas assassiner...

— Peuh ! fit Cadenet, il n'est pas jaloux, ce bon général. Il a le château, les terres, l'argent... il ne tient pas à la femme...

— Cependant, murmura Machefer d'un ton ironique, il n'est pas heureux...

— Tu crois ?

— Oui certes, car il est en disponibilité, et le Directoire ne veut de ses services à aucun prix.

Cadenet eut un geste de dégoût.

— Tout corrompus qu'ils sont, nos chers directeurs savent encore distinguer un soldat d'un bourreau.

— Voyons, Cadenet, dit Machefer, il faut pourtant que je sache tout.

— Que veux-tu dire?

— Je devine tout et ne sais rien. Je veux savoir.

— Mais quoi?

— L'histoire de cet homme et de son mariage avec mademoiselles de Vernières, notre bonne et fidèle alliée, le *seul homme* de ce pays-ci.

— Mon cher Baron, dit Cadenet avec tristesse, quand mademoiselle de Vernières est revenue de Paris mariée à cet homme, il y a eu un cri d'étonnement et d'indignation partout, mais elle a gardé le silence et nul n'a osé la soupçonner...

— Oh! je sais bien dit Machefer, qu'elle est au-dessus de tout soupçon ; mais enfin, pourquoi, comment... est-elle devenue la femme de Solérol ?

— C'est un secret épouvantable.

— Et... ce secret ?

— Quatre hommes l'ont su... deux sont morts... Robespierre était un de ces deux-là.

— Et les deux autres?

— C'est Henri d'abord.

— Et puis?

— Et puis moi.

— Tiens, dit Machefer, je crois deviner, mademoiselle de Vernières a consenti à épouser le chef de brigade pour

sauver quelqu'un de l'échafaud... un parent... un ami...
je ne dirai pas son frère, puisqu'il est mort.

Cadenet secoua la tête.

— Non, mon ami, ce n'est point cela... ce n'est point
cela. Ce n'est pas la vie d'un homme qu'elle a sauvée.

— Qu'est-ce donc ?

— L'honneur du nom de Vernières qui allait passer à la
postérité couvert de honte et d'opprobre.

— Que veux-tu dire ?

— Ecoute-moi bien. T'est-il jamais venu à la pensée
qu'il pouvait sonner, pour une famille de vieux et bons
gentilshommes, une heure épouvantable et solennellement
sinistre, où elle souhaiterait, pour son bonheur, la mort
d'un de ses membres ?

— Non, dit naïvement Machefer.

— Eh bien! dit Cadenet, une heure semblable a sonné,
il y a trois ans, pour la famille de Vernières.

— Mais... enfin... qu'est-il arrivé ?

— Tu vas le savoir ; mais, auparavant, fais-moi le serment de ne rien révéler de ce que je vais t'apprendre...

— J'écoute, dit Machefer, et je t'engage ma parole

Cadenet reprit.

— La maison de Vernières se nomme Jutault de son
nom patronymique.

— Parbleu! dit Machefer, tout le monde sait cela, les
Jutault de Vernières et les Jutault de Fouronne étaient
cousins-germains. Seulement les Fouronne étaient branche
aînée.

— Précisément.

— Et même, dit Machefer, moi qui, Provençal par mon

père, suis Bourguignon par ma mère, je possède assez bien l'armorial de l'ancienne province pour te dire leur généalogie. Les Jutault sont allés à la seconde croisade avec le premier baron de Chastelluz.

— C'est vrai.

— Ils ont eu des capitaines aux archers des ducs de Bourgogne, un capitaine des gardes de Henri II, un colonel du Royal-Cravate, un vice-amiral sous l'avant-dernier règne, et enfin le père de madame Solérol était lieutenant-colonel d'infanterie à l'armée de Condé, où il a été tué.

— Tout cela est fort exact.

— Maintenant, dit encore Machefer, les Jutault de Fouronne, branche aînée depuis vingt-cinq ans, se sont éteints sur l'échafaud dans la personne de Charles-Gontran-Robert, marquis de Jutault, et garde-du-corps du roi.

— Allons, murmura Cadenet avec un soupir, je vois que tu comprendras facilement pourquoi mademoiselle de Vernières, sa cousine-germaine, a épousé le général Solérol, ami de Robespierre, et l'un de ses plus terribles lieutenants en Vendée et en Bretagne.

— Jusqu'à présent, répliqua Machefer, je ne comprends pas du tout ce qu'il peut y avoir de commun entre la mort du cousin et le mariage de la cousine.

— Eh bien! dit froidement Cadenet, mademoiselle Hélène Jutault de Vernières a épousé le général Solérol, à la seule fin d'envoyer à l'échafaud son cousin, le marquis Jutault qui allait déshonorer pour jamais le vieux nom de sa race.

Machefer ne put retenir une exclamation d'étonnement.

En ce moment la porte s'ouvrit, et Jacomet entra.

XI

Cadenet posa un doigt sur ses lèvres en voyant entrer Jacomet, et il dit à Machefer :

— Je te conterai plus tard la suite de cette histoire.

— Bonsoir, messieurs, dit Jacomet en déposant son fusil dans un coin.

— Eh bien ? fit Machefer.

— C'est fait, monsieur. J'ai remis le billet à mademoiselle Hélène.

— Tu veux dire à madame Solérol...

— Oh ! c'est tout un, monsieur, reprit le bûcheron. Mais dans le pays, voyez-vous, nous ne pouvons pas croire qu'elle soit mariée... et nous l'appelons toujours mademoiselle Hélène.

— Hélas ! mon pauvre ami, dit Cadenet, elle est mariée et bien mariée...

— C'est égal, j'ai dans l'idée, moi, qu'on pourrait peut-être...

Jacomet s'arrêta...

— Eh bien ? fit Machefer.

— Qu'on pourrait casser le mariage, acheva le bûcheron.

— Oui, si nous ne vivions pas sous la République.

— Mais, dit Jacomet, on prétend que la République
permet le divorce... Du temps du roi, au contraire...

— Le divorce n'existait pas, veux-tu dire ?

— Justement.

— Eh bien ! je vais t'expliquer cela en deux mots,
Jacomet.

— J'écoute, dit le bûcheron.

— Mademoiselle de Vernières, reprit Cadenet, s'est
mariée à l'état civil seulement, Aucun prêtre n'a béni son
union, et, pour nous royalistes, elle n'est pas mariée... Si
le roi revient, son mariage sera cassé.

— Mais... en attendant... pourquoi ne divorce-t-elle pas,
puisqu'elle a une si grande horreur du chef de brigade ?

— Hélas ! parce que, aujourd'hui, cet homme est encore
tout puissant.

— Peuh ! fit le bûcheron, il est pourtant bien mal avec
le gouvernement.

— Tu crois ?

— La preuve, c'est qu'il est toujours ici et qu'on ne le
rappelle pas à l'armée. Depuis que Robespierre est mort,
on ne veut plus de lui.

— Cependant, dit Machefer d'un ton railleur, je croyais
qu'il occupait ses loisirs ici, et qu'il était utile au gouvernement...

— Ah ! le brigand, dit Jacomet, il a délivré le *courrier*
de Clamecy à Auxerre, qui portait un sac de louis dont

nous aurions eu bien besoin pour nos frères de la Vendée.

— Tu le vois, dit Machefer, se tournant vers Cadenet.

— Eh bien ! fit ce dernier, dis-moi au juste tout ce qui
s'est fait ici.

— Je te disais donc, reprit Machefer, que nous avions
essayé d'organiser des compagnons de Jehu, comme en
Franche-Comté et dans la haute Bourgogne. Le centre des
réunions était au château des Roches.

— Chez Henri ?

— Oui. Nous étions dix. Nous avons essayé d'enlever le
directeur Gohier qui inspectait les provinces, il y a un
mois. Un faux avis nous a fait manquer le coup.

— Après ?

— Une nuit, nous avons attaqué le courrier de Clamecy,
au beau milieu de la forêt de Frettoye. Une brigade de
gendarmerie nous est tombée dessus, avec le général à sa
tête.

— Vous a-t-on tué du monde ?

— Heureusement non ; car nous n'eussions pu emporter
les cadavres, et ils eussent été reconnus. Pierrefeu, seul a
eu l'épaule fracassée par un coup de carabine ; mais tout
blessé qu'il était, il a pu se sauver.

— Et on ne vous a pris personne ?

— Non.

— Personne n'a été reconnu ?

— Personne.

— Et vous vous en êtes tenus là ? fit Cadenet un peu
dédaigneux.

— Oh ! sois tranquille, répond Machefer, si nous n'avous rien fait encore, nous ferons... Madame Solérol nous a fait des enrôlements ; et le jour où le signal viendra de Paris...

— Hé ! fit Cadenet, qui te dit que ce signal ne va pas être donné...

— Quand ?

— Dans trois jours peut-être...

— Qui le donnera ?

— Moi.

— Monsieur, dit Jacomet, madame Solérol, après avoir lu le billet que vous m'aviez donné pour elle, m'en a remis un pour vous.

— Voyons ? fit Machefer.

Et il prit des mains de Jacomet un papier chiffonné qui ressemblait fort peu à une lettre, et était couvert, en guise d'écriture, de caractères hiéroglyphiques.

Mais ces caractères, signes convenus à l'avance, n'étaient mystérieux ni pour Cadenet ni pour Machefer, car ils se passèrent le billet et le lurent tour à tour.

Il était ainsi conçu :

« Tout notre monde est prêt. Dites-le à M. de Cadenet. Mais une chose m'épouvante, c'est cette bande d'incendiaires qui désole le pays. Ces misérables, soudoyés par la queue du parti que thermidor a fait tomber du pouvoir, ont fait répandre le bruit que c'était nous, les royalistes, qui faisions mettre le feu. Si nous soulevons la province avant que ces gens-là aient été pris et condamnés, et que notre tentative échoue, nous serons accusés de toutes ces infamies.

« Voyez... et réfléchissez... Demain soir, je serai au rendez-vous que vous me donnez...

         « HÉLÈNE DE VERNIÈRES. »

— Elle a raison, dit Machefer.

— Oui, sans doute, répondit Cadenet ; mais le signal vient de Paris... et il faudra obéir. D'ailleurs, les mesures sont bien prises... et je crois au succès.

— Monsieur, dit encore Jacomet, si on voulait m'aider, j'aurai bientôt mis la main sur les incendiaires.

— Tu les connais donc ?

— Peut être... J'en connais un du moins.

— Ah !

— J'ai vu son visage l'espace d'une minute, pendant l'incendie de la Fringale. C'est un des chefs.

— Tu crois donc qu'il y en a plusieurs ?

— Monsieur, reprit froidement Jacomet, il est fâcheux que le gouvernement soit si près d'être renversé.

— Pourquoi ?

— Mais parce que je pourrais bien livrer toute la bande avant huit jours.

— Ah ! vraiment ?

— Et son grand chef avec elle.

— Qu'appelles-tu son grand chef.

— J'ai fait un serment, je ne puis pas m'expliquer avant cinq jours.

— Et... dans cinq jours ?

— Si le misérable n'a pas fait le coup qu'il médite, je l'enverrai à l'échafaud.

— Sais-tu, Jacomet, dit Machefer en riant, que tu deviens de plus en plus mystérieux.

— Monsieur de Cadenet, répondit le bûcheron, je vous suis dévoué.

— Oh ! je le sais.

— Mais, j'ai mes secrets aussi, ou plutôt j'ai des secrets qui ne sont pas à moi.

— Ils sont donc bien terribles?

— La vie d'un homme et celle d'une femme dépendent de ma discrétion.

— Mais... cet homme... mais cette femme... peut-on les connaître?

— C'est M. Henri d'abord.

— Henri !

— Et sa sœur... la dame du château des Roches.

— Ma parole d'honneur ! murmura Cadenet, si je comprends un mot à tout cela, je veux perdre mon vrai nom et m'appeler Solérol.

— Mais, dit Machefer, c'est tout ce que nous avons à nous dire ce soir, ce me semble...

— Oui, répliqua Cadenet ; tu réuniras tout notre monde la nuit prochaine.

— Aux Roches..?

— Sans doute, puisque c'est le centre de nos opérations.

Machefer se leva, reprit sa carnassière et son fusil, et dit à Cadenet:

— Tu couches donc ici décidément?

— Oui, je suis trop las pour te suivre.

Jacomet ajouta :

— M. de Cadenet est aussi dur que M. Henri, et un lit de pauvres gens ne l'effraye pas.

Puis le bûcheron, ouvrit la porte de sa cabane, et fit un pas au dehors pour examiner le temps et juger du froid.

Mais soudain un cri lui échappa :

— Le feu ! le feu ! voyez le feu ! dit-il.

Cadenet et Machefer sortirent et aperçurent cette lueur immense d'un rouge foncé, qui planait au-dessus des bois, et que Henri de Vernières venait d'apercevoir, lui aussi, de la fenêtre de sa cuisine.

— Qu'est-ce qui brûle donc encore ? s'écria Machefer.

— C'est la ferme de la Ravaudière, pour sûr, dit Jacomet.

— La Ravaudière ? la ferme de Brulé ?

— Oui.

— Pauvre Brulé ! dit Cadenet.

Mais Jacomet poussa un nouveau cri et dit :

— Comment, vous aussi, monsieur, vous êtes crédule comme M. Henri ?

— Que veux-tu dire ?

— Vous plaignez Brulé, n'est-ce pas ?

— Mais c'est un très-honnête homme...

— Ah ! fit Jacomet avec rage... Ils disent tout cela... tous !

— Hé ! que veux-tu donc qu'on dise ?

— Oh ! rien... rien... plus tard... on verra... je parlerai...

Et Jacomet, reprenant son fusil, s'élança de nouveau au dehors.

— Où vas-tu donc ? fit Machefer.

— Je vais à la Ravaudière, donc, fit Jacomet avec

ironie. Ne faut-il pas porter secours à son prochain... surtout quand c'est un si brave homme ?

Et Jacomet se prit à courir à toutes jambes dans la direction de l'incendie.

— Mais foi, dit Cadenet à Machefer, tout le pays va être sur pied cette nuit. Tu aurais tort de retourner aux Roches.

— Bah !

— Tu peux être rencontré, reconnu... Passe la nuit ici au coin du feu. Nous causerons...

— Soit, dit Machefer.

Et ils rentrèrent dans la cabane.

— Eh bien ! reprit Machefer, qui jeta une brassée de bois mort dans l'âtre, vas-tu me dire maintenant cette sombre histoire ?

— Laquelle ?

— Celle du mariage de mademoiselle de Vernières.

— Oui.

— Parle donc, j'écoute.

— Te souviens-tu de la conspiration des chevaliers du poignard ?

— Oui, certes, mais je n'ai jamais connu cette affaire dans tous ses détails.

— La voici : les chevaliers du poignard, pour la plupart anciens gardes du corps, avaient projeté d'enlever la reine du Temple.

— Je sais cela...

— La conspiration fut bien ourdie, les mesures sagement prises devaient conduire au succès. Quatre des chevaliers étaient parvenus à se faire admettre dans les municipaux, et ces quatre-là devaient être de service au Temple durant la nuit de l'enlèvement.

Tout avait été prévu, combiné, calculé. Une trahison seule pouvait faire échouer l'entreprise.

— Et cette trahison eut lieu ?

— Sans doute, puisque les vingt-quatre chevaliers du poignard montèrent sur l'échafaud huit jours avant la reine.

— Mais, dit Machefer, ils étaient plus de vingt-quatre.

— Non.

— Et tous périrent ?...

— Oui.

— Alors, il n'y avait pas de traître parmi eux ?...

— Au contraire.

— Voilà que je ne comprends plus...

— Il y avait un traître, poursuivit Cadenet, et ce traître se nommait le marquis Charles-Gontran Robert de Jutault.

— Le cousin d'Hélène !

— Oui.

— Lui... un traître ?...

— Il écrivit, la veille du jour où on devait enlever la reine, un mot à la Commune et, dans la nuit, les vingt-quatre chevaliers du poignard furent arrêtés.

— Lui aussi, alors ?

— Oui... mais on devait le sauver...

— Je ne puis m'expliquer cela, dit Machefer que par un excès de folie, un transport au cerveau, une aberration mentale quelconque.

Cadenet secoua la tête.

— Tu te trompes, dit-il. Le marquis Jutault avait toute sa raison.

— Mais cet homme était donc un monstre ?

— A coup sûr.

— Et quel mobile le poussait... lui gentilhomme... lui garde-du-corps ?

— Ecoute, dit Cadenet, te souviens-tu de Marion ?

— La bouquetière de Tivoli ?... parbleu !

— Si tu la revois, demande-lui des nouvelles d'une pauvre fille qui a vécu avec elle, qu'elle a aimée comme sa sœur, et qui se nommait Lucrétia dans le monde galant.

— Eh bien ?

— Tu iras trouver la Lucrétia.

— Bien. Après ?

— Et tu lui demanderas de te conter l'histoire du capitaine Solérol, car il n'était que capitaine alors, du sergent Bernier.

— Bernier ! s'écria Machefer. Victor Bernier !

— Oui.

— Aujourd'hui capitaine ?

— Peut-être,... il a dû faire son chemin.

— Mais il est ici.

— Ici, dis-tu ?

— Oui, aux Roches... C'est un ami de Henri, et il est chez lui depuis huit jours.

Cadenet était devenu pâle.

— Allons donc !... dit-il enfin, c'est impossible !... Cela ne peut être... Tu te trompes !

— Je te jure qu'il est aux Roches.

— Et il t'a vu ?

— Non, mais je l'ai vu, moi.

— Et il est l'ami de Henri ?

— Sans doute.

— Oh ! fit Cadenet avec rage, si cet homme est ici, nous sommes tous perdus.

— Pourquoi ? demanda Machefer ému.

— Parce qu'il est l'homme de Barras, et qu'il n'est pas venu sans raison.

— Mais Henri en répond... et d'ailleurs, il ne sait rien, absolument rien de nos réunions.

Cadenet prit son front à deux mains :

— Mais qu'est-il donc venu faire ici ? murmura-t-il.

Puis, tout à coup, il eut comme une inspiration subite.

— Oh ! dit-il, je le sais.

— Eh bien ?

— Plus tard... plus tard... Mais laisse-moi d'abord te finir l'histoire du marquis de Jutault.

— Ah ! c'est juste.

— Je te disais donc que si tu voulais savoir l'histoire de la trahison du marquis, la Lucrétia te la dirait, et te parlerait du capitaine Solérol, du sergent Bernier et d'elle-même, car elle a joué un terrible rôle dans cette affaire.

— Elle aussi ?

— Oui, mais puisque Bernier est aux Roches, il te le dira peut-être... Maintenant, laisse-moi te raconter ce qui arriva lorsque les chevaliers du poignard eurent été arrêtés.

— Voyons, fit Machefer.

Mais Cadenet fut interrompu par un léger bruit, la porte de la chambre occupée par Myette s'ouvrit, et la jeune fille montra aux deux amis sa blonde tête encore ensommeillée.

XII

Retournons à la ferme de la Ravaudière, et reportons-nous à ce moment où Brulé, stupéfait, se trouvait en présence de sa fille, la prenait à la gorge en la menaçant de l'étrangler si elle criait, et l'emportait à moitié évanouie hors du bâtiment aux fourrages.

Le Bouquin et les incendiaires avaient accompli sans bruit leur sinistre besogne. Le Bouquin était reparti dans les bois, et les incendiaires s'étaient éloignés.

Sulpice, on le sait, n'était pas à la ferme, et, seul, la mère Brulé avait entendu quelque bruit.

Inquiète, elle s'était levée et s'était mise à la fenêtre.

Mais, soudain, elle sentit ses jambes fléchir et son front se baigner de sueur.

Elle avait vu, au clair de la lune, son mari traverser la cour, emportant dans ses bras quelque chose qui se débattait.

— Ma fille ! pensa-t-elle, ma fille ! il va la tuer !

Elle se précipita hors de sa chambre et descendit dans la cuisine, où elle arriva en même temps que Brulé.

Le premier appuyait toujours sa main sur la bouche de Lucrèce pour l'empêcher de crier.

— Ma fille ! exclama la mère Brulé, qui s'élança vers elle, la saisit dans ses bras ; et semblable à une tigresse qui défendrait ses petits, elle l'arracha au fermier.

— Ah ! au feu ! au secours ! cria Lucrèce.

Mais sa voix était si faible qu'elle n'alla point jusqu'au dehors, et que sa mère seule l'entendit.

Brulé s'arma d'un couteau qui se trouvait sur la table.

— Silence ! dit-il, ou je vous tue toutes les deux.

La mère Brulé se jeta devant sa fille et la couvrit de son corps.

— Silence ! répéta le fermier.

Cette scène s'était passée dans une demi-obscurité, car les rayons de la lune pénétraient maintenant par le chassis de la fenêtre.

— Oh ! tu ne la tueras pas, mon homme, s'écria la mère Brulé d'un ton mélangé de prière et de menace. Tu ne la tueras pas ! elle est revenue à pied... elle avait bien faim... et elle était bien lasse... Pauvre chère petite, avoir tant souffert !

Et elle l'étreignait dans ses bras, la couvrait de baisers et de larmes, et lui faisait un rempart de sa poitrine.

— Au feu ! au feu ! répéta Lucrèce d'une voix éteinte.

Brulé s'avança vers elle, le bras levé.

— Té taieras-tu ! s'écria-t-il.

— Grâce ! fit la mère Brulé qui se jeta aux genoux du fermier.

— Et bien! qu'elle se taise alors?

— Je ne veux pas qu'il brûle, je ne le veux pas, dit la jeune femme, qui retrouva une énergie subite.

— Mais qui donc brûle, et pourquoi cries-tu au feu? demanda la fermière.

— Ah! s'écria Brulé, dont la voix couvait des colères terribles, si vous ne vous taisez pas, je vous tue!

Et il reprit sa fille à la gorge et la menaça de son couteau.

L'épouvante de la pauvre mère fut si grande, qu'elle n'eut pas la force de jeter un cri, et qu'elle tomba à genoux et les mains jointes.

— Mais malheureux, murmura-t-elle d'une voix brisée, c'est ta fille!

Brulé lui dit :

— Femme, je suis de parole; si tu veux remonter dans ta chambre, je te jure que je ne lui ferai point de mal. Si tu restes, je la tue.

Et pour la troisième fois, il leva son couteau sur la poitrine de sa fille.

L'épouvante donna des forces pour fuir à la mère Brulé.

Elle se sauva dans sa chambre pour que sa fille ne mourût pas.

— A nous donc, maintenant? dit alors le père Brulé.

Et tenant toujours sa fille à la gorge, il ajouta :

— Je sais ce dont tu as peur... tu as peur que M. Henri ne brûle... Eh bien! rassure-toi, il n'est pas ici, il est au château.

Lucrèce se débattait toujours sous les mains de fer de son père :

— Veux-tu te taire, malheureuse ! répéta le fermier, puisqu'il n'y est pas !

Elle lui fit signe qu'elle ne crierait pas s'il voulait la laisser parler.

Alors Brulé distendit ses mains et Lucrèce lui dit :

— Ce n'est pas M. Henri pour qui j'ai peur... c'est l'autre... je ne veux pas qu'il brûle !

— Qui l'autre ?

— Le capitaine.

— Mais, malheureuse, dit Brulé, tu ne sais donc pas qu'il me soupçonne ? tu veux donc m'envoyer à l'échafaud.

— Si vous le sauvez, je me tairai.

— Mais tu le connais donc ?

— Oui.

— Tu l'aimes ?

— Oui.

— Ah ! tonnerre et sang ! s'écria-t-il.

Et il oublia le serment qu'il avait fait à la mère Brulé, et saisit de nouveau sa fille à bras le corps.

Une lutte terrible s'engagea.

Brulé avait laissé échapper son couteau et Lucrèce s'en était emparée.

Déjà un flot de fumée noire montait au-dessus du bâtiment à fourrages.

— Ah ! je le sauverai, je le sauverai ! répéta Lucrèce avec une énergie sauvage.

— Tu te tairas, et il mourra, répondit le fermier.

La lutte continua terrible, acharnée, entre cet homme robuste et cette femme exténuée de fatigue ; et la mère

Brulé redescendit, et comme Lucrèce faiblissait, la fermière vint au secours de sa fille.

. . . .

Cependant le capitaine Victor Bernier dormait.

Il dormait profondément, en dépit du serment qu'il s'était fait en arrivant à la ferme de voir et d'observer.

La fatigue l'avait emporté, et c'était en entendant ses ronflements sonores, que Henri s'était décidé à ouvrir sa fenêtre et à sortir de la ferme.

Mais le capitaine s'était endormi trop préoccupé pour que son sommeil ne fût point fiévreux et agité.

Un bruit confus l'éveilla

La cloison qui séparait les greniers de la chambre qu'il occupait était mince, et il entendit marcher.

Mais il crut à quelque garçon de ferme qui allait chercher du fourrage pour les vaches, et il ne quitta point son lit.

Cependant, au bout d'un quart d'heure, il crut entendre marcher de nouveau.

— Qui est là? cria-t-il.

Nul ne répondit :

— Je rêve à moitié éveillé, se dit-il. Et il se rendormit.

Un nouveau bruit l'éveilla. Il crut entendre des voix étouffées, des cris inarticulés, puis des pas précipités qui descendaient l'escalier de bois...

Cette fois, le capitaine sauta à bas de son lit et courut à la fenêtre.

Mais, quelque effort qu'il fit, il ne put parvenir à l'ouvrir.

Alors, il se décida à frapper à la porte du comte Henri.

Henri ne répondit pas.

— Henri ! répéta-t-il plus haut.

Même silence !

Le capitaine se décida à ouvrir la porte, et il pénétra dans la chambre du comte.

La chambre était vide et le lit non foulé.

— Ah ! bon ! pensa le capitaine, je devine. Il y a ici dans quelque coin de la ferme une belle fille, sans doute, avec qui Henri cause au clair de la lune.

Et il se recoucha tranquillement, persuadé que c'était Henri qui avait fait tout le tapage qu'il avait entendu.

Mais cette fois, au lieu de dormir, le capitaine se prit à songer.

Une chose l'étonnait outre-mesure, c'était l'indifférence et presque l'incrédulité de son ami le comte Henri, à l'endroit des incendiaires.

Pourquoi ?

Henri était royaliste ardent, et la police du Directoire avait prétendu que c'étaient les royalistes qui faisaient mettre le feu. Ensuite, le capitaine songea que chaque nuit, Henri quittait les Roches.

Où allait-il ?

C'était un mystère.

Une pensée bizarre traversa alors l'esprit du capitaine :

— Si Henri était à la tête des incendiaires ? se dit-il.

Et cette pensée, qu'il repoussa d'abord avec indignation, s'ancra peu à peu dans sa tête et y grandit.

— Et s'il allait mettre le feu à la ferme, se dit-il encore, s'il n'avait quitté son lit que pour cela ?...

Cette dernière réflexion étreignit l'esprit du capitaine et le mit à la torture pendant quelques minutes.

12

Puis, le bon sens, la raison triomphèrent. Il repoussa tous les soupçons injurieux et se souvint de l'air franc et loyal, de la bonne mine et de la voix sympathique de son ami.

Et une fois encore il se rendormit.

Mais, ce nouveau sommeil fut de courte durée, et ce ne fut point un bruit quelconque qui vint l'interrompre.

Ce fut une odeur nauséabonde, une fumée épaisse, qui pénétrèrent à la fois dans la chambre où dormait le capitaine et le saisirent à la gorge.

Le capitaine bondit hors de son lit et s'élança dans la chambre désertée par le comte Henri.

Mais, chose étrange ! la fenêtre ouverte une heure auparavant avait été refermée, et le capitaine essaya vainement d'en pousser les volets.

Alors il revint à la porte qui donnait sur le corridor.

Cette porte était fermée au dehors.

Une main criminelle avait tiré un verrou. Et le capitaine la secoua inutilement.

En même temps, il entendit les cris : *Au feu* ! retentir dans la ferme, et les flammes pénétrèrent dans sa chambre.

Le capitaine éperdu courut alternativement pendant dix minutes, en poussant des cris sauvages, de la porte aux fenêtres sans pouvoir rien ouvrir.

Puis, à demi-asphyxié, il tomba sur le parquet qui commençait à prendre feu.

Heureusement alors, et comme il se croyait déjà perdu, des pas retentirent dans l'escalier enflammé et la porte de la chambre fut enfoncée.

Une femme apparut comme un ange libérateur, et cette

femme dit au capitaine, qui s'était relevé par l'instinct de
la conservation.

— Victor, je te pardonne... viens !

— Toi ! toi ! la Lucrétia ! murmura le capitaine.

— Oui, dit-elle, mais viens, fuyons, le feu monte.

Le capitaine prit Lucrèce dans ses bras et l'emporta à
travers les flammes...

XIII

Tandis que le feu prenait à la ferme, qu'était devenu le
Bouquin ?

Le Bouquin était redescendu précipitamment par l'é-
chelle de meunier qui conduisait à la grange.

Les trois incendiaires le suivaient.

Bouquin prit l'un d'eux par le bras et l'attira vers la
fenêtre où le comte Henri s'était échappé.

— Fais-moi la courte échelle, lui dit-il.

— Pourquoi ? demanda l'incendiaire.

— Pour fermer cette fenêtre. Quand on veut que le
pain cuise, on bouche l'entrée du four.

L'incendiaire s'appuya contre le mur et fit le gros dos.

Bouquin lui monta lestement sur les épaules, se dressa et atteignit les contrevents de la croisée qu'il poussa sans bruit.

Puis, sautant à terre, il prit, aidé par les incendiaires, une grosse poutre qu'il appuya contre les volets fermés.

Pendant ce temps, le père Brulé, en allant mettre le feu aux javelles, poussait le verrou extérieur de la porte du capitaine.

— Il va cuire comme une pomme, dit le Bouquin. Allons, camarades, dépêchons-nous.

— Où allons-nous? demanda un des trois incendiaires.

— Vous, allez où vous voudrez. Puisqu'il n'y a rien à piller par ici, pourquoi attendriez-vous l'incendie?

— C'est juste. Mais toi?

— Moi, dit le Bouquin, j'ai mon plan.

— Tu vas visiter tes collets?

— Non, j'en vas faire un.

— Encore?

— Oui, pour le chevreuil. Qu'est-ce qui vient avec moi?

— Moi, dit chacun des incendiaires.

— Ah ! mais non, répondit le Bouquin ; un, bien, mais pas trois. Que chacun tire de son côté, ça va mieux.

— De quoi as-tu donc peur.

— De rencontrer quelque bûcheron qui s'étonnera de voir tant de monde ensemble.

— Du temps qu'il fait, les bûcherons sont dans leurs cabanes et ils dorment.

— Qui sait?

— A moins que parmi eux il n'y ait des braconniers comme toi... et encore...

— Moi, dit le Bouquin, je n'en crains qu'un seul, pour parler franc.

— Lequel ?

— Jacomet.

— Ah ! tu le crains, celui-là ?

— Comme le feu.

— T'es bête, dit un des incendiaires ; quand on fait notre métier, on ne craint pas le feu.

— Soit, mais je crains Jacomet.

— Pourquoi ?

— Parce qu'il en veut à mon père.

— Tiens ! je ne savais pas...

— Oh ! moi non plus, dit le Bouquin, je ne sais pas pourquoi... mais je sais qu'ils s'en veulent, mon père et lui....

— Eh bien ! quand tu le rencontrerais... après tout...

— Chut ! dit le Bouquin, je vais vous conter la chose.

L'enfant et les trois incendiaires avaient ainsi causé en s'éloignant de la ferme et en gagnant les bois à travers champs.

Quand ils eurent atteint la lisière de la forêt, le Bouquin s'assit un moment.

— Vous souvenez-vous, dit-il, de l'incendie de la Fringale ?

— Si je m'en souviens, dit La Bise. C'est moi qui ai mis le feu dans l'étable.

— Oui, vous vous êtes sauvés.

— Parbleu !

— Mon père est resté le dernier, et comme il se sauvait à son tour, il a rencontré Jacomet.

— Ah !

— Jacomet venait au secours du fermier de la Fringale.

— Eh bien ! dit La Bise en riant, il est arrivé trop tard.

— Oui, mais il a reconnu mon père, malgré son capuchon.

— Tu es sûr ?

— Oui, et mon père aussi.

— Sois, tranquille, Jacomet ne dira rien. Il a trop peur d'un coup de fusil.

— Tu te trompes... ce n'est pas de cela qu'il a peur.

— De qui donc, alors.

— Oh ! je ne sais pas au juste... mais s'il n'a rien dit jusqu'à présent, c'est qu'il a ses raisons... Bonsoir, camarades...

— Comment ! tu entres sous bois ?

— Oui.

— Et où vas-tu ?

— Je vous l'ai dit, répondit le Bouquin, qui sauta le fossé, je vais tendre un collet à chevreuil. Ça fait que si on me soupçonne, je prouverai que j'étais dans le bois, tandis que la ferme brûlait.

Chacun des incendiaires prit un chemin différent sous bois, et le Bouquin s'enfonça du côté où le bois devenait épais et serré, — le chevreuil ayant coutume de faire sa nuit dans les parties de forêt les plus broussailleuses.

Il avait son fusil sur l'épaule.

Bouquin ne marchait jamais sans son fusil.

— Je sais bien, moi, dit-il, quand il fut seul, pourquoi Jacomet et mon père s'en veulent, mais ils n'ont pas besoin de le savoir, eux... c'est rapport à la demoiselle des

Roches... Ah ! sans elle, et s'il n'avait pas peur que mon
père dise tout, il nous aurait vendus depuis longtemps, le
gredin.

Tout en monologuant ainsi, le Bouquin atteignit un sentier qui était réputé pour être une *passée* à chevreuil.

Là, il tendit son collet, c'est-à-dire qu'il courba une
branche d'arbre et la fixa à terre.

— Ah ! dit-il quand il eut terminé cette opération avec
une adresse infinie. Puis il murmura :

— Si j'avais le choix, ce n'est pas un chevreuil que je
voudrais prendre.

Puis, revenant sur ses pas :

— Allons voir brûler la ferme ! J'aime ça, moi, l'incendie. Oh ! on brûlerait pour le plaisir de brûler !

Et l'enfant parlant ainsi, atteignit un rocher qui s'élevait au milieu des bois, à un quart de lieue de distance de
la ferme.

La ferme était en flammes ; elle éclairait au loin les bois
et la plaine, et le Bouquin, du lieu où il était parvenu, put
saisir dans ses moindres détails l'épouvantable et majes-
tueux spectacle du sinistre.

Les valets de ferme, les femmes couraient dans les
champs, essayant de sauver qui un meuble, qui un sac
de blé.

Les chevaux, les vaches, les moutons galopaient éperdus
à travers les poutres enflammées, les pans de mur qui
s'écroulaient.

Des cris de désespoir arrivaient jusqu'au Bouquin, sur
l'aile d'un vent embrasé.

Et, parmi ces cris, il reconnut la voix de son père, qui se lamentait et essayait d'organiser le sauvetage.

— Farceur ! va... murmura le Bouquin.

Et comme il répétait une fois encore :

— Oh ! que c'est beau !

On lui frappa sur l'épaule, et se retournant, il faillit tomber à la renverse.

— Jacomet ! dit-il.

— Oui, c'est moi, dit le bûcheron, et maintenant, je sais ce que je veux savoir.

— Quoi donc !

Le bûcheron, car c'était lui, qui venait de quitter Machefer et Cadenet, et de prendre sa course à travers bois pour venir au secours de la ferme, le bûcheron, en parlant ainsi, saisit le Bouquin dans ses bras robustes et lui dit :

— Tu viens de te trahir, malheureux ! c'est ton père et toi qui avez mis le feu à la ferme.

— Qu'est-ce que ça te fait, vieux louchard ? dit le gamin.

— Ça me fait, dit Jacomet, que tu as eu tort de laisser ton fusil hors de la portée de ta main, et que tu es en mon pouvoir.

— Ah ! ah ! ricana le gamin. Que voulez-vous donc faire de moi ?

— Je veux te conduire à Courson.

— Bah !

— Et te remettre aux gendarmes. Allons ! marche !...

Et Jacomet poussa le Bouquin devant lui. Celui-ci, qui était désarmé, songea un moment à prendre la fuite.

— Marche! répéta Jacomet d'une voix tonnante, marche, ou je t'envoie une balle dans le dos.

Le Bouquin comprit qu'il fallait obéir ; et Jacomet, le prenant au collet, le poussa devant lui, ayant son fusil en bandoulière, et celui du Bouquin à la main.

Le Bouquin se mit à pleurer, et, tout en pleurant, il disait :

— Qu'est-ce que ça te fait que j'aie mis le feu ?... est-ce que ça te regarde, toi ?

— Tu le verras bien ?... Marche toujours.

Le bûcheron avait fait prendre au Bouquin un sentier à travers bois.

— Où allons-nous par là ? demanda le gamin.

— Rejoindre le chemin de Courson.

— Bon ! pensa le Bouquin... attends... tu trouveras peut-être à t'amuser en route.

Et comme ils arrivaient à un endroit où le bois était touffu, le Bouquin fit un violent effort, donna une brusque secousse à Jacomet, et celui-ci poussa un cri.

Il venait d'être enlevé de terre par le collet à chevreuil que le Bouquin avait tendu tout à l'heure, piége terrible, de l'étreinte duquel un sanglier lui-même ne peut se débarrasser.

Seulement, au lieu d'avoir été pris par le cou, Jacomet l'était par le milieu du corps.

Et le fusil qu'il tenait à la main venait de lui échapper.

— Voilà que le gibier devient chasseur, dit le Bouquin.

Il ramassa le fusil, ajusta le malheureux Jacomet et fit feu !...

XIV

L'incendie de la ferme avait donc été aperçu de plusieurs endroits différents, de la cabane de Jacomet d'abord et du château des Saulayes ensuite.

On se souvient que madame Solérol, cachée avec Henri derrière ses persiennes, avait vu rentrer le chef de brigade par un des sentiers du parc, en compagnie de deux inconnus; puis qu'elle avait jeté un cri en voyant la lueur sinistre s'élever au-dessus des bois, tandis que Henri disait:

— C'est la Ravaudière qui brûle?

Et madame Solérol avait ajouté :

— J'ai remarqué que le général s'absentait chaque fois que le feu prenait quelque part.

Ces mots firent tressaillir Henri.

— Oh ! dit-il, cet homme serait-il donc à la tête des incendiaires?

— Je ne sais pas... mais il en est capable, répondit la jeune femme.

— D'où peut-il venir?

— Je l'ignore. Il est sorti un peu avant la nuit, sous le prétexte d'aller tirer un lapin dans le parc.

— Quels sont ces hommes qui l'accompagnent?

— Je ne les ai jamais vus.

Madame Solérol appuya sa main sur le bras de son cousin.

— Silence ! dit-elle.

En effet, on entendait retentir des pas à l'étage supérieur : les pas du général qui gagnait son appartement.

— Oh.! reprit-elle, je donnerais beaucoup pour savoir quels sont ces hommes ?

Puis, se frappant le front :

— Ecoutez, Henri, dit-elle, je vais faire une chose dont je rougis.

— Quoi donc ?

— Je vais devenir espion.

— Que voulez-vous dire, Hélène ?

— Je veux dire qu'il faut absolument que je sache d'où il vient et quels sont ces hommes.

— Comment le saurez-vous?

— Cet homme a beau être le maître ici, continua madame Solérol, il ne connaît pas le château comme moi qui y suis née. Vous souvenez-vous du salon rouge ?

— Oui.

— Et de l'armoire qui servait de chapelle pendant l'année 1793?

— Deux personnes y peuvent tenir à l'aise.

— Eh bien ! poursuivit Hélène, cette armoire, dont les portes se perdent dans la boiserie du salon rouge, le chef de brigade ignore son existence.

— Vraiment?

— Venez... vous verrez...

— Mais...

— Venez ! venez ! répéta madame Solérol.

Elle éteignit la lampe qui brûlait sur la cheminée et ajouta :

— Marchez sur la pointe du pied. Le moindre bruit pourrait nous trahir.

Elle prit par la main et l'entraîna hors de sa chambre.

D'abord ils traversèrent une antichambre, puis ils gravirent un petit escalier, arrivèrent à l'étage supérieur, traversèrent successivement plusieurs pièces et arrivèrent dans le salon rouge.

Le salon rouge était ainsi nommé à cause de sa tenture. Mais il y avait eu une raison pour que cette tenture fût rouge.

Un ancêtre de madame Solérol avait eu l'honneur de recevoir aux Saulayes la visite du cardinal Mazarin, qui avait couché dans cette pièce.

Madame Solérol se pencha à l'oreille de son cousin et lui dit :

— La chambre du général est de l'autre côté de la chapelle.

Puis elle ouvrit l'armoire et y pénétra suivie de Henri.

Tout cela s'était fait sans lumière ; mais aucun meuble n'avait été heurté, aucun parquet n'avait crié sous les pieds, et madame Solérol avait ouvert et refermé sur elle la porte de cette profonde armoire, qu'aux plus mauvais jours de la Terreur on avait converti en chapelle, et qui occupait toute l'épaisseur d'un de ces murs féodaux comme on en trouve encore quelques-uns dans les châteaux du centre de la France.

Une fois là, Henri entendit un bruit confus de voix.

— Attendez, dit encore Hélène.

Puis s'approchant de l'autel, sa main tâtonna un moment, puis déplaça un tableau qui le surmontait.

Soudain Henri de Vernières fut fouetté au visage par une vive clarté, et la chapelle lui apparut dans son ensemble et dans ses moindres détails, c'est-à-dire avec ses bancs de bois, son petit autel et son christ d'ivoire.

Le tableau que madame Solérol venait de déplacer recouvrait une ouverture pratiquée dans une cloison très-mince et qui séparait seule la chapelle de la chambre du général.

— Regardez ! dit Hélène.

Et elle poussa Henri vers cette ouverture, qui avait à peu près le diamètre d'un écu de six livres.

Henri colla son œil et vit le général.

Le chef de brigade Solérol était un homme de haute taille, déjà mûr, presque chauve. Son front fuyant, ses lèvres épaisses, ses sourcils qui se réunissaient au-dessus du nez, ses petits yeux d'un gris fauve, donnaient à sa physionomie un cachet de férocité.

On sentait, à le voir, que cet homme avait aimé le carnage, que ses narines avaient dû se dilater à l'odeur du sang qui fumait autour de la guillotine.

Il était pour le moment assis, les jambes croisées, et il fumait.

Les deux hommes qui le suivaient dans le parc étaient avec lui.

Henri regarda ces deux hommes.

Ils lui étaient inconnus. L'un était déjà vieux, l'autre

était jeune! tous deux avaient de la bassesse dans le regard et la physionomie.

Le chef de brigade disait :

— Si je n'avais pas l'espoir de commander le département et de voir nos amis revenir au pouvoir, savez-vous, citoyens, que j'aurais fait, ce soir, une vilaine besogne. Qu'en dis-tu, Scœvola.

Celui qui portait ce nom romain répondit :

— Heureusement le Directoire est sur ses fins.

— Et les royalistes travaillent... dit le général d'un ton railleur.

— Mais la moisson ne sera pas pour eux, reprit Scœvola.

C'était le plus jeune des hôtes du chef de brigade.

— Je l'espère bien, reprit celui-ci, et je compte même en faire guillotiner quelques-uns.

— Ah! ah!

— Mon beau cousin d'abord.

— Henri de Vernières?

— Oui.

Le comte Henri ne put se défendre d'un léger frisson, mais il demeura immobile et continua à regarder.

— Oh! celui-là, poursuivit le chef de brigade, je puis vous certifier qu'il sera le premier sur la liste, et même...

Il s'arrêta et eut un mauvais sourire.

— Et même? fit Scœvola.

— Je pourrais bien l'y envoyer avant?

— Où cela?

— A l'échafaud.

— Comment cela ? demandèrent les deux hôtes du général.

— D'une façon bien simple. Ecoutez... n'est-il pas convenu que ce sont les royalistes qui mettent le feu ?

— Parbleu !

— A la seule fin de renverser la République ?

— Justement,

— Eh bien ! si, par hasard, il se trouvait que Henri fût un des chefs des incendiaires... la chose est possible...

Et le général se mit à rire d'un gros rire sauvage et cruel.

— Dis donc, fit le plus vieux de ses deux compagnons, qu'est-ce qu'elle vaut, ta ferme ?

— Peuh ! trente à quarante mille livres, comme bâtiments et récoltes qui vont être brûlés...

— Ah ! je devine tout, murmura madame Solérol à l'oreille de Henri. C'est lui qui a mis le feu à la ferme ?

Mais soudain Henri se souvint...

Il se souvenait que son ami, le capitaine Bernier, s'y trouvait ; que tous deux s'étaient mis au lit sous la même clef et que de deux choses l'une : ou le malheureux capitaine avait péri dans les flammes, ou il s'était sauvé, et alors il ne manquerait pas de s'apercevoir que lui, Henri, n'était pas à la ferme, quand le feu s'était déclaré.

Ainsi, il n'y avait plus à douter...

C'était la ferme de Brulé qui était en flammes.

C'était par l'ordre du chef de brigade que le feu y avait été mis.

Enfin, ce dernier espérait pouvoir l'accuser, lui Henri, du crime d'incendie.

Alors Henri, éperdu, quitta son poste d'observation, et s'élança hors de la chapelle, disant à son tour à Hélène :

— Venez !... venez !... il faut que je coure à la ferme, il faut que je sauve mon ami !...

— Et moi, dit Hélène, je reste... car je veux tout savoir !...

Quelques minutes après, Henri sortait du château et guidé par la lueur de l'incendie, il courait à perdre haleine vers la ferme de la Ravaudière.

. . . .

XV

Revenons maintenant à Cadenet et à son ami Machefer que nous avons laissés dans la cabane de Jacomet, tandis que ce dernier courait, disait-il, au secours de la ferme qui brûlait.

Cadenet racontait à Machefer l'histoire de la Lucrétia, du capitaine Solérol, devenu général, et du sergent Victor Bernier, alors capitaine.

Après s'être étonné que ce dernier fut au château des Roches, Cadenet avait fini par s'écrier :

— Ah ! je devine pourquoi !

— Or, c'était en ce moment que la porte de la chambre

s'était ouverte et que Myette avait montré sa jolie tête encore ensommeillée.

Elle ne put retenir un petit geste de surprise à la vue de Cadenet :

— Ah ! c'est vous, monsieur Cadenet, dit-elle.

— Oui, mon enfant, bonjour... Comment vas-tu ?

La jeune fille vint tendre son front et Cadenet y mit un baiser :

— Comme il y a longtemps qu'on ne vous a vu ! fit-elle.

— Vraiment, ma petite...

— Oh ! six mois au moins.

— Eh bien, me voilà... es-tu contente ?

— Et vous ne vous en irez plus, n'est-ce pas ?

— Non, certes. Au moins, suis-je ici pour quelques jours.

Myette regardait Machefer avec un étonnement plein de défiance.

— Ne crains rien de monsieur, dit Cadenet.

— C'est un de vos amis ? fit l'enfant.

— C'est un autre moi-même...

Ces paroles rassurèrent si bien la jolie Myette qu'elle vint s'asseoir entre les deux jeunes gens.

— Où donc est mon père ? demanda-t-elle.

— Il est sorti.

— Pour longtemps ?

Cadenet, que le sommeil intempestif de la jeune fille interrompait dans son récit, n'hésita pas à lui faire un mensonge.

— Ton père est allé aux Roches, dit-il, et il ne reviendra qu'au point du jour.

— Quelle heure est-il donc maintenant ?

— A peine minuit.

— Ah ! je dormais bien, murmura Myette.

— Eh bien, va te recoucher, mon enfant, et bonne nuit.

Myette se leva et fit un pas vers la porte de sa chambre.

— Est-ce que vous n'avez besoin de rien, ni vous, ni votre ami, monsieur Cadenet ? dit-elle. Si vous avez soif, je vous tirerai un pot de clairet au tonneau ; et si vous avez faim... il y a un morceau de salé et du fromage dans la huche.

— Nous n'avons ni faim ni soif ; bonsoir, mon enfant

Myette fit un pas encore, puis elle poussa un gros soupir et regarda Cadenet.

— Est-ce que tu veux me dire quelque chose, petite? fit-il un peu étonné.

— Peut-être... dit-elle timidement.

— Eh bien, va, je t'écoute...

— Vous dites qu'on peut parler devant monsieur?

Elle montrait Machefer.

— Comme si j'étais tout seul. Va, mon enfant.

— Eh bien, c'est rapport à monsieur Henri...

— Ah ! fit Cadenet souriant.

— Je sais que vous êtes son ami, reprit Myette, et peut-être bien que, si vous lui donnez un bon conseil il vous écoutera.

— C'est probable.

— Moi, j'ai essayé, continua l'enfant, mais il ne m'écoute pas.

— Et que lui as-tu donc conseillé ?

— De ne plus retourner aux Saulayes.

Les deux amis tressaillirent.

— Pourquoi donc? demanda Cadenet.

— Mais parce que le chef de brigade est un homme bien méchant, allez... et qu'il veut du mal à M. Henri.

— Comment sais-tu cela, petite?

— Je m'en doutais depuis longtemps... mais... hier soir...

— Eh bien, hier soir? fit Cadenet.

— Si je vous dis la chose, demanda Myette, vous n'en parlerez pas à mon père, n'est-ce pas?

— Je te le promets.

— Il le sait bien, lui aussi, mais il m'a dit sèchement hier : « Ça ne te regarde pas!... » Mais, voyez-vous, j'aime M. Henri... comme mon parrain qu'il est...

— Rien que comme cela? fit Cadenet en souriant.

Myette rougit jusqu'au blanc des yeux et baissa la tête.

— Continue, ma petite, dit Cadenet. Que t'est-il arrivé hier?

— Il faut vous dire que la neige que vous voyez, reprit Myette, n'est tombée que dans la nuit suivante, ce qui fait que j'étais en forêt à ramasser du bois mort. Il était nuit approchant, et, mon fagot fait, comme je savais mon père au four à plâtre, je m'étais assise au pied d'un arbre et j'attendais qu'il me rejoignit pour rentrer faire ma soupe. Voilà que tout à coup j'entends marcher, puis la voix de deux hommes qui parlaient tout bas. J'ai reconnu que c'était le général; alors, je n'ai plus bougé... car j'avais bien peur.

— Mais tu as écouté?

— Oui, et j'ai entendu ce qu'ils disaient, car ils ont passé tout près de moi ; ils revenaient de la chasse.

— Eh bien ! que disaient-ils ?

— Il y en avait un qui disait :

« — Pourquoi donc laisses-tu cet aristocrate de comte Henri rôder chaque soir autour du château ? Est-ce que tu ne sais pas la loi, et n'es-tu pas le mari de ta femme ? Tu peux le tuer quand tu voudras.

« — J'y ai songé, répondit le général, et si le tour que je compte lui jouer ne réussit pas... je lui enverrai une balle entre les deux épaules. »

— Ah ! fit Cadenet, il disait cela ?

— Oui, monsieur.

— Et sais-tu quel était l'homme avec qui il causait ?

— Je n'ai pas pu bien voir sa figure, vu qu'il était presque nuit, mais le général a dit son nom.

— Et... ce nom ?

— Il s'appelait Scœvola. Un drôle de nom allez !

— Scœvola ! s'écria Cadenet, qui éprouva une nouvelle émotion.

— Oui, monsieur.

Cadenet prit Myette par la main :

— Retourne te coucher, mon enfant, dit-il, et sois tranquille... Monsieur et moi nous veillerons sur M. Henri.

— Vous me le promettez bien, n'est-ce pas ?

— Je te le promets.

Myette rentra dans sa chambre et en ferma la porte.

Alors Cadenet dit à Machefer :

— Il faut à présent que tu saches tout ; car je le sais, le général et toute sa bande sont ici, et ces gens-là, si

nous ne les écrasons pas tout de suite, feront avorter tous
nos plans.

— Que vas-tu donc nous raconter ? demanda Machefer.

— L'histoire de madame de Vernières, de la Lucrétia
et du chef de brigade.

— Je t'écoute, dit Machefer.

Cadenet reprit :

— Le sergent Bernier était, au dire de ses camarades
de la 23e demi-brigade, un excellent soldat, un bon compagnon, aimant la galanterie et la bouteille.

Il s'était bien battu, à l'ennemi, sous les ordres du général Dumouriez, et lorsqu'il fût appelé à faire partie de
l'armée de Paris, c'est-à-dire des quatre ou cinq régi-
ments de troupes régulières que les gens de la Commune
et le club des Jacobius voulurent bien tolérer, il ne man-
qua point de dire tout haut que, s'il était jamais commandé
de service pour entourer la guillotine, il mettrait une balle
dans son fusil et tuerait le bourreau.

Avec de telles opinions, le sergent Bernier ne pouvait
plaire à ceux de ses chefs qui se montraient d'un civisme
exagéré ; mais comme il était un excellent sous-officier,
on ne le dénonça point à la vindicte publique, et il continua son service.

Or, un soir d'hiver de l'année 1794, à peu près un an
après la mort du roi, le sergent Bernier s'attarda dans un
cabaret de la rue André-des-Arts, comme on dit depuis
que les saints ont été supprimés.

Les buveurs étaient peu nombreux. Sept ou huit sans-
culottes chantaient la *Marseillaise* et le président d'un club
voisin cuvait son vin sous la table.

13.

Bernier était seul en face d'une bouteille demi-pleine.

Depuis qu'on avait supprimé le couvre-feu, jamais les rues de Paris n'avaient été plus tranquilles.

Paris s'éveillait le matin, et, comme un géant aux mille têtes et aux deux mille oreilles, il écoutait tomber le couteau de la guillotine.

A la nuit, le bruit sinistre s'éteignait et les bourreaux s'allaient coucher.

Alors Paris soufflait ses lampes, enterrait ses feux, fermait ses portes et ses fenêtres et s'endormait d'un sommeil fiévreux empli de sombres cauchemars.

Donc, tandis que Bernier buvait, que le président du club ronflait sous la table, et que les sept ou huit sansculottes chantaient d'une voix avinée un couplet de la *Marseillalse*, on eut entendu courir un rat ou voler une mouche dans la rue André-des-Arts, dont beaucoup de maisons avaient envoyé leurs propriétaires *éternuer dans le son*, suivant la charmante expression d'alors.

Tout à coup un bruit de pas se fit dans le voisinage du cabaret, dont la porte était demeurée entr'ouverte.

C'étaient des pas inégaux, précipités, dont le bruit fut couvert, un moment, par un cri d'angoisse.

Le sergent Bernier prêta l'oreille, et, comme il portait la main à la garde de son sabre, une femme entra dans le cabaret en disant d'une voix mourante :

— Sauvez-moi !

Cette femme était jeune ; elle était belle, en dépit de son visage bouleversé par la terreur ; et ses vêtements en désordre attestaient qu'elle venait de subir une lutte et de se soustraire à un ou plusieurs agresseurs.

Elle s'arrêta un moment sur le seuil du cabaret, embrassa du même coup-d'œil les sans-culottes au visage abject et la martiale figure du sergent Bernier.

Et ce fut à lui qu'elle courut, répétant :

— Sauvez-moi ! sauvez-moi !

Bernier tira son sabre et prit cette femme dans ses bras.

D'autres pas retentissaient dans la rue, et ils vinrent s'arrêter à la porte du cabaret.

Alors le sergent vit apparaître un homme qui avait le visage empourpré, les yeux sanglants, l'écume à la bouche.

Et cet homme était revêtu d'un uniforme, et il avait des épaulettes.

— Le capitaine ! murmura Bernier stupéfait.

Celui qu'il qualifiait ainsi entra dans le cabaret et courut à la femme qui se pressa contre le sergent, et cria, pour la troisième fois :

— Au nom du ciel ! sauvez-moi !...

Bernier étendit son sabre sur elle, qui courbait la tête, et s'écria :

— N'approchez pas !

Mais l'homme furieux se calma subitement, et sa colère dégénéra soudain en un bruyant éclat de rire.

— Ah ça, sergent, dit-il, n'allez-vous pas, maintenant, vous interposer entre moi et ma maîtresse ?

— Je ne sais pas si c'est votre maîtresse, capitaine Solérol, répondit Bernier ; je vois une femme qui implore ma protection, et je la lui accorde... N'avancez pas, ou je vous plante mon sabre dans le ventre.

— Diable ! dit le capitaine, continuant à rire, comme vous y allez ! Mais vous ne savez donc pas, sergent, que si je voulais, par une parole comme celle que vous venez de prononcer, je pourrais vous faire passer en conseil de guerre ?

— Eh bien, on me fusillerait... et je serais au moins gardé à carreau contre la guillotine.

La femme continuait à se presser contre Bernier, et lui disait :

— Cet homme a menti... ne l'écoutez pas... je ne suis pas sa maîtresse... j'ai horreur de lui !...

— Alors, demanda Bernier, que vous veut-il ?

— Il veut me tuer ! dit-elle.

Et ses dents claquaient d'épouvante.

— Allons donc ! fit Bernier, il ne vous tuera qu'après ma mort.

Le sergent Bernier regardait silencieusement le capitaine Solérol, il avait étendu son sabre sur la tête de la femme avec un geste si impérieux, que le capitaine n'osa point avancer.

— Sergent Bernier, dit celui-ci, prenez garde, vous me manquez de respect, à moi, votre supérieur.

Bernier haussa les épaules.

Puis il passa le bras de la femme sous le sien et lui dit :

— Venez avec moi, je vous conduirai où vous voudrez... Place ! place ! ajouta-t-il en faisant tourner son sabre au-dessus de sa tête.

XVI

La Lucrétia se cramponna à lui, et le capitaine s'effaça pour les laisser passer.

Tous deux sortirent du cabaret.

— Où voulez-vous aller ? demanda Bernier.

— Je ne sais pas, répondit-elle d'une voix égarée.

— N'avez-vous pas un logis ?

— Oui, j'ai une chambre, ici près... au carrefour Buci.

— Eh bien ! allons-y.

— Oh ! non, j'ai trop peur.

— Peur de qui ? fit Bernier.

— De lui... Il y viendrait !... murmura-t-elle avec effroi.

Bernier eut un fier sourire.

— Tenez, dit-il, j'ai la permission de la nuit, et je puis ne pas rentrer à ma caserne ; si vous voulez je me coucherai sur le palier de l'escalier en travers de la porte.

— Allons ! dit-elle.

Et elle se serra plus fort contre lui.

— Comment vous nommez-vous ? demanda le sergent.

— Lucrèce.

— Avez-vous une profession ?

Elle soupira et se tut.

Bernier comprit. La Lucrétia était vierge folle, ou peu s'en fallait.

— Mais, enfin, lui dit-il, qu'est-ce que vous veut cet homme?

— Le capitaine?

— Oui. Ce misérable Solérol, qui est le pourvoyeur de la guillotine et dénonce ses chefs...

— Cet homme, dit la Lucrétia en tremblant, me veut faire accomplir un crime.

— Un crime !

— Oui, et ce que veut cet homme, je ne puis le dire.

Le sergent Bernier n'insista pas.

— Je vois, dit-il que vous êtes à la merci de cet homme. Aussi vous protégerai-je !

Ils hâtèrent le pas, arrivèrent au carrefour Buci, et la Lucrétia s'arrêta devant une petite porte bâtarde.

La maison, sans doute, n'avait point de concierge, car la Lucrétia souleva un loquet masqué par une plaque mobile de la largeur d'un écu, et la porte s'ouvrit.

— Donnez-moi la main, dit-elle au sergent en l'introduisant dans une allée noire, au bout de laquelle ils trouvèrent un escalier tournant, avec marches usées, et qui n'avait d'autre rampe qu'une corde fixée dans le mur par des anneaux placés de distance en distance.

Ils grimpèrent au sixième étage, au milieu d'une obscurité profonde.

La Lucrétia tira une clef de sa poche, ouvrit une porte et poussa le sergent devant elle.

Celui-ci vit briller quelque chose de rouge à ses pieds.

Il était auprès d'une cheminée, et c'était un tison enseveli sous la cendre qui jetait cette lueur rouge.

La Lucrétia se baissa, prit le tison d'une main, et une chandelle qui se trouvait sur la cheminée de l'autre, puis elle souffla et arracha au tison des milliers d'étincelles.

La chandelle fut allumée.

— Voici ma chambrette, dit-elle en posant ce modeste flambeau sur une table.

Le sergent vit alors une petite pièce pauvrement meublée, à l'unique croisée en tabatière.

Sur la table en bois blanc, il y avait les ustensiles dont se sert une ouvrière fleuriste.

— Vous travaillez donc? demanda le sergent.

— Je travaillais, dit-elle ; mais il y a longtemps que je n'ai plus d'ouvrage.

Elle se laissa tomber sur une chaise, comme accablée par l'émotion qu'elle venait d'éprouver.

Le sergent la regardait, il constatait qu'elle était merveilleusement belle, en dépit de sa pâleur presque maladive et de son regard brillant de fièvre.

Deux ou trois fois elle se leva vivement et courut à sa fenêtre.

— Vous avez donc peur qu'il revienne? dit Bernier.

— Oh ! oui.

— Mais puisque je suis là...

Elle regarda tour à tour son lit et les deux chaises qui composaient son mobilier.

Bernier comprit son embarras.

— Tenez, dit-il, je suis un honnête homme et inca-

pable d'abuser de votre situation. Mettez-vous au lit, je
passerai la nuit sur cette chaise, et vous pourrez dormir
comme si votre frère veillait sur vous.

Elle hésitait cependant encore.

— Vous avez donc bien peur? fit-il avec un sourire.

— Oh! dit-elle, savez-vous qu'il m'a menacée de me
faire guillotiner ?

— Bah !

— Si je refusais plus longtemps... vous devinez?

— Je devine, dit Bernier... que je lui planterai demain
la lame de mon sabre dans le ventre !

La Lucrétia lui prit les mains :

— Vous êtes bon, dit-elle ; mais je ne veux pas que vous
exposiez votre vie pour moi... qui ne saurais... et ne pourrais... vous aimer... que comme un frère...

— Vraiment ! fit Bernier avec tristesse, car il la regardait et la trouvait bien belle.

— Vous avez donc un bien grand amour au cœur ?... lui
demanda-t-il après un moment de silence.

— Un amour sans espoir...

Sa voix s'altéra en prononçant ces mots :

— Mais quel est donc l'insensé, assez heureux pour être
aimé de vous, et assez aveugle pour ne s'en point apercevoir.

Elle hocha la tête.

— Hélas ! dit-elle, c'est mon secret... ne me le demandez pas.

Bernier vit briller une larme au bord de ses cils.

— Pardonnez-moi, dit-il, si je vous ai fait de la peine.

Et il lui baisa la main.

Tout à coup, elle se leva vivement et courut de nouveau à la fenêtre.

— Qu'avez-vous? fit le sergent étonné.

Elle se retourna et posa un doigt sur ses lèvres.

— Chut! fit-elle, écoutez!

Le sergent entendit alors un coup de sifflet qui retentissait dans l'éloignement. Évidemment, c'était un signal.

La Lucrétia était devenue pâle et tremblait de tous ses membres.

— Mais que craignez-vous donc? Ne suis-je pas là? dit Bernier.

Et il lui pressa doucement les mains.

— Oh!... fit-elle, c'est lui... Il va venir.

— Qui, lui! le capitaine?

— Non, *lui*.

Et elle prononça ce mot d'une façon bizarre, c'est-à-dire avec plus d'effroi que de tendresse.

— Il viendra chez vous?

— Oui, j'entends son pas dans la rue.

— Et vous avez peur?

Elle secoua la tête :

— Je n'ai plus peur pour moi, puisque vous êtes là.

— Alors, c'est pour lui.

— Oui.

— Eh bien! dit le sergent, je le défendrai si besoin est.

Elle le remercia d'un regard, mais elle continua à secouer la tête :

— Vous n'êtes pas son ami, dit-elle, vous ne pouvez l'être du moins.

— Pourquoi donc!

— N'êtes-vous pas soldat ?

— Sans doute.

— Vous servez la République...

— Mais non la guillotine, dit Bernier, et ce n'est point mon métier d'arrêter les aristocrates.

Elle tressaillit de se voir ainsi devinée.

— Quoi ! vous savez, dit-elle.

— Je ne sais rien... mais je suppose que l'homme que vous attendez est un ci-devant...

— Oui.

— Et que... vous l'aimez !...

— Non, dit-elle.

Il se leva et fit un pas vers la porte.

— Restez ! dit-elle enfin.

— Vous avez encore besoin de moi !

Et il y avait une nuance d'ironie dans sa voix.

Mais elle lui prit les deux mains et les serra tendrement :

— Vous êtes un noble cœur, dit-elle, et je vais tout vous dire.

— Parlez...

— Il est un homme qui vient chez moi presque chaque nuit... ce n'est pas mon amant... je vous le jure... c'est lui qui a sifflé dans la rue... A cette heure il monte l'escalier...

— Eh bien ?

— Eh bien ! cet homme va venir ici, et je ne veux pas que vous le voyiez.

— Faut-il que je m'en aille ?

— Non.

— Alors, parlez, j'obéirai.

La Lucrétia avait compris d'un regard que, désormais, le sergent Bernier lui était dévoué corps et âme.

— Vous laisserez-vous bander les yeux, dit-elle.

— Hum ! fit-il, c'est bizarre, cela.

Il la regarda de nouveau, et il vit sur son visage tant d'angoisses, qu'il répondit sur-le-champ :

— Eh bien, oui !

— Et, acheva-t-elle, quand vous aurez les yeux bandés, consentirez-vous à vous mettre sous ce rideau ?

Elle indiquait le rideau de son lit.

— Oui.

— Mais, dit-elle encore, ne pas voir, n'empêche point d'entendre.

— C'est juste.

— Me donnerez-vous votre parole de soldat que vous ne révélerez jamais rien de ce que vous aurez entendu ?

— Sur l'honneur, je vous le jure !

Et il tira un mouchoir de sa poche, en lui disant :

— Bandez-moi les yeux !

XVII

Cadenet continua :

La Lucrétia prit le mouchoir et banda les yeux au sergent.

Puis, retirant un peu son lit, de façon à laisser un vide entre la muraille et les rideaux, elle poussa Bernier dans cette cachette improvisée.

Ce dernier entendit alors des pas qui montaient lestement l'escalier et s'arrêtèrent au seuil de la chambre.

En même temps on frappa trois coups.

— Entrez ! dit la Lucrétia d'une voix émue.

La porte s'ouvrit et se referma brusquement.

Bernier entendit une voix brève, impérieuse, brutale même, bien que son timbre clair et sonore trahît la jeunesse.

— Lucrèce, dit cette voix, il faut te décider.

— A quoi ! fit-elle tremblante.

— Tu sais bien... à me suivre...

— Quand ?

— Tout de suite...

— Mais vous savez bien qu'il me poursuit toujours.

— Le capitaine ?

— Oui. Il est encore venu ce soir.

— Ici ?

— Oh ! non... là-bas...

— J'ai des pistolets dans ma poche. Tu n'as rien à craindre à mon bras.

Bernier, immobile derrière les rideaux du lit, entendit la Lucrétia pousser un soupir.

— Ma petite Lucrèce, reprit la voix qui essaya de devenir caressante, est-ce que tu ne finiras pas par m'aimer.

— Ah ! monsieur le marquis, répondit la jeune fille, vous savez bien que cela est impossible.

— Pourquoi ?

— Mais parce que mon cœur est mort...

— Le cœur d'une femme de vingt ans ne meurt pas.

Bernier entendit un nouveau soupir.

Puis la Lucrétia reprit :

— Monsieur le marquis, vous savez bien quelles sont nos conventions.

— Oui, dit la voix.

— Vous avez fait de moi votre esclave, parce que vous portez un nom qui est sacré pour moi. Je passe pour votre maîtresse, parce que cette supposition sert vos projets. Que m'importe ! l'honneur de la Lucrétia, une courtisane, n'est cher à personne...

— Lucrèce !

— Mais je ne puis ni ne veux vous aimer. Ainsi, il faut que je vous suive là-bas, ce soir ?

— Oui.

— C'est bien. Partons...

— Tout va bien, reprit la voix. Nos mesures sont prises, nous réussirons.

Lucrèce soupira encore.

— Dieu vous protége ! dit-elle, mais j'ai peine à croire que les municipaux et la Commune n'aient pas l'éveil.

— Oh ! oh ! pensa le sergent Bernier, me voici en pleine conspiration royaliste. Écoutons.

Mais la Lucrétia qui ne voulait pas, sans doute, avertir son visiteur de la présence du sergent et qui, d'un autre côté, craignait peut-être que le premier n'entrât dans les détails d'une affaire sans doute mystérieuse, la Lucrétia, disons-nous, ajouta vivement :

— Eh bien, emmenez-moi tout de suite, j'ai peur de cet homme !

— Du capitaine ?

— Oui.

— Il t'aime comme un fou, dit encore la voix... et c'est grand dommage qu'il faille le ménager. Mais il nous est impossible de faire autrement ; allons, viens.

Bernier toujours immobile et muet au fond de sa cachette, entendit la Lucrétia rouvrir la porte, puis les pas du visiteur franchir le seuil.

Alors la jeune fille s'approcha et dit tout bas, en soulevant le rideau :

— Ne bougez pas... merci.

Et Bernier l'entendit s'éloigner et fermer la porte.

Seulement, au bruit que fit la clef dans la serrure, le sergent comprit qu'elle feignait de donner deux tours, alors que, au contraire, elle laissait la porte ouverte.

Le sergent entendit quelques minutes, puis il se décida à sortir de sa cachette et à ôter son bandeau.

L'obscurité régnait dans la chambre, car la Lucrétia avait éteint la chandelle en sortant.

Le sergent jugea inutile de la rallumer. Il se dirigea à tâtons vers la porte, qui n'était fermée qu'au pêne, l'ouvrit et sortit.

Il descendit l'escalier, guidé par la corde qui servait de rampe, et il arriva jusqu'à l'allée sans avoir entendu le moindre bruit.

On eût dit que cette maison était inhabitée.

La porte de l'allée était pareillement ouverte.

Arrivé dans la rue, le sergent regarda à droite et à gauche, ne vit personne, n'entendit ni pas ni voix, et se décida à regagner son quartier, c'est-à-dire sa caserne.

Et tout en s'en allant, il fit la réflexion suivante, qu'il accompagna d'un soupir de philosophique regret.

— Voilà une jolie fille qui s'en va au bras d'un autre, me laissant, moi son protecteur, exposé à toute la haine de ce misérable Solérol, lequel est homme à me traduire en conseil de guerre pour offenses envers un supérieur.

Mais, en ce temps-là, la tête tenait si peu sur les épaules, que la perspective de mourir au premier jour n'empêchait ni de boire, ni de manger, ni de dormir.

Bernier n'avait ni faim, ni soif, mais il se coucha et dormit d'une seule traite jusqu'à l'heure de l'appel.

Ce fut le tambour qui le réveilla.

Il descendit dans la cour de la caserne et y trouva le capitaine Solérol. Le capitaine était d'humeur charmante, et il n'avait plus ce visage bouleversé, ces lèvres bordées d'écume et ces yeux sanglants que Bernier lui avait vus la veille au cabaret de la rue André-des-Arts.

Le capitaine salua le sergent et lui dit :

— En revenant de l'exercice, nous causerons.

— Soit, dit Bernier.

En effet, une heure après, quand la demi-brigade revint de la manœuvre, le capitaine passa familièrement son bras sous le bras du sergent et lui dit.

— J'étais un peu gris, hier soir.

— Ah! fit Bernier.

— J'ai rencontré une jolie fille qui rôdait dans la rue, j'ai voulu l'aborder... elle a eu peur... vous savez le reste.

— Comment! dit Bernier, vous ne la connaissiez pas?

— Ma foi, non.

— Je sais bien le contraire, moi, pensa Bernier, mais je ne te contredirai pas ! Eh bien ! dit-il tout haut en riant, vous ne m'en voulez pas de l'avoir défendue, au moins?

— Au contraire, répondit le capitaine Solérol. Vous m'avez dégrisé, c'est un service que vous m'avez rendu.

On rentra à la caserne et le capitaine quitta Bernier pour aller déjeuner.

Peu après son départ, un homme se présenta et demanda le sergent Bernier.

Cet homme était un commissionnaire de coin de rue.

Il était porteur d'une lettre qu'il remit au sergent.

Bernier eut un battement de cœur. Il ouvrit la lettre et lut :

« Je voudrais vous remercier. Si vous voulez me revoir, suivez l'homme qui vous remettra ce billet. »

Il y avait au bas un L pour toute signature.

Le sergent dit au commissionnaire :

« Je suis prêt à vous suivre, conduisez-moi... »

Celui-ci se mit en route sans mot dire.

Il se dirigea vers la Seine, traversant le pont Neuf, la place Germain-l'Auxerrois, puis la rue Honoré et arriva enfin, en tournant l'angle du Palais-Égalité, dans la rue de la Loi.

Puis, indiquant du doigt une maison sur la gauche, il dit à Bernier qui le suivait toujours :

— C'est là.

Le sergent regarda la maison qui semblait être de belle apparence.

— Qui demanderais-je ? fit-il.

— La citoyenne Lucrétia, répondit le commissionnaire.

Et il s'éloigna, non sans que Bernier eût auparavant fait cette réflexion :

— Voilà un homme du peuple qui a les mains bien blanches et la figure bien distinguée.

Quand cet homme eut disparu au coin du Palais-Égalité, Bernier pénétra dans la maison.

Il trouva d'abord un vestibule assez vaste, puis un large escalier à rampe de fer ouvragé, et au bas de cet escalier un officieux qui lui demanda poliment ce qu'il désirait.

— La citoyenne Lucrétia, répndit Bernier.

— Venez avec moi, lui dit l'officieux.

Et il le conduisit au premier étage, ouvrit une porte à deux vantaux, et poussa le sergent devant lui.

14

Bernier, qui se souvenait de la mansarde de la veille, au carrefour Buci, entra tout étourdi dans une antichambre richement décorée; il traversa ensuite un salon dont l'ameublement luxueux respirait l'ancien régime, puis une chambre à coucher de petite maîtresse, et il ne s'arrêta qu'au seuil d'un boudoir, dans lequel se tenait la maîtresse du logis.

Bernier demeura immobile et muet au seuil du boudoir, tant sa surprise fut grande.

C'était bien la Lucrétia qu'il avait sous les yeux.

Mais non plus la grisette en robe de toile, l'ouvrière habitante de mansardes, la pauvre fille pour qui, pendant une heure le cœur du sensible sergent avait battu.

C'était une femme élégante, vêtue de satin, dont les bras blancs étaient couvert par des flots de dentelles et les mains chargées de bagues de prix.

— Bonjour, mon ami, dit-elle à Bernier sans se déranger et sans quitter la pose voluptueuse qu'elle avait prise sur une ottomane où elle était couchée.

— Madame... balbutia le sergent.

— Vous êtes étonné, n'est-ce pas? fit-elle en souriant.

— On le serait à moins, murmura naïvement le sergent.

— Eh bien, venez vous asseoir près de moi, et je vous donnerai l'explication de bien des choses, répondit-elle. »

Machefer interrompit Cadenet à ce moment de son récit :

— Ah ça ! lui dit-il, mais tu me fais-là un conte des Mille et une Nuits.

— Un conte vrai, dit Cadenet.

Puis il se leva et alla entr'ouvrir la porte de la cabane.

— Voyons ! dit-il, si la ferme flambe toujours.

XVIII

La lueur de l'incendie avait grandi. On eût dit une aurore boréale.

Cadenet referma la porte et vint se rasseoir auprès du feu.

— Ce Jacomet, dit-il, est plein de mystères. Il prétendait tout à l'heure que le fermier Brulé est un misérable, et le voilà parti à son secours.

— Est-ce que Brulé est propriétaire de sa ferme ?

— Non, elle est au général.

— C'est-à-dire à la cousine de Henri.

— Justement,

— Eh bien ! peu m'importe, après tout, reprit Machefer, voyons la suite de ton histoire.

Mais, comme Cadenet allait continuer. il se passa un fait extraordinaire.

Un coup de feu se fit entendre au dehors dans le lointain,

14.

et en même temps un cri déchirant retentit dans la petite pièce où dormait Myette.

Cadenet et Machefer interdits virent apparaître la jeune fille, pâle, émue, les cheveux en désordre :

— O mon Dieu, mon Dieu ! murmura-t-elle, il l'a tué !

— Que veux-tu dire, petite ? demanda Cadenet, es-tu folle ?

— Non. Il l'a tué, vous dis-je, il l'a tué ! répéta l'enfant.

— Tu viens de faire un mauvais rêve, mon enfant.

— Mais n'avez-vous pas entendu ce coup de feu ?

— Eh bien ! c'est un braconnier qui vient d'assassiner un lièvre.

— C'est un homme qui vient d'en assassiner un autre ! s'écria l'enfant avec une énergie inspirée.

— Tu as rêvé... tu es sous l'impression d'un cauchemar.

— Non, non, je l'ai vu ! j'ai rêvé vrai...

Et Myette se tordait les mains de désespoir.

— Mais qui donc as-tu vu ?

— Mon père !

— Ton père ? Et il tuait quelqu'un ?

— Non, c'est lui qu'on a tué...

Et Myette, parlant ainsi, avait ouvert la porte de la cabane et s'était, demi-nue, élancée au dehors.

— Venez, venez avec moi... répétait-elle affolée... Oh ! j'ai vu l'endroit, dans mon rêve... je vous conduirai... venez...

Cadenet et Machefer ne réfléchirent pas plus longtemps que la jeune fille venait de dormir paisiblement, qu'il était impossible par conséquent, qu'elle pût affirmer pour un fait, ce qui ne pouvait être qu'un rêve... impressionnés par cet accent de désespoir, obéissant à de mystérieux pressentiments, ils sautèrent sur leurs fusils et s'élancèrent hors de la cabane sur les pas de Myette.

Myette courait pieds nus dans la neige, et elle marchait si vite que les deux amis avaient peine à la suivre.

Elle s'enfonça dans le bois, prit un sentier qui serpentait en mille détours à travers les broussailles, et précipita de plus en plus sa course.

— Voilà un fait étrange, murmura Cadenet.

Machefer, plus froid, plus sceptique, était revenu en quelques secondes de cette sorte d'épouvante irréfléchie qui avait jeté les deux jeunes gens sur les pas de Myette.

— Vraiment, dit-il à Cadenet, nous sommes des enfants... allons-nous pas croire à la double vue, maintenant?

— J'y crois, moi, dit Cadenet.

— Quelle folie!

Tout en causant, ils couraient toujours car Myette n'avait point relenti sa marche.

— J'y crois, reprit Cadenet, parce que la chose m'est arrivée.

— A toi?

— A moi! Une nuit, je dormais profondément, il y a quinze ans de cela, un homme m'apparut dans mon sommeil. Il était vêtu de blanc, bien que ses hahits affectassent la tournure militaire. Je reconnus mon cousin-germain, François de Cadenet, alors garde-du-corps. Il me fit signe de le suivre, je m'habillai et descendit à l'Orangerie. Dans mon rêve, j'étais à Versailles.

« Dans l'Orangerie, il y avait cinq hommes. L'un deux avait son épée sous son bras. Il vint à la rencontre de François et le salua. Ils mirent l'épée à la main... Les qnatre hommes qui se trouvaient là étaient leurs témoins.

« J'assistai au combat.

« A la quatrième passe, je vis tomber François. Il avait reçu un coup d'épée au cœur.

« En même temps, aussi, je poussai un cri et m'é-veillai.

« J'eus beau me dire que j'avais rêvé; agité d'un pres-sentiment funeste, je sautai hors de mon lit, je courus au château où mon cousin avait dû être de garde la veille, je m'informai de lui et j'appris que, selon l'expression de Myette, j'avais rêvé vrai.

— Il avait été tué ?

— Une heure auparavant, dans l'Orangerie.

— Voilà qui est étrange, en effet, murmura Machefer.

Cependant, Myette courait toujours, et les deux amis continuaient à la suivre.

— Où vas-tu donc ? lui demanda Cadenet.

— Au carrefour des Chevreuils, répondit-elle d'une voix étranglée par l'angoisse.

A mesure qu'elle approchait de l'endroit désigné, Myette redoublait de vitesse. Cadenet et Machefer l'imitaient.

Mais, tout à coup, elle s'arrêta et poussa un grand cri :

— Mon père ! dit-elle.

Les deux jeunes gens s'arrêtèrent, regardèrent devant eux et autour d'eux, et ne virent rien tout d'abord.

Mais tout à coup, Cadenet leva la tête et aperçut le corps d'un homme qui se balançait à l'extrémité d'une branche d'arbre.

C'était Jacomet qui avait été enlevé par le piége à chevreuil.

Le bûcheron ne pouvait être pendu, puisque le collet l'avait saisi par le milieu du corps.

Cadenet se haussa sur la pointe des pieds, atteignit les jambes du bûcheron et l'attira à lui par une forte secousse.

La branche cassa, le bûcheron tomba sur le sol.

— Mort! mort! répéta Myette en se précipitant sur le corps de son père et se tordant les mains de désespoir.

Jacomet, en effet, était inanimé et le sang inondait son visage et ses vêtements.

La charge de plomb que lui avait envoyée le Bouquin s'était logée partie dans la tête et partie dans les côtes.

Ce fut alors un spectacle douloureux et terrible que celui de ces deux hommes et de cette jeune fille au désespoir, penchés sur ce corps qui n'était peut-être plus qu'un cadavre.

Cependant Cadenet ayant posé sa main sur le cœur sentit quelques faibles pulsations, et dit à Myette :

— Rassure-toi... il n'est pas mort...

Myette ne pleurait pas ; elle avait, au contraire, les yeux secs et le regard égaré de ceux qui sont sur le point de devenir fous.

Machefer la prit dans ses bras et dit à Cadenet :

— Te sens-tu de force à porter ce malheureux sur tes épaules ?

— Oui, répondit Cadenet.

Ils reprirent le chemin de la cabane qui était à peu près d'une lieue.

Myette, prise d'une crise nerveuse, se débattait dans les bras de Machefer, riant et pleurant tour à tour, mais ayant complètement perdu la tête.

Malgré leur double fardeau, les deux jeunes gens se reprirent à marcher d'un pas rapide.

Si Jacomet respirait, peut-être était-il temps encore de le sauver. Mais pour cela, il ne fallait point le laisser exposé davantage à l'air glacé de la nuit.

A la crise nerveuse de la jeune fille avait succédé, au bout de quelques minutes, une sorte d'anéantissement complet, et sa jolie tête pâle s'était renversée sur l'épaule de Machefer.

Enfin, au bout de trois quarts d'heure, Cadenet et son ami touchèrent le seuil de la cabane.

Là seulement, Myette revint à elle, se souvint de tout et, fondant en larmes, mais retrouvant une énergie nouvelle dans sa douleur, elle aida Cadenet à porter son père sur son lit.

Cadenet et Machefer déshabillèrent le bûcheron, dont le cœur continuait à battre, bien qu'il fût privé de sentiment.

Puis Cadenet, qui avait quelques connaissances chirurgicales, sonda les blessures et reconnut qu'aucune d'elles n'était mortelle.

— Ton père vivra, dit-il à Myette.

Myette tomba à genoux et joignit les mains.

— C'est une charge de plomb à lièvre qu'il a reçue presque à bout portant, continua Cadenet.

Myette déchirait le peu de linge qui se trouvait dans la chaumière et en faisait de la charpie.

Les deux jeunes gens bandèrent les blessures de Jacomet, toujours évanoui ; puis ils le couvrirent de leurs manteaux pour le réchauffer, et alors Cadenet prit dans sa gibecière un flacon qui contenait du vinaigre aromatique, et, en laissant tomber quelques gouttes dans le creux de sa main, il en frotta les narines et les tempes du blessé.

Alors Jacomet rouvrit les yeux.

D'abord un sourire hébété glissa sur ses lèvres ; puis à ce sourire succéda un regard plus intelligent.

Il promena ce regard autour de lui, reconnut sa cabane, puis sa fille, et Cadenet et Machefer.

Myette s'était jetée sur lui et le couvrait de baisers.

D'abord quelques sons inarticulés jaillirent des lèvres de Jacomet ; puis il articula un mot :

— Le brigand !

Alors se penchant sur lui :

— Qui donc a voulu t'assassiner ! demanda M. de Cadenet.

— Le Bouquin, répondit le bûcheron.

— Qu'est-ce que le Bouquin ?

— C'est le fils à Brulé...

— Chut ! dit Machefer, j'entends du bruit.

En effet, des pas précipités retentissaient au dehors et, tout à coup, la porte s'ouvrit et un homme entra portant une femme sur ses épaules.

Cette femme était évanouie.

Cet homme avait les cheveux et la barbe calcinés, les vêtements en lambeaux, l'œil hagard et fiévreux.

Cette femme, c'était Lucrèce, — cet homme, le capitaine Victor Bernier.

A sa vue, Cadenet et Machefer étouffèrent un cri...

Le capitaine était si bouleversé que, bien qu'il eût eu sans doute autrefois des relations avec Cadenet, il ne le reconnut pas et le prit pour un paysan.

En effet, Cadenet était coiffé d'une casquette et vêtu d'une blouse.

Quant à Machefer, Victor Bernier ne l'avait jamais vu.

Le capitaine ne vit pas davantage, tout d'abord, le bûcheron Jacomet couché mourant dans son lit.

Il déposa Lucrèce sur une chaise, en disant :

— Mes bons amis, pardonnez-moi d'entrer chez vous comme ça... mais nous venons d'échapper à la mort par miracle... et voilà une femme qui a perdu connaissance.

En parlant ainsi, il s'était agenouillé devant la femme évanouie et lui frottait les mains pour la faire revenir à elle.

L'entrée du capitaine et tout ce qui s'en était suivi avait été si rapide, que ni Cadenet, ni Machefer, ni Myette n'avaient encore pu prononcer un mot.

Enfin Myette prit la parole la première, et dit :

— Vous venez dans un mauvais moment, monsieur. Nous n'avons qu'un lit, et mon père est couché dedans.

Alors seulement, le capitaine vit le blessé. La courtine du lit ensanglantée confirmait les paroles de Myette.

— Excusez-moi, dit-il, votre maison est la première que

j'ai trouvée en courant à travers bois pour fuir de l'incendie. Et puis Lucrèce, qui m'avait d'abord montré le
chemin, s'est évanouie de faiblesse.

— Lucrèce! murmura Cadenet qui se pencha pour
examiner le visage de la femme évanouie.

— Lucrèce! répéta Myette qui la regarda et la reconnut
à son tour.

— Vous la connaissez! fit le capitaine avec étonnement.

— Mais, c'est la fille au père Brulé!

Cette révélation arracha un cri au capitaine, car, chose
étrange, il ne s'était point demandé encore comment il se
pouvait faire que Lucrèce fût à la ferme.

Et Lucrèce n'avait pas songé à le lui dire.

Lucrèce, affolée, éperdue, l'avait entraîné loin de la
ferme en flammes, et une fois dans le bois, sa faiblesse
extrême l'avait trahie. Elle s'était affaisée sans connaissance dans les bras du capitaine.

Celui-ci l'avait alors chargée sur ses épaules et l'avait
emportée marchant droit devant lui.

La cabane de Jacomet s'était trouvée sur ses pas; il y
était entré, guidé par le filet de lumière qui passait au travers de sa porte mal jointe. Là seulement il s'était reconnu.

Jacomet avait repris toute sa lucidité d'esprit, mais il
parlait difficilement.

Lui aussi, il reconnut Lucrèce et il balbutia:

— On la croyait morte!

Cadenet avait changé un regard avec Machefer; ce
regard voulait dire: .

— Sortons!

En effet, le jeune royaliste se glissa jusqu'à la porte,

15

prenant soin de ne point exciter la curiosité du capitaine.

Du reste, celui-ci était tout occupé de Lucrèce et n'avait encore regardé que le blessé, auquel il n'avait même pas songé à demander comment il se trouvait en pareil état.

Comme Cadenet, Machefer se glissa vers la porte.

Tourné vers le foyer, le capitaine ne les vit pas.

Cadenet mit son doigt sur sa bouche et regarda Jacomet d'une façon significative.

Jacomet répondit par un clignement d'yeux.

Le regard de Cadenet voulait dire :

— Garde-toi de prononcer notre nom. Celui de Jacomet répondait :

— Soyez tranquille... tout blessé que je suis, j'ai encore toute ma raison.

Une fois dehors, Cadenet dit à Machefer :

— Conviens que le proverbe qui dit : « Quand on parle du loup, on ne tarde pas à le voir, » est d'une rigoureuse exactitude.

— C'est vrai !

— Nous avons parlé du capitaine Bernier, et le voilà ! de la Lucrétia, que je croyais à Paris...

— Comment ! c'est elle ?

— Oui.

— Et elle est la fille du fermier Brulé ?

— Précisément.

— Sais-tu, mon ami, dit Machefer, que toutes ces histoires vraies sont terriblement invraisemblables.

— J'en conviens.

— Allez donc raconter, murmura Machefer, que, dans la même nuit, on a trouvé Jacomet pendu à un arbre, une

ferme en flammes, un capitaine se sauvant avec une femme
dans les bras, à travers les bois, deux hommes qui, pendant ce temps, conspirent tranquillement contre le salut de
la République et pour le rétablissement de la monarchie ;
et que tout ce monde-là s'est trouvé réuni dans une hutte
de bûcherons de six pieds carrés ; personne, à Paris, ne le
voudra croire.

— Mais pourquoi m'as-tu fait signe de sortir ?

— Parce que je ne veux pas que Bernier me reconnaisse.

— C'est juste ; mais où irons-nous ?

— Aux Roches, pardieu ! Nous avons le temps d'ici au
jour.

— Mais le capitaine, qui nous a vus sans nous remarquer, s'apercevra de notre départ.

— Eh bien, Jacomet lui dira que nous sommes des
voisins.

— Mais nous abandonnons donc ce pauvre Jacomet ?

— Il n'est pas en danger de mort. Sa fille est auprès de
lui, c'est suffisant ! Cependant, attends...

Cadenet entr'ouvrit la porte de la cabane et fit un signe
à Myette.

Myette sortit.

—Petite, lui dit Cadenet, rassure-toi, ton père ne mourra
pas... il ne court aucun danger. Mais M. Henri l'enverra
chercher demain sur un brancard, et vous viendrez tous
deux aux Roches, où il sera bien soigné...

— Est-ce que vous partez, monsieur Cadenet ? demanda
la jeune fille.

— Oui, ma petite.

— Vous laissez mon père...

— Je dis qu'il ne court aucun danger...

— Mais pourquoi partez-vous ?

— Pour n'être pas reconnu de ce monsieur qui vient d'entrer.

— Ah... je l'ai bien reconnu, moi ! dit Myette, c'est l'ami de M. Henri, c'est le capitaine Bernier.

— Eh bien, écoute-moi, petite.

— J'écoute, monsieur Cadenet.

— S'il demande qui nous sommes, tu diras que nous sommes des bûcherons du voisinage.

— Oh ! soyez tranquille, monsieur Cadenet, dit l'enfant, je sais me taire... Mais vous m'assurez que mon père.

— Je t'assure que ton père n'a reçu que quelques grains de plomb et qu'il ne court aucun danger. Dans huit jours, il n'y paraîtra plus. Adieu, petite.

— Bonsoir, monsieur Cadenet.

Myette rentra dans la cabane où, réchauffée peu à peu, Lucrèce commençait à reprendre ses sens.

Quant aux deux amis, ils s'éloignèrent le fusil sur l'épaule.

Il y avait, tout à fait vis-à-vis de la cabane de Jacomet, un sentier qui descendait tout droit aux Roches.

Le château des Roches était au bord de l'Yonne, nous l'avons dit déjà.

L'incendie de la ferme de la Ravaudière était loin de s'éteindre et projetait au-dessus des bois une telle clarté, que les deux amis cheminaient comme en plein jour.

— Ah ça, dit Machefer, voilà encore une ferme qui brûle, qui donc met le feu ?

— Les républicains qui ont été écartés par le Directoire, dit Cadenet.

— Tu crois ?

— J'en suis certain, mon ami, et Jacomet comme moi.

— C'est-à-dire des gens comme le chef de brigade Solérol.

— C'est lui qui, bien certainement, est le chef des incendiaires dans ce pays.

— Mais tu oublies une chose...

— Laquelle ?

— C'est qu'il est impossible qu'il ait mis le feu à la Ravaudière.

— Pourquoi ?

— Mais parce que la ferme est à lui.

— Tu es naïf, mon pauvre Machefer, répondit Cadenet. Le chef de brigade sait bien que la fortune de sa femme peut lui échapper d'un moment à l'autre ; et, alors, tu penses bien qu'il se moque de brûler une ferme s'il arrive à son but.

— C'est juste.

Tandis qu'ils causaient en cheminant d'un pas rapide, car la nuit était glacée, ils entendirent le trot précipité d'un cheval, à travers bois.

Puis ce cheval apparut dans une allée transversale qui conduisait de Fouronne à Mailly-le-Château.

Le cavalier éperonnait sa monture, — un gros cheval de labour qui trottait comme un bidet.

En apercevant les deux amis, le cavalier s'arrêta net et leur cria :

— Hé ! les amis ?

— Que veux-tu, camarade? répondit Machefer.

— Est-ce que vous savez ce qui brûle, là-bas, de l'autre côté des bois?

— C'est une ferme.

— Une ferme, Seigneur-Dieu !

— Oui, la Ravaudière.

L'homme à cheval s'écria :

— C'est la ferme de mon père ! ah! les brigands !...

Et il poussa son cheval à travers bois pour arriver plus vite.

— Encore une rencontre romanesque, dit Machefer.

— Qui sait ? fit Cadenet, nous ne sommes point au bout encore.

— Mais d'abord, reprit Machefer, je veux savoir la fin de l'histoire du sergent Bernier et de la Lucrétia.

— Je vais te la dire, répondit Machefer.

XIX

Cadenet reprit son récit :

— Le sergent Bernier, depuis quelques minutes, tombait d'étonnements en étonnements.

La veille, il avait vu la Lucrétia vêtue d'une modeste robe de toile ; elle l'avait conduit à un sixième étage, dans une mansarde qu'elle disait être son logis, et voici qu'il la retrouvait dans un somptueux appartement, chaudement enveloppée dans une robe de chambre en velours cerise qui faisait valoir son teint blanc et mat, laissant demi-nues ses luxuriantes épaules sur lesquelles flottaient les boucles en désordre d'une chevelure d'ébène.

— Vous avez peine à en croire vos yeux? lui dit-elle en lui tendant la main et accompagnant ce geste d'un triste sourire.

— En effet, balbutia le sergent.

— Eh bien, reprit-elle, quelques mots suffiront à vous expliquer cet étrange mystère.

— Je vous écoute, madame, répondit le sergent qui continuait à demeurer debout devant elle.

— Croiriez-vous, reprit la Lucrétia, que je suis une pauvre fille presque sans ressources, ayant abandonné son toit paternel, et n'ayant d'autre abri véritablement sien que la misérable chambre où je vous ai conduit hier?

— Alors, dit le sergent, qu'est-ce que tout ce luxe?

— Ici, rien n'est à moi... pas même les vêtements que je porte.

— Madame, répondit Bernier, excusez-moi, mais je suis un pauvre soldat qui n'a jamais su déchiffrer les énigmes.

— Avez-vous entendu l'homme qui est venu chez moi la nuit dernière et avec lequel je suis partie du carrefour Buci?

— Oui, et si je n'ai pas vu son visage, au moins reconnaîtrais-je sa voix.

— Eh bien, je passe pour la maîtresse de cet homme.

— Et vous ne l'êtes pas?

— Non.

— Et tout ce luxe vient de lui?

— Sans doute. Aux yeux de tous, vous dis-je, je suis sa maîtresse.

— Mais... pourquoi?

— Mystère! dit la Lucrétia : mystère pour vous... mystère pour moi...

— Madame, reprit le sergent, vous avez raison d'employer ce mot, car, Dieu me damne! si j'y comprends quelque chose.

La Lucrétia le regarda fixement.

— Ecoutez, dit-elle, vous m'avez protégée hier... Vous avez l'œil franc et loyal..... je vous crois un honnête homme.

— Vous avez raison, dit froidement Bernier.

— Je suis entourée de gens que je ne connais pas, reprit la Lucrétia, quel est leur but, je l'ignore... et j'ai peur... Hier, en vous voyant, il m'a semblé que je trouvais un ami, un protecteur... un homme qui fera la lumière au milieu du chaos de ténèbres où se passe ma vie.

Bernier la considérait avec un étonnement douloureux, car la jeune femme était triste et pâle, et sa poitrine se soulevait avec peine.

Elle continua :

— Je suis une pauvre fille de la campagne. Un amour sans espoir m'a amenée à Paris.

— Vous êtes pourtant bien belle, observa Bernier, pour que l'amour dont vous parlez soit dépourvu d'espérance ?

— Cela est cependant, murmura-t-elle, en laissant perler une larme au bord de ses cils noirs.

J'ai aimé, j'aime encore ardemment un homme qui n'a jamais songé à moi, un ci-devant, un noble, le comte Henri Jutault de Vernières.

Machefer interrompit Cadenet par un geste et une exclamation de surprise.

— Attends, reprit Cadenet.

La Lucrétia poursuivit :

— Je suis la fille d'un fermier : M. de Vernières est comte.

— Bah ! fit Bernier, depuis un an, il n'y a plus de nobles, et tous les Français sont égaux.

15.

— Pas dans notre pays, répondit la Lucréiia. Et puis, quand je suis venue à Paris, on n'avait pas encore guillotiné le roi.

Un jour, j'appris que M. de Vernières devait épouser sa cousine. Alors le désespoir s'empara de moi... je quittai le pays. Où allais-je, je ne le savais pas... Je m'en allai par les chemins, toujours droit devant moi, mendiant mon pain, et, au bout de dix jours de route, j'arrivai aux portes d'une grande ville.

C'était Paris.

Un homme me recueillit mourante sur une borne où je m'étais appuyée. Cet homme se nommait le marquis Jutault, et il était cousin-germain de M. de Vernières, l'homme que j'aimais.

Je l'avais vu souvent au pays, et il me reconnut.

Il habitait Paris, bien que l'orage commençât à gronder contre les nobles, et qu'il eût été garde-du-corps. Il me recueillit chez lui d'abord ; puis le lendemain, il m'installa dans cette chambre où je vous ai conduit la nuit dernière.

Il me trouvait belle, il essaya de me séduire, mais j'aimais ailleurs, et je fus sourde à son amour. Depuis lors, son amour pour moi est allé grandissant, et toujours je lui ai résisté.

— Mais alors, dit Bernier, pourquoi passez-vous pour sa maîtresse.

— Un jour, il est venu me trouver dans ma mansarde. Je gagnais ma vie avec mon aiguille, et je ne voulais rien accepter de lui.

» — Lucrèce, me dit-il, aimez-vous toujours Henri ?

» — Toujours et plus que jamais, répondis-je.

» — Henri court un grand danger, reprit-il, et vous seule pouvez le sauver...

» — Ah! parlez! m'écriai-je, parlez! et s'il faut ma vie, je suis prête à mourir.

» — Non, me dit-il, ce n'est point cela. Il faut que vous passiez pour ma maîtresse.

» Cette proposition était si étrange que je le regardai avec une sorte de stupeur.

» Il tira alors de sa poche un papier qu'il mit sous mes yeux.

» Je jetai un cri. C'était un ordre d'arrestation concernant Henri et signé du terrible nom de Fouquier-Tinville.

» A partir de ce moment, je devins folle! ce qu'il voulut, je le voulus...

» Il m'installa ici, me fit endosser des robes de soie et de velours et me donna des officieux.

» Le jour, il sortait me donnant le bras. Le soir, il se retirait protestant de son amour pour moi.

» Un soir, il m'annonça que nous aurions du monde, c'est-à-dire quelques amis qu'il avait priés à un thé à l'anglaise.

» Ces amis vinrent.

» Je fus fort étonnée de trouver parmi eux des nobles, des ci-devant et des hommes en carmagnole.

» Ma beauté fit sur eux une grande impression. Mais tous me parlèrent avec respect... Un seul, le capitaine Solérol!...

— Comment! interrompit Bernier, lui aussi?

— Lui, répondit la Lucrétia, lui qui se montra d'une

galanterie de mauvais goût, d'un empressement grossier qui me révolta.

» Tous ces hommes causèrent de vagues projets auxquels je ne compris pas grand'chose, si ce n'est qu'il était question d'un autre gouvernement que celui de la République et que, dans ce gouvernement, le marquis Jutault serait général et redeviendrait marquis.

» Dès lors je fus convaincue que ma maison, *mon salon,* comme disait le marquis, allait devenir le foyer d'une conspiration royaliste.

» Mais que m'importait tout cela, pourvu que mon Henri ne fût point traduit devant le tribunal révolutionnaire.

» Le lendemain et les jours suivants, tous ces hommes revinrent, et avec eux le capitaine Solérol ?

» Il devenait plus insolent, plus effronté avec moi.

» J'en fis l'observation au marquis de Jutault.

» — Ah ! me dit-il, je sais tout cela, et j'ai cet homme en horreur. Mais, pour l'amour de moi, pour celui d'Henri, souffrez ses brutalités ; mais nous avons besoin de lui.

» Or, voici deux mois que cela dure, acheva la Lucrétia. Cet homme est amoureux fou de moi, tout comme le marquis de Jutault.

» Il me poursuit sans relâche. Si je sors il est au coin de la rue, et il me suit. La nuit dernière, il a voulu me tuer, parce que je le repoussais avec indignation. »

— Mais enfin, dit Bernier, l'*autre,* ce marquis dont vous parlez, ne vous peut-il débarrasser des importunités du capitaine ?

— Il me répond qu'il a besoin de lui.

— Madame, reprit le sergent Bernier, je crois que vous êtes la victime de quelque infâme intrigue...

La Lucrétia tressaillit.

— Et que le marquis et le capitaine Solérol s'entendent pour...

Il s'arrêta, n'osant achever.

— Oh! dites, dites ! fit-elle.

Mais Bernier n'eut pas le temps d'achever, car un violent coup de sonnette se fit entendre dans l'antichambre.

Soudain la Lucrétia pâlit.

— O mon Dieu! dit-elle, c'est encore lui !

— Le capitaine?

— Oui, car le marquis a quitté Paris ce matin et ne reviendra que ce soir.

Un second coup de sonnette se fit entendre, plus violent, plus impérieux.

— Je n'ouvrirai pas, dit-elle.

— Non, dit Bernier, ouvrez, au contraire !... Je vais me cacher là, derrière ce paravent... Je veux tout savoir... car cette histoire est de plus en plus ténébreuse.

Et Bernier passa derrière le paravent.

En même temps, une officieuse, une jeune fille de dix-sept ans, que, en d'autres temps, on eût appelée une femme de femme, entr'ouvrit la porte et dit :

— Faut-il ouvrir?

— Oui, ouvre, Marion, répondit la Lucrétia.

— Mon Dieu ! fit la jeune fille avec effroi, c'est le capitaine... j'étais à la fenêtre... je l'ai vu traverser la rue...

— Ouvre!

— Mais je crois qu'il est ivre.

— Ouvre, te dis-je, je ne crains rien...

Marion sortit, et deux minutes après, elle introduisit le capitaine Solérol.

La cameriste de Lucrèce ne s'était point trompée. Le capitaine marchait en zig-zag, et son odieux visage violacé témoignait de copieuses et récentes libations.

Il salua Lucrèce d'un air amical et lui dit :

— Ma petite, comme je sais que le marquis n'est pas ici, je viens causer avec toi.

La Lucrétia fit un geste de résignation.

— Je suis un peu gris, continua le capitaine, qui se plaça à califourchon sur une chaise ; mais *in vino veritas !* et je suis décidé à te raconter toutes nos affaires, au marquis et à moi.

Bernier, immobile derrière le paravent, devint attentif.

Solérol continua :

— Le marquis est une canaille ! moi aussi. Il veut sauver la reine... il m'a acheté pour cela... moi qui suis capitaine au service de la République.

— Ah ! fit Lucrèce avec dédain, il vous a acheté ?

— Oui.

— Pour beaucoup d'argent ?

— Non, il m'a permis de te faire la cour ; comprends-tu ?

— Vous me faites horreur ! dit-elle.

— C'est possible, mais voici la chose. Le marquis cherchait un homme pour sa conspiration, un homme qui, à un moment donné, trahît la République. Je t'avais suivie dans la rue, un soir, j'étais fou de toi... Le marquis m'a dit : « C'est ma maîtresse... mais comme j'ai besoin de

toi... je ne dirai rien... Si elle t'aime, je ne m'y oppose-
rai pas ! »

— Mais, dit la Lucrétia, je vous répète que vous me
faites horreur !

— Soit, mais écoute-moi. Je sais que tu n'aimes pas le
marquis plus que moi.

— J'ai au moins de l'estime et du respect pour lui.

— Tu as tort, car c'est une canaille aussi bien que moi.
Il est royaliste, parce que c'est son intérêt. Mais si on le
faisait ministre de la guerre, il deviendrait républicain.

— Vous mentez !

— Tu es libre de ne pas me croire, mais écoute encore...
Je viens te faire une proposition et je t'engage à ne pas la
repousser. Aime-moi !

— C'est impossible ! répondit la Lucrétia, vous m'êtes
odieux.

— Alors, au lieu de servir le marquis, je le trahirai.

— Vous êtes un lâche ! s'écria la Lucrétia.

— Et je l'enverrai à l'échafaud !...

— Ah ! fit la Lucrétia pâlissant.

Mais, en ce moment, Bernier écarta brusquement le
paravent et se montra.

— Le sergent ! exclama Solérol stupéfait.

— Oui, répondit le jeune homme, le sergent Bernier
qui vient te dire, misérable, que tu ne sortiras pas d'ici
vivant, et que tu ne trahiras personne !

XIX

' Malgré les cris de la Lucrétia et ceux de Marion, qui
était accourue au bruit, ces deux hommes dégaînèrent, car
tous deux étaient en uniforme, et ils se ruèrent l'un sur
l'autre avec furie.

Le capitaine était déjà vieux ; il n'était pas très-brave,
et il était maladroit. De plus, il était ivre.

Bernier, au contraire, était jeune, mince, d'une souplesse
et d'une force remarquables, et il était beau tireur.

Mais il est des fatalités inouïes. Ce fut le capitaine qui
triompha.

A la troisième passe, le sergent jeta un grand cri et
tomba, traversé d'outre en outre par l'épée du capitaine.

. . . .

— Maintenant, mon ami, reprit Cadenet, je vais te
résumer rapidement et en quelques mots la suite de cette
mystérieuse histoire.

La vue du sang dégrisa le capitaine. Il s'en alla sans essayer d'user de son triomphe.

Le marquis Jutault ne revint qu'au bout de huit jours. Il était venu en Bourgogne réunir quelque argent pour donner suite aux projets de conspiration qu'il avait en tête.

Pendant ces huit jours, Marion et la Lucrétia veillèrent, attentives, anxieuses, désolées, au chevet du blessé.

Le sergent devait mourir vingt fois ; il vécut ; ce que la passion du marquis et celle de Solérol pour la Lucrétia n'avaient pu faire, le hasard le fit.

Par amour pour Henri, la jeune fille s'était faite l'esclave de ces deux hommes ; elle songea à se révolter, car son cœur éprouva une violente révolution, et son amour subit une étrange métamorphose.

Elle oublia Henri, elle aima le sergent.

— Cela devait être, observa Cadenet.

Mais l'amour de la Lucrétia pour Bernier resta secret.

Longtemps le sergent demeura caché dans la chambre de la jeune femme sans que le marquis Jutault qui, cependant, venait tous les jours, devinât sa présence.

Mais, un soir, la Lucrétia disparut.

Elle était sortie pour une heure ; elle ne rentra pas.

Marion et Bernier l'attendirent toute la nuit ; le lendemain, le marquis fut averti de la disparition de la Lucrétia.

Il crut à un abandon ; la visite du capitaine Solérol le détrompa. La Lucrétia, dénoncée pour incivisme, avait été arrêtée et conduite à la Conciergerie.

Le marquis Jutault et Solérol causaient dans une chambre voisine de celle où était Bernier.

Une porte entr'ouverte lui permit de tout entendre.

— Mon petit marquis, Lucrétia sera jugée aujourd'hui et guillotinée ce soir. Veux-tu la sauver ?

— Si je veux ! s'écria le marquis.

— Veux-tu en outre, devenir général de la République.

Le marquis regarda Solérol avec stupeur.

— Ecoute, poursuivit le capitaine, je sers qui me paye. J'ai failli être ton homme, mais j'ai vu Robespierre, et je lui ai tout dit...

— Misérable ! dit le marquis.

— Tu en aurais fait autant à ma place. Grâce à mes révélations, je passe colonel. Voyons , veux-tu être des nôtres, ou veux-tu aller à l'échafaud avec ta Lucrétia.

— Quel misérable que cet homme ! interrompit Machefer.

— Attends encore, reprit Cadenet.

Il se fit alors, entre ces deux hommes, un pacte infâme. Le marquis écrivit une lettre à Robespierre, dans laquelle il dénonçait la conspiration des *chevaliers du Poignard* et nommait ses complices.

En échange, le capitaine lui remit un brevet de général avec un nom en blanc.

Le lendemain, la Lucrétia sortit de prison.

Trois jours après, les chevaliers du Poignard furent arrêtés, et, parmi eux, le marquis et un homme dont le nom va te faire tressaillir... mon frère !

— Ah ! dit Machefer, je sais cette triste histoire...

— Tu le sais, ajouta Cadenet, Marion l'aimait... et elle porte toujours son deuil...

Cadenet passa sa main sur son front et soupira.

— Mais, dit Machefer, il est une chose que je ne comprends pas bien...

— Laquelle ?

— Puisque le marquis livrait ses complices, pourquoi fut-il guillotiné ?

— Ah ! ceci fut l'œuvre infernale de Solérol. Ecoute bien, et tu vas comprendre. Ce misérable est le fils d'un ancien tabellion de Coulanges, il savait que le marquis avait, en Bourgogne, une cousine, une héritière, mademoiselle Hélène.

Sais-tu ce qu'il fit ? il songea à vendre l'honneur de la famille Jutault, au prix de la main de mademoiselle de Vernières.

— Je commence à comprendre...

— Un matin, tu le sais, mademoiselle de Vernières partit précipitamment pour Paris. Elle fut conduite chez Robespierre, qui mit sous ses yeux la lettre du marquis de Jutault et lui dit :

« — Mademoiselle, si cette lettre est publiée, le nom de Jutault sera déshonoré à jamais. Votre cousin sera général et la Convention lui votera des remerciments pour son patriotisme. Voulez-vous sauver le nom ou perdre l'homme ?

« Dans le premier cas, vous épouserez le colonel Solérol, qui est mon ami, et qui sera bientôt chef de brigade, et votre cousin sera guillotiné pour avoir voulu sauver la reine. Il mourra pur de toute tache.

« Dans le second cas, mademoiselle, vous serez la cousine du citoyen Jutault, ci-devant marquis, excellent patriote, nommé général de la République en récompense de ses bons et loyaux services.

— Citoyen, répondit mademoiselle de Vernières, avec le calme d'une Romaine, j'épouserai le citoyen Solérol ; faites tomber la tête, mais sauvez le nom.

— Comprends tu maintenant ?

— Hélas ! dit Machefer.

Cadenet reprit :

— Le marquis, persuadé que son arrestation était de pure convention et simplement pour la forme, attendit patiemment l'heure de son jugement ; il entra dans l'enceinte du tribunal révolutionnaire avec la conviction qu'il serait félicité de son civisme, et jeta un cri de stupeur en s'entendant condamner à mort.

Il voulut parler, on ne l'écouta pas, et à cinq heures du soir, le même jour, sa tête tomba, et l'honneur des Jutault fut sauf.

— Et la Lucrétia ?

— Elle chassa Bernier en apprenant qu'il avait entendu la conversation du marquis et de Solérol et qu'il s'était tu. S'il avait parlé, s'il avait averti Marion, celle-ci eût prévenu les chevaliers du Poignard assez à temps pour qu'ils pussent se sauver.

Le silence du sergent coûta la vie à vingt-quatre personnes.

— Mais pourquoi ce silence ?

— Parce que, répondit Cadenet, avec dédain, Bernier était républicain et qu'il ne voulait pas desservir la République.

— Maintenant, acheva le narrateur, comment avons-nous retrouvé Lucrèce évanouie dans les bras de Bernier, il y a une heure ? c'est ce que je ne sais pas... mais c'est ce que je saurai bientôt.

Comme Cadenet achevait son récit, les tourelles en briques du petit manoir des Roches apparurent à l'extrémité d'une allée forestière, et les premiers rayons de l'aube glissèrent à l'horizon.

. . . .

Il est temps de faire connaissance avec ce petit manoir des Roches, dont il a été plusieurs fois question déjà dans ce récit.

Le manoir des Roches était un petit castel de construction ancienne et qui remontait pour le moins à l'époque de la Renaissance.

Construit en briques, flanqué de tourelles en poivrière, il était bâti au bord de l'Yonne, sur une roche taillée à pic, d'où vraisemblablement il avait tiré son nom.

La forêt descendait jusqu'à sa porte. L'Yonne coulait à ses pieds, à droite et à gauche ; le côteau dont il était la sentinelle avancée se chargeait d'un fouillis de vignes, et malgré toutes les règles de l'art, il n'avait point de parc.

Son parc à lui, c'étaient les grands bois qui couvrent tout le plateau qui s'étend de la vallée de Coulanges-sur-Yonne aux collines de Coulanges-la-vineuse.

L'histoire du manoir des Roches était assez brillante au point de vue militaire. Il avait soutenu un siége au temps des guerres de religion, et Louis XIV, de passage en Bourgogne, y avait logé, tout comme au château des Saulayes.

Berceau de la famille Jutault, il avait été longtemps le quartier général de cette race, une des plus anciennes de la basse Bourgogne, et le trisaïeul de Henri Jutault de Vernières y avait été le héros d'une scène tragique.

Il s'y était battu en duel avec un ancien frère d'armes qui avait essayé d'entacher son honneur en adressant ses hommages à la marquise Jutault.

Le combat avait eu lieu la nuit, sur une grande terrasse, au midi, qui surplombait l'Yonne, en présence de quatre gentilshommes des environs, appelés comme témoins.

On s'était battu à l'épée, d'abord, puis au poignard, une des épées s'étant brisée.

Le séducteur avait fini, en rompant, par se réfugier jusqu'à l'extrémité de la terrasse, et il s'était trouvé acculé au parapet.

Alors le marquis Jutault, jetant son poignard, avait saisi son ennemi à bras le corps et l'avait précipité tout sanglant dans l'Yonne.

Depuis lors, la terrasse avait été surnommée *le balcon du meurtre*.

XX

Au siècle dernier, c'est-à-dire trente années environ avant le drame révolutionnaire de 93, les Roches étaient devenues l'unique patrimoine des comtes de Vernières, cadets de la maison Jutault et le père de Henri, notre héros, s'y était installé avec sa famille.

Henri et sa sœur avaient continué d'y vivre après la mort de leur père.

Depuis quelques mois, le manoir des Roches était le centre mystérieux d'une vaste intrigue dont mademoiselle Diane de Vernières, la cousine d'Hélène et la sœur de Henri, semblait être l'âme.

Souvent la nuit, quand les bois étaient silencieux et qu'aucun souffle de brise n'irrisait la rivière unie et calme et réflétant les rayons de la lune, un mystérieux visiteur venait frapper à la porte du manoir.

Tantôt c'était un homme à cheval qui avait passé l'Yonne à Coulanges et venait du Nivernais.

16

Tantôt c'était un chasseur qui sortait des grands bois, son fusil sur l'épaule.

Quelquefois les bateliers ou les flotteurs qui descendaient de Clamecy à Auxerre et passaient sous les fenêtres des Roches, apercevaient, bien avant dans la nuit, une lumière qui brillait tantôt dans une tour, tantôt dans une autre.

C'était sans doute un signal convenu dès longtemps et compris au loin.

Mais ni les paisibles habitants de la contrée, ni les flotteurs, ni les mariniers ne s'étaient jamais livrés à aucun commentaire.

L'orage révolutionnaire avait passé sur le manoir des Roches sans effleurer une ardoise de sa toiture.

Henri était aimé. Il n'était pas fier, il *tirait* bien. En Bourgogne et en Morvan, la terre classique du braconnier, un homme qui *tire bien* est sacré.

On ne s'était pas souvenu, aux plus mauvais jours de 93, que Henri était noble, qu'il était comte, qu'il avait été seigneur et qu'on lui avait payé la taille et la corvée...

Il était bon garçon, buvait sec et ne manquait jamais un lapin au débûché.

Comment aurait-on pu supposer que M. de Vernières conspirait?

Et, de fait, Henri ne conspirait pas. Ployé, depuis le mariage de sa cousine, sous le poids d'une grande douleur, il ne se mêlait d'aucune intrigue politique et passait sa vie à la chasse.

Mais, en revanche, mademoiselle Diane conspirait contre cette République sanglante dont Robespierre avait tenu le

sceptre, sceptre qui, de mains en mains, était tombé à
Barras.

Mademoiselle Diane de Vernières était une femme de
trente ans.

Certes, à la voir, on concevait que jamais le nom belli-
queux de la déesse antique n'avait été mieux porté.

Grande, robuste, fort belle encore, elle avait de grands
yeux noirs, des lèvres rouges, d'abondants cheveux d'ébène.

Elle montait à cheval comme un homme, tuait une hiron-
delle au vol d'un coup de pistolet, et on se souvenait dans
le pays qu'un jour où elle avait rencontré un patriote en
bonnet rouge qui s'était permis de l'insulter, elle lui avait
administré une grêle de coups de cravache.

Tandis que Henri courait les bois et roucoulait sous les
fenêtres de sa cousine, mademoiselle Diane de Vernières
songeait à renverser la République et à restaurer le roi
Louis XVIII sur le trône de son malheureux frère.

Quand la révolution avait éclaté, mademoiselle Diane
n'était plus une toute jeune femme; elle avait près de
vingt-cinq ans, et il y en avait bien sept ou huit que, malgré
son peu de fortune, elle était recherchée par tous les gentilshommes des environs.

A tous elle avait fait la même réponse :

— Je ne veux pas me marier !

Et cependant à quinze ans, c'était une belle et rieuse
enfant, que mademoiselle Diane...

Il fallait la voir aux bals du gouverneur de la province du
Nivernais, comme elle était folle et charmante.

Il fallait entendre ses éclats de rire perlés et moqueurs,

quand un beau gentilhomme du voisinage lui baisait sentimentalement le bout de ses doigts roses.

Le vieux comte de Vernières, son père, qui avait été un compagnon des folies du maréchal de Richelieu, avait dit bien souvent :

— L'homme qui épousera ma belle Diane sera un heureux coquin.

Mais un jour, un soir peut-être, la gaieté contagieuse de la jeune fille s'éteignit, son œil moqueur brilla d'un feu sombre, on ne la vit plus au bal, elle ne parut plus dans les fêtes ; pendant plusieurs années, on n'entendit plus parler d'elle.

Il fallut la grande catastrophe de 93 pour l'arracher à une torpeur étrange qui, depuis près de dix ans, semblait s'être emparée d'elle.

Quel mystérieux événement avait brusquement opéré cette métamorphose ? Quelle douleur sans nom avait brisé ce jeune cœur ? Quel messager de mort, quel ange de désolation avait, en passant, courbé cette tête de jeune fille vers la terre, alors que naguère elle contemplait le ciel ?

Mystère !

Et cela était arrivé bien avant le drame sanglant joué par Robespierre et les siens, et bien avant le premier rugissement de l'orage, alors que la Bourgogne était calme et que de nombreux jours heureux semblaient promis à la race des Jutault de Vernières.

Depuis près de quinze ans, à l'heure où notre récit commence, mademoiselle Diane n'avait point quitté les vêtements noirs.

Et de qui était-elle en deuil, alors que son père vivait ?

Autre mystère!

On l'avait vue se réfugier tout à coup dans une dévotion austère, dans une piété ardente qui l'avait absorbée tout entière.

Ange consolateur des pauvres gens, elle répandait les aumônes autour d'elle ; femme d'énergie, elle avait songé à renverser le Directoire.

On l'aimait et on la vénérait comme une sainte; mais nul peut-être, depuis bien longtemps, paysan du voisinage ou serviteur du château, n'aurait pu affirmer l'avoir vue souvent.

Et pourtant, il y avait de par le monde, un être dont la vue opérait en elle un changement, en présence de qui son front se déridait, et qu'elle prenait dans ses bras et pressait sur son cœur avec effusion.

Cet être-là, c'était cette petite créature blonde et mignonne comme une bergère de Watteau, ce lutin avec ongles roses et aux lèvres cerise que Jacomet appelait sa fille.

Myette était la filleule de mademoiselle Diane.

Quand Myette venait aux Roches, le front assombri de la châtelaine s'éclairait, ses lèvres s'entrouvraient pour sourire.

Et lorsque l'enfant s'en allait, Diane se mettait à la

fenêtre et la suivait du regard longtemps, bien longtemps jusqu'à ce qu'elle eût disparu à l'angle de l'allée forestière qui conduisait chez Jacomet.

Puis elle fermait brusquement la croisée et, souvent, une larme roulait silencieuse sur sa joue pâlie.

D'où venait cette affection si grande pour l'enfant?

Un homme aurait pu le dire : c'était Jacomet.

Et Jacomet savait bien autre chose encore.

Jacomet aurait pu raconter l'histoire suivante :

Il y avait alors vingt-sept ou vingt-huit ans, et au lieu de vivre de son métier de bûcheron, il était braconnier.

On le voyait souvent au château des Roches, où il rendait quelques menus services.

C'était lui qui fournissait la cuisine de gibier ; lui qui avait le premier conduit M. Henri, dès l'âge de dix ans, à l'affût du sanglier et à la chasse du loup.

Jacomet était le fils d'un maquignon de Mailly-la-ville ; il avait été élevé dans les chevaux, comme on dit, et mademoiselle Diane, alors cette enfant rieuse et charmante dont nous avons parlé, l'avait chargé du soin de lui dresser une belle pouliche noire appartenant à cette vaillante petite race berrichonne qu'on appelait la race charbonnière.

Jacomet accompagnait donc souvent mademoiselle Diane dans ses promenades à cheval.

Un soir, en été, tous deux chevauchaient côte à côte sur les bords de l'Yonne, en amont, du côté de Chastel-Censoir. Le temps était orageux, et quelques gouttes de pluie commençaient à se dégager d'un ciel couvert de gros nuages noirs.

— Jacomet, dit la jeune fille, met ton cheval au galop

et va-t'en aux Roches. Tu diras à mon père que je vais
aller dîner chez ma tante, la chanoinesse de Mailly. Je ne
suis plus qu'à une lieue de Chastel-Censoir, et j'y arriverai
bien avant l'orage.

— A savoir... dit Jacomet.

— Eh bien, si la pluie me prend, je m'abriterai sous les
roches des Saussayes.

— Faudra-t-il aller vous chercher ce soir, mademoiselle? demanda Jacomet.

— Oui, viens à dix heures... l'orage sera passé depuis
longtemps. Pluie de Juin ne dure pas.

— Mademoiselle, observa Jacomet, la route est bien déserte d'ici à Chastel-Censoir.

— Qu'est-ce que cela me fait?

— Il y a souvent des mendiants dans le pays, des rô-
deurs de bois... des gens qui pillent et assassinent.

Diane montra en souriant les fontes de sa selle et la
crosse de deux pistolets mignons dont, au besoin, elle
savait faire usage.

Jacomet partit, et la jeune fille intrépide continua son
chemin.

Mais Jacomet avait eu raison. L'orage éclata bientôt.

Diane mit son cheval au galop, et arriva aux roches des
Saussayes.

C'étaient de grandes roches creuses qui dominaient
l'Yonne et qui pouvaient servir d'abri.

Diane s'y réfugia, au moment où le premier coup de
tonnerre ébranla la voûte céleste et faisait trembler au loin
les bois et les collines.

Un homme, comme elle, y avait cherché un abri.

C'était un paysan, moitié braconnier, moitié mendiant, la terreur des environs, un homme aux instincts féroces et qu'on accusait tout bas de plus d'un méfait.

Il avait volé un mouton à un fermier, une vache à un autre ; il avait mis le feu à une meule de blé, selon les uns, violenté une jeune fille, selon les autres.

Mais rien de tout cela n'avait été prouvé, et cet homme qu'on appelait le *Grelu*, à cause de son visage couturé de petite vérole, n'avait jamais été mis en prison.

Il demanda la charité à Diane, et Diane lui donna un écu.

Puis, pour la remercier sans doute, il ramassa sous la roche une poignée de feuilles sèches, et bouchonna le cheval qui était blanc d'écume.

Diane se prit à causer avec lui, en attendant que l'orage fût dissipé.

Mais l'orage continua, la nuit vint...

A partir de ce moment, que se passa-t-il ?

Jacomet le devina sans doute.

Le jeune homme avait gagné les Roches au galop et s'y était acquitté de sa mission ; puis insouciant de l'orage, il était reparti pour rejoindre sa jeune maîtresse.

Quand il arriva à son tour près des Roches creuses des Saussayes, un bruit étrange se mêla au bruit de l'orage.

Un éclair se fit, mêlant sa clarté sinistre aux lueurs de la foudre.

Ce bruit et cet éclair, c'était un coup de pistolet.

Jacomet pénétra sous la roche et trouva mademoiselle Diane affolée, sinistre, plus livide que les feux du ciel, debout auprès d'un cadavre.

Le cadavre de *Grelu* le mendiant, frappé au front d'une balle.

Jacomet devina tout. Il prit le cadavre dans ses bras, le porta jusqu'à l'Yonne et l'y précipita.

L'Yonne emporta le corps du mendiant, et nul dans le pays ne sut ce qu'était devenu le *Grelu*.

A partir de ce jour, on ne vit plus mademoiselle Diane nulle part, elle demeura solitaire et farouche dans le manoir des Roches.

Deux mois après, M. de Vernières mourut.

Quelques mois plus tard, Jacomet quitta le pays et n'y revint qu'au bout de deux années.

Il revenait de la Champagne, disait-il, où il était allé travailler aux vignes. Il s'y était marié et avait eu le malheur de perdre sa femme à l'issue de ses premières couches. Mais l'enfant avait survécu, et c'est ainsi que l'on vint tJacomet s'installer dans sa petite cabane du bois de Fouronne avec une enfant qu'il éleva et dont mademoiselle Diane fut marraine et Henri le parrain.

. . . .

Maintenant, entrons au château des Roches sur les pas de Cadenet et de Machefer.

XXI

Depuis plus de trente ans, le petit manoir des Roches n'avait plus ni pont-levis ni fossés.

On y entrait, du côté de la forêt, par une porte à deux vantaux qui ouvraient sur un large vestibule.

Diane et son père, en 1791, avaient prudemment fait gratter l'écusson des Jutault, taillé au-dessus de la porte et peint sur le manteau des cheminées.

L'aspect intérieur, du moins pour ceux qui ne pénétraient qu'au rez-de-chaussée, était celui d'une habitation bourgeoise.

Cadenet souleva le marteau de la porte et frappa deux coups.

Tout aussitôt une fenêtre s'ouvrit au-dessus, montrant une tête de femme, et une voix anxieuse demanda :

— Est-ce vous, Henri ?

— Non, mademoiselle, répondit Machefer.

Diane, car c'était elle, reconnut le compagnon de son hôte, et disparut précipitamment de sa croisée.

La porte s'ouvrit, et, en entrant, Cadenet se trouva en présence de mademoiselle de Vernières.

Diane lui prit la main.

— Ah! mon cher Cadenet, dit-elle, nous vous attendons avec impatience, Hélène et moi.

— Madame Solérol a déjà de mes nouvelles, dit Cadenet en baisant respectueusement la main de mademoiselle de Vernières.

— Vous êtes allé aux Saulayes?

— Non, mais j'y ai envoyé Jacomet.

— Et Henri? l'avez-vous vu? où est-il?

— Ma foi, répondit Cadenet, nous ne l'avons vu, ni Machefer ni moi; mais nous savons où il est.

— Aux Saulayes, sans doute? fit tristement mademoiselle de Vernières.

— Justement.

Mademoiselle Diane avait ouvert la porte d'un petit salon dont elle avait fait son boudoir, et qui se trouvait au rez-de-chaussée.

Elle fit entrer Cadenet et Machefer.

— Figurez-vous, leur dit-elle, que j'ai passé une nuit d'angoisses.

— Pourquoi?

— A cause de Henri.

— Mais, mademoiselle, dit Cadenet en souriant, vous savez bien qu'il va tous les soirs aux Saulayes?

— Oui, mais il rentre bien avant le jour.

— Les amoureux oublient que le temps marche, dit Machefer à son tour.

— Oh ! j'ai des pressentiments noirs.

— Quelle singulière idée !

— Et puis, le capitaine est avec lui.

— Raison de plus pour que vous soyez tranquille, dit Cadenet. Mais je dois vous dire qu'il n'en est rien... le capitaine n'est pas avec Henri.

— Ils sont sortis ce matin après déjeuner.

— D'accord.

— Et le capitaine n'est pas rentré ?

— Le capitaine est dans la maison de Jacomet.
Ce nom fit tressaillir Diane.

— Avec Lucrèce, la fille du fermier Brulé.

— Elle ! s'écria Diane, elle est donc revenue ?

— Oui, mademoiselle.

— Mais, quand ?... comment ?... demanda mademoiselle de Vernières avec agitation.

— Il paraît que la ferme brûle.

— Quelle ferme ?

— La Ravaudière.

— O mon Dieu !... s'écria mademoiselle de Vernières, mais Henri était avec le capitaine... et si ce dernier est avec Lucrèce...

— Mademoiselle, répondit Cadenet, il s'est passé tant de choses étranges dans le pays cette nuit, que je vais vous les exposer rapidement.

Et Cadenet raconta l'incendie de la ferme, les demi-mots prononcés par Jacomet, puis le rêve étrange de Myette ; ensuite leur course à travers la forêt, course au bout de laquelle ils avaient trouvé le bûcheron blessé et mourant ; enfin, l'arrivée de Bernier dans la cabane ; de Bernier dont les vêtements étaient en lambeaux, les cheveux et la barbe brûlés, et qui était arrivé portant Lucrèce évanouie dans ses bras.

Diane écoutait pâle et frémissante.

— Cadenet, dit-elle tout à coup, vous me connaissez bien, vous ?

— Oh ! mademoiselle...

— Vous savez si je tremble rarement et si j'ai l'âme forte aux heures critiques...

— Vous êtes brave comme vos pères, mademoiselle.

— Eh bien ! j'ai peur...

— Vous ? et de quoi ? pourquoi ?

— J'ai peur pour Henri.

— Vous savez bien, dit Cadenet, que le chef de brigade est un misérable et un lâche.

— Et, dit Machefer, ce n'est pas lui qui oserait s'attaquer à Henri.

— J'ai peur... répéta Diane avec angoisse, de vagues pressentiments m'assaillent...

— Hé ! mademoiselle, dit Cadenet, rassurez-vous, Henri est aux Saulayes... il ne court aucun danger.

Diane secoua la tête, et, pour la troisième fois, elle répéta :

— J'ai peur...

— Mademoiselle, dit Machefer, voulez-vous que je monte à cheval et que je coure aux Saulayes ?

— J'allais vous le demander.

Diane ouvrit sa fenêtre et se pencha en dehors.

Un premier rayon de lumière blanche resplendissait sur l'Yonne, et le ciel, à l'est se teignait de belles bandes pourpre et or.

XXI

Un petit jeune homme pansait une jument dans la cour, sous la fenêtre où Diane s'était appuyée.

— Lazare, dit-elle, selle Fatma tout de suite.

— Où faut-il aller ? demanda le jeune garçon.

— A la Ravaudière. Selle, en outre, le bidet gris.

— Mais, dit Lazare, je ne puis pas monter sur deux chevaux.

Cette réflexion naïve fit sourire mademoiselle de Vernières, en dépit de ses alarmes.

— Monte sur le bidet gris, dit-elle, Fatma n'est pas pour toi.

L'enfant obéit et, après avoir attaché Fatma qui était une belle jument percheronne, renommée pour sa vitesse, il alla chercher dans l'écurie le bidet gris.

Mais Cadenet, qui avait appuyé son front aux vitres d'une autre croisée qui donnait sur la forêt, comme celle qu'avait ouverte Diane, donnait sur la cour. Cadenet se retourna brusquement et dit :

— C'est bien lui!... rassurez-vous, mademoiselle... c'est Henri!...

Diane courut rejoindre Cadenet et vit, en effet, un homme qui accourait, par une allée forestière, vers le château.

Diane aussi le reconnut.

— C'est bien Henri, dit-elle.

— Et il court comme un homme qui n'est ni blessé ni boiteux.

— Il court en homme poursuivi ! s'écria Diane.

Elle s'élança hors du petit salon et courut à la rencontre de son frère.

Mais déjà Henri était à la porte du manoir et il entra dans le vestibule, pâle, les vêtements en désordre et l'œil hagard...

Il avait son fusil en bandoulière, mais le canon noirci au tonnerre témoignait qu'il avait fait feu de ses deux coups.

— Ils viennent... ils viennent!... dit-il, fermez les portes !

— Qui donc? demanda Cadenet abasourdi.

— Qui donc? répéta Diane affolée.

— Les gendarmes.

— Eh bien! dit Cadenet, ils n'ont pas, que je sache, mission de nous arrêter?

— Vous, non, mais moi.

— Toi?

— Oui.

Et Henri se laissa tomber, épuisé de fatigue, sur un siége.

— Oh! les infâmes! les infâmes! dit-il.

— Mais que t'est-il donc arrivé? parle! s'écria Diane de Vernières.

— Fermez les portes, répéta Henri, j'en ai tué deux, mais les autres me suivent... ils veulent m'emmener.

— Mais où?

— A Auxerre... Oh! le misérable scélérat!..

La surexcitation de Henri était si grande, que Diane, Cadenet et Machefer se regardaient et semblaient se demander s'il n'était pas devenu fou.

Et, en effet, on pouvait admettre cette hypothèse, si l'on songeait que Henri était un garçon calme, froid d'ordinaire, très-brave, très-insoucieux de sa vie.

Et, cependant, il paraissait en proie à une violente terreur.

Ses dents claquaient, une sueur abondante mouillait son front, et il répétait:

— Oh! les misérables!

— Qui, les gendarmes? fit Cadenet.

— Oui.

— Que t'ont-ils donc fait?

— Ils disent que c'est moi... qui... O infamie! je veux bien monter sur l'échafaud; les gentilshommes n'ont pas

17.

peur de la mort... je veux bien être guillotiné... mais pas pour cela !...

Et, comme il se faisait un bruit au dehors, il répéta :

— Fermez les portes ! ils ne m'auront pas vivant !... Diane, j'ai perdu mon carnier, donne-moi de la poudre... je veux me défendre !

Cadenet s'avança sur le seuil de la porte, et vit, en effet, une escouade de cinq gendarmes à cheval.

— J'ai pris une avance sur eux, dit Henri qui s'était emparé d'une poire à poudre, et rechargeait son fusil ; j'ai passé à travers bois... mais les voilà !... Fermez ! fermez !

Diane, épouvantée de l'état de son frère, lui avait pris la main et disait :

— Mais parle donc, mon enfant... que t'est-il arrivé ?... parle...

Henri avait la tête perdue, il n'était plus préoccupé que d'une chose, c'était de ne point laisser entrer les gendarmes.

Ceux-ci avaient fait halte à vingt pas de la porte et avaient paru se consulter.

— Que désirez-vous ? leur cria Cadenet.

Le brigadier répondit :

— Est-ce bien la maison du citoyen Henri Jutault de Vernières ?

— Oui.

— C'est à lui que nous en avons...

— Que lui voulez-vous ?

— Nous venons l'arrêter...

Cadenet ferma la porte sur ces mots, tira les verrous et regarda Henri.

Henri n'était déjà plus le même, son calme lui était revenu ; ce calme terrible qui est l'apanage des désespérés de forte trempe.

— Mon ami, lui dit Cadenet, nous allons parlementer avec les gendarmes.

XXI

Les éclats de voix de Henri avaient mis sur pied toute la maison.

Les serviteurs des Roches, au nombre de sept ou huit, vieux pour la plupart, étaient accourus.

— Sautez sur vos fusils ! disait Henri, les mauvais jours sont revenus.

— Mais que veux-tu dire, demanda Machefer, tandis que Cadenet s'élançait dans l'escalier, montait au premier étage, ouvrait une fenêtre et demandait une explication au brigadier de gendarmerie.

— Je veux dire, répondit Henri, que le département a un nouveau commandant.

— Eh bien ?

— Solérol est rentré en grâce avec Barras. Il commande.

— Eh bien !... fit Machefer, qu'importe ?

— La Ravaudière est en flammes !

— Je le sais.

— J'étais allé à la Ravaudière... avec le capitaine...

— Je sais encore cela.

— Puis j'ai laissé le capitaine et sautant par la fenêtre, je suis allé aux Saulayes.

— Bien.

— Qurnd je suis revenu, j'ai trouvé la ferme en flammes, et les gendarmes qui essayaient de maîtriser l'incendie...

— Bon ! Après ?

— Tout à coup un homme s'est écrié en me désignant : « Voilà l'incendiaire ! » Moi ! comprends-tu ? moi, incendiaire !

Machefer haussa les épaules.

— Quel est cet homme ?

— C'est le fermier.

— Brulé !... Il a osé t'accuser ?

— Il m'accuse et il est de bonne foi, dit Henri, car j'avais quitté la ferme à bas bruit, quand le feu a pris... Les preuves sont contre moi...

— Tu es fou ! dit Machefer, archifou.

Mademoiselle de Vernières regardait son frère avec stupeur et gardait un silence farouche.

Pendant ce temps, Cadenet parlementait avec les gendarmes.

— Que voulez-vous ? disait-il.

— Arrêter le citoyen Henri Jutault.

— En vertu de quel ordre?

— Par ordre du capitaine de gendarmerie qui est à Auxerre.

— Et pourquoi voulez-vous l'arrêter?

— Parce qu'il est un incendiaire et un assassin. Il a mis le feu à la ferme de la Ravaudière.

— Vous êtes fous, mes amis!

— Et il a assassiné deux des nôtres.

— Oh! pardon, dit Cadenet avec hauteur, je crois que vous vous trompez grossièrement, au moins sur les mots. Si vous l'avez poursuivi, il s'est défendu, et en se défendant il vous a tué deux hommes... ce qui n'est pas tout à fait un assassinat.

— Ouvrez! ouvrez! répéta le brigadier, au nom de la loi.

— Attendez, on va voir...

Et Cadenet redescendit auprès de Henri.

A cette époque, trop voisine encore de la Terreur, il suffisait d'être noble et d'avoir été un ci-devant pour que point ne fût besoin de preuve si vous étiez accusé d'un crime quelconque.

Cette accusation d'incendie qui venait de tomber comme la foudre sur la tête de Henri n'était même pas discutable, et, en tout autre temps, Cadenet aurait fait ouvrir les portes, entrer les gendarmes et leur aurait livré Henri, bien persuadé qu'il serait disculpé d'un mot.

Mais Cadenet jugea tout de suite que si les gendarmes emmenaient Henri, le jeune homme était perdu.

— Tu as raison, mon ami, dit-il; il faut nous défendre d'abord... Nous verrons après.

— Le château a soutenu un siége, observa Diane, il en soutiendra bien un second.

Alors Cadenet déploya les qualités d'un général assiégé.

Il fit prendre les armes aux domestiques et les plaça dans les salles du haut, abritées par les contrevents.

Puis, ouvrant une dernière fois la croisée :

— Brigadier, cria-t-il, encore un mot !

Le brigadier s'avança.

— Vous avez quatre hommes avec vous, n'est-ce pas ?

— C'est assez pour arrêter un criminel, répondit fièrement le brigadier de gendarmerie.

— Oui ; mais c'est insuffisant pour faire un siége, et le château a des murs épais.

— Nous le brûlerons !...

— Vous ne brûlerez rien du tout, répondit Cadenet, attendu que je vais vous casser la tête si vous ne vous retirez pas sur-le-champ.

Et Cadenet ajusta le brigadier.

Celui-ci cria :

— Une dernière fois, au nom de la loi, voulez-vous ouvrir ?

— Non, répondit Cadenet.

Le brigadier fit un signe ; un de ses hommes épaula son mousquet et fit feu.

Une balle vint se loger dans la corniche du plafond.

Cadenet riposta.

Le brigadier tomba mort.

Mais, en même temps, on vit apparaître à la lisière du

bois des hommes en uniforme, et Cadenet reconnut une compagnie d'infanterie.

Alors il cria à Henri :

— C'est une machination infernale de Solérol... il avait tout prévu et tout calculé. Il faut nous défendre !

— Jusqu'à la mort, répondit Henri.

Et il fit feu à son tour de ses deux coups de fusil, et un autre gendarme tomba à côté du brigadier.

La compagnie d'infanterie arrivait au pas de course, et les baïonnettes étincelaient au premier rayons du soleil.

Cadenet se tourna alors vers Diane et lui dit :

— Mademoiselle, la guerre devait éclater ouvertement dans huit jours... mais on nous devance... Vive le roi !

— Vive le roi ! répéta Henri.

— Vive le roi ! crièrent en chœur les serviteurs du château.

On barricada les portes, on convertit chaque croisée en meurtrière, et chaque domestique en soldat.

Et le siége commença d'une part, et la résistance se trouva organisée de l'autre.

.   .   .   .

Maintenant, comment pouvait-il se faire que le feu ayant pris à la Ravaudière, ferme éloignée de Courson de plus d'une lieue, les gendarmes de ce pays se fussent trouvés presque aussitôt sur les lieux du sinistre ?

Comment pouvait-il se faire encore qu'une compagnie d'infanterie fût venue exprès d'Auxerre pour prêter main forte à la gendarmerie de Courson ?

Le dénouement des événements engagés dans ce livre, fera l'objet d'un second volume, déjà sous presse chez le même éditeur, et qui aura pour titre :

LA BOUQUETIÈRE DE TIVOLI.

C'est là que nous prierons nos lecteurs de vouloir bien nous suivre pour retrouver les principaux personnages de ce récit, et pour savoir comment les véritables incendiaires furent découverts.

———

Il nous faut, pour expliquer tout cela, revenir au château des Saulayes, et nous reporter à cet instant où, Henri étant parti, madame Solérol avait persisté à demeurer dans la chapelle de la muraillle, et avait continué à regarder par un trou dans la chambre de son mari, en disant :

— Je veux tout savoir.

Voici ce que vit et entendit madame Solérol, c'est-à-dire mademoiselle Hélène de Vernières.

Le chef de brigade avait quitté son fauteuil et se promenaient de long en large dans sa chambre, tandis que ses deux acolytes restaient assis.

— Enfin, disait-il, je crois que je le tiens.

— Tu crois ?

— Parbleu, il est allé à la ferme ce soir.

— Nous savons cela.

— Mais, une fois tout le monde couché, il est venu ici. Cela devait être.

— J'en suis certain. Il est aux pieds de ma femme, ricana Solérol. Mais c'est pour la dernière fois...

Et il eut un gros rire cruel qui fit battre violemment le cœur de la jeune femme, toujours immobile et muette dans la petite chapelle pratiquée dans le mur.

XXI

— Mais comment as-tu organisé ton plan? demanda
l'un des deux acolytes.

— D'une façon bien simple.

— Mais encore...

— Henri était à la ferme, on lui a donné une chambre.

— Bon !

— Il s'est couché... et le capitaine Bernier l'a vu mettre
au lit.

— Eh bien ?

— Une heure après il a sauté par la fenêtre, et est sorti
de la ferme, puis il est venu ici.

— Tu m'as déjà dit cela. Après ?

— Une heure plus tard, le feu a pris... Vous venez de voir tous deux que la ferme flambait joliment.

— Voilà justement où nous commençons à ne plus comprendre de quelle nature est le piége que tu lui as tendu.

— Ecoutez-moi attentivement et vous comprendrez.

— Voyons.

— La gendarmerie a été prévenue que j'étais sur la trace des incendiaires ; la brigade de Courson s'est cachée dans les bois, à un quart de lieue de la Ravaudière. En outre, j'ai écrit au commandant des troupes d'Auxerre et je lui ai demandé une compagnie d'infanterie.

— Tu les as donc avertis que la ferme brûlerait ?

— Pas précisément, seulement je leur ai dit qu'il y avait de vagues rumeurs dans le pays, et que le prochain incendie ne tarderait point à éclater.

— Les gendarmes seront arrivés sur le lieu du sinistre à la première alarme, en ce cas ?

— Naturellement. Une ferme ne brûle pas en dix minutes. On aura eu le temps de constater que Henri était absent...

— Ah ! c'est juste !

— Et le fermier s'écriera : J'en ai douté longtemps, mais je ne doute plus à présent ; c'est M. Henri de Vernières qui est le chef des incendiaires ! Alors, on l'arrêtera, on le conduira à Auxerre... et là, je m'en charge !

— Mais... le capitaine ?

— Oh ! celui-là, dit le chef de brigade avec un sourire sinistre, je crois que sa mission secrète est terminée.

— Pourquoi ?

— Pour deux motifs. Le premier, c'est que, tandis qu'il venait ici avec des instructions de Barras relatives aux incendiaires, et de certains pleins pouvoirs, grâce à vous, mes amis, je rentrais en grâce avec le Directoire, et vous m'apportiez ma nomination de commandant en chef des forces du département. Ma commission porte la signature des cinq directeurs, et si le capitaine la voyait jamais, il s'inclinerait. Mais il ne la verra pas...

— Pourquoi donc ? demanda l'un des deux hommes.

— Parce que Brûlé le fermier a su prendre ses précautions.

— Comment cela ?

— Le capitaine est enfermé dans la chambre qu'on lui a donnée à la ferme.

— Ah !

— Et il y brûlera !

— Oh !... superbe !...

— Chut ! j'entends du bruit dans le parc.

Madame Solérol, qui ne perdait ni un mot ni un geste de ces trois hommes, vit son mari se diriger vers la croisée et l'ouvrir, puis regarder dans le parc et dire à mi-voix :

— C'est lui !

— Qui, Henri ?

— Oui... il sort en courant du château.

— Et où va-t-il ?

— Il retourne à la ferme, pardieu ! il y sera bien reçu.

— Le brigadier de gendarmerie a-t-il des ordres bien précis ?

— Oui ; d'autant mieux que c'est un homme qui m'est dévoué.

— Est-ce qu'il a servi sous tes ordres ?

— A l'armée du Rhin.

— Mais, dit encore un des hôtes du général, Henri arrêté et conduit à Auxerre, qu'en fera-t-on ?

— Je le ferai passer devant un conseil de guerre et fusiller ?...

— Mais s'il explique pourquoi il n'était pas à la ferme ?

— Il ne l'osera pas ! Il lui faudrait avouer que ma femme est sa complice... et ces gens-là, ricana le général, tiennent à l'honneur de leur nom.

— Tu dois en savoir quelque chose, mon maître ?

— Tu crois ?

— Mais, dam ! tu n'aurais pas épousé ta femme sans cela...

— Mes bons amis, dit le général, voici l'heure d'aller vous coucher. Je vous souhaite une bonne nuit...

— Bonsoir, Solérol, dirent les deux hommes en se levant.

— Mais... à propos, fit l'un d'eux, comment vas-tu t'y prendre pour découvrir Cadenet et les autres.

— Ils vont être perdus par Henri.

— Tu crois que son arrestation...

— Amènera la leur. Et une fois que je les tiendrai... ah ! si Barras n'est pas content de moi, et s'il ne me nomme pas un beau matin ministre de la guerre...

— Il aura été ingrat, n'est-ce pas ?

— Mon Dieu ! oui. Bonsoir, à demain.

Madame Solérol, immobile et sans voix, vit un des deux hommes prendre un flambeau sur la cheminée.

Puis tous deux sortirent, et le chef de brigade demeura seul. —

XXI

— Oh ! tous ces nobles, dit-il en commençant à se déshabiller, comme je les hais ! Cadenet, Machefer, Henri,
Diane, ils y passeront tous. Je ne ferai grâce qu'à une
femme, et pour cause.

Mais comme il prononçait à mi-voix ces odieuses paroles
et les accompagnait d'un gros rire, il poussa tout à coup
un cri en voyant le mur s'entr'ouvrir.

Une brèche venait de se faire, et au milieu de cette brèche, le chef de brigade, épouvanté, vit apparaître madame
Solérol.

Hélène avait poussé un ressort dans le fond de la cha-

pelle, et une cloison qui la séparait de la chambre du chef
de brigade s'était ouverte pour lui livrer passage.

Solérol eut peur.

— Vous ! dit-il.

Et il recula devant elle.

Hélène marcha droit à lui. Elle était pâle mais son regard était ardent et le mépris glissait sur ses lèvres.

— Monsieur Solérol, dit-elle, vous êtes un assassin et
un lâche !

Solérol recula encore.

— Vous êtes un lâche, reprit Hélène, car, non content
de m'avoir volé ma main et ma fortune, vous voulez encore
faire tomber une tête innocente.

— Madame !

— J'ai tout entendu, dit-elle.

— Ah ! fit le général avec effroi.

Et le regard ardent d'Hélène lui paraissait si terrible
qu'il reculait toujours...

Et il se réfugia ainsi, fuyant devant cet œil accusateur
jusqu'à l'alcôve du lit.

Et, en reculant, il oublia de reprendre ses pistolets, qu'il
avait, en rentrant, déposés sur le marbre d'une commode.

Hélène s'appuya à ce meuble.

— Monsieur, dit-elle froidement, y a-t-il encore moyen
pour vous de réparer le mal que vous avez fait ?

— Je ne sais pas ce que vous voulez dire, riposta insolemment le chef de brigade, qui finissait par se rassurer un
peu.

— Ce que je veux dire, fit-elle ? Je ne veux pas que mon
cousin soit sali par vos calomnies...

— Je connais cela, ricana le chef de brigade.

— Je ne veux pas que nos amis soient arrêtés.

Le chef de brigade se mit à rire et haussa les épaules.

Il s'était appuyé à son lit et ne pouvait plus reculer.

— Je ne veux pas, enfin, monsieur, acheva Hélène de Vernières, qu'un homme tel que vous, un ancien pourvoyeur de l'échafaud...

— Madame !

— Un misérable, dont les épaulettes ont à peine entrevu la fumée d'un champ de bataille !...

— Ah ! prenez garde, madame ! s'écria Solérol que la colère aveugla et qui voulut se précipiter sur Hélène.

Mais cette dernière, prompte comme l'éclair, se retourna vers la commode, et le chef de brigade, stupéfait, vit briller les deux pistolets dans ses mains.

— Si vous faites un pas, lui dit-elle, je vous casse la tête.

L'accent de résolution qui brillait dans les yeux de madame Solérol ne laissa aucun doute au chef de brigade.

Faire un pas, c'était mourir !

— Monsieur, reprit Hélène, le hasard vient de vous mettre à ma discrétion, j'en userai. Si vous faites un pas, si vous jetez un cri, je vous tue comme un chien.

Solérol était devenu pâle, et il regardait sa femme avec épouvante.

— Que voulez-vous de moi ? balbutia-t-il.

— Je veux la vie de mon cousin, dit Hélène.

— Vous l'aurez.

— Je veux que son honneur soit sauf.

— Il le sera.

18.

— Je veux que ni M. de Cadenet ni M. de Machefer ne soient inquiétés.

— Je vous le promets.

Elle eut un hautain sourire.

— Dieu me pardonne! dit-elle, mais je crois que vous venez de faire un serment.

— Oui.

— Et vous avez espéré que je m'en contenterais?

— Mais... il me semble... murmura Solérol, terrassé sous le regard de sa femme.

— Non, dit Hélène, ce n'est pas ainsi que j'entends les choses...

Et elle leva un des pistolets à la hauteur du front du général.

Celui-ci recula précipitamment.

— Tenez, dit Hélène, un seul scrupule me vient et va m'empêcher peut-être de vous tuer sur-le-champ.

— Grâce! murmura Solérol, qui tremblait en face de ce canon de pistolet que tenait une femme.

— Grâce! fit-elle, grâce pour vous? mais avez-vous eu pitié de quelqu'un? avez-vous jamais fait grâce?

Et de sa main gauche, elle eut un geste impérieux et lui dit encore :

— Tenez-vous à distance, et écoutez-moi.

Le général alla de nouveau s'adosser à son lit.

— Dieu m'est témoin, poursuivit Hélène, que si je vous tuais, je croirais accomplir un acte de justice et de réparation, car vous avez cent fois mérité la mort.

— Eh bien! tuez-moi donc! s'écria le chef de brigade, essayant de payer d'audace.

— Non, pas maintenant... à moins que vous ne m'y forciez...

— Alors, laissez-moi...

Hélène haussa les épaules :

— Monsieur Solérol, lui dit-elle, vous ne pensez pas, je suppose, que je vais croire à vos promesses. Je veux sauver Henri, et, pour cela, il faut le prévenir... Je veux débarrasser le pays d'un misérable incendiaire tel que vous.

— Ah ! madame... prenez garde !

— Ne bougez pas, si vous voulez vivre encore !

Elle l'ajusta une seconde fois et il se reprit à trembler et demander grâce.

Hélène reprit :

— Monsieur Solérol, ce château des Saulayes, dont vous êtes à présent le maître, vous ne le connaissez pas comme moi, qui y suis née...

Solérol fixait sur elle un air hébété.

— Il est de construction féodale, poursuivit Hélène ; il a des oubliettes et des souterrains.

Le chef de brigade frissonna.

— Je sais bien que la tombe est la plus sûre des prisons, et peut-être ferais-je mieux de vous tuer tout de suite... Cependant, je vous laisse encore le choix... Il y a sous le château un caveau aux murs épais de six pieds, que je vous ai choisi pour demeure. Voulez-vous l'habiter ?

Le chef de brigade eut un reste d'audace.

— Madame, dit-il, cessons, je vous prie, cette plaisanterie, que je commence à trouver longue et de mauvais goût.

— Monsieur, répliqua madame Solérol, je vous jure sur

la tête de mon père mort, que si vous ne m'obéissez à l'instant, je vous brûle la cervelle.

Le chef de brigade se résigna et fit un signe de tête qui voulait dire : J'obéirai.

Hélène reprit :

— Vous allez sortir de cette chambre en marchant devant moi.

Et elle lui montra la porte.

Le général se dirigea vers cette porte, et Hélène le suivit.

Mais comme il allait l'ouvrir, elle lui fit signe de prendre un flambeau.

Il obéit encore.

Elle tenait toujours ses deux pistolets à la main, et comme il ouvrait la porte, elle lui dit :

— Maintenant, marchez devant moi, et n'essayez ni de fuir, ni d'appeler... et priez Dieu qu'un serviteur attardé ne nous rencontre pas, ou qu'un de ces deux misérables que vous avez amenés ici ne se trouve pas sur votre chemin, car je ferais feu...

Le chef de brigade se résigna. Il suivit le corridor tout
au long jusqu'à l'escalier, puis il descendit l'escalier éclai-
rant ainsi la marche d'Hélène de Vernières, qui le suivait
toujours, et qui eût exécuté sa menace, si elle eut rencontré
un des deux acolytes du général.

Mais tout le monde était couché dans le château, et ils
arrivèrent au rez-de-chaussée sans avoir éveillé aucun écho,
ni fait aucun bruit.

Hélène avait dit vrai ; il y avait de vastes souterrains
sous le château ; on y descendait par l'escalier des caves.

Toujours sous cette menace de mort formulée par un
pistolet braqué sur lui, le général se vit contraint d'ouvrir
une seconde porte qui donnait aussi sur l'escalier des caves
et de s'y engager le premier.

Hélène le suivait toujours.

Ils descendirent une trentaine de marches et se trouvèrent dans un étroit boyau à pan incliné et à murs voûtés.

— Marchez toujours ! ordonna Hélène de Vernières.

Le général marcha droit devant lui.

C'était la première fois qu'il descendait dans cette partie des caves.

Tout à coup il s'arrêta. Le boyau se terminait par un cul-de-sac, et le chef de brigade vit un mur devant lui.

Alors se retournant vers sa femme, il lui dit :

— Je ne puis aller plus loin !

— Vous vous trompez... il y a des murs qui s'ouvrent. Approchez votre flambeau.

Le général obéit encore.

— Le mur est formé de pierres de taille, n'est-ce pas monsieur ?

— Allons! dit Hélène, entrez!

— Vous me jurez que vous ne me laisserez pas mourir de faim ?

— Je vous le jure.

Le général fit un pas encore vers la mystérieuse ouverture.

Mais soudain il se retourna brusquement et dit :

— Eh bien ! je ne veux pas !

Et il laissa tomber le flambeau qui s'éteignit, et le souterrain se trouva plongé dans les ténèbres.

— Ajustez-moi et tuez-moi, maintenant ! si vous pouvez. On tire mal dans l'obscurité.

— Qui sait ? répondit Hélène.

Et elle pressa la détente du pistolet et le coup partit...

Un éclair illumina le souterrain, et, à sa lueur, Hélène de Vernières vit son mari accroupi.

Un éclat de rire suivit le coup de pistolet.

— Madame, ricana le chef de brigade, votre balle s'est aplatie sur le mur, à côté de moi. Vous n'en avez plus qu'une, ménagez-la, car après, ce pourrait être vous qui iriez coucher dans le souterrain.

— Dieu ne peut être pour ce misérable, murmura Hélène.

Et comme elle savait maintenant à peu près où il pouvait être, elle fit feu de son deuxième coup.

Mais cette fois, la détonation n'eut point pour écho un éclat de rire.

Hélène entendit un cri de douleur et un blasphème. .

Le chef de brigade avait été atteint.

FIN.

Wassy. — Imp. et Stér. Mougin-Dallemagne.

EN VENTE à 3 francs le volume.

A. DE GONDRECOURT

LE PAYS DE LA PEUR, 1 volume in-18 jésus
LE PAYS DE LA SOIF, 1 volume in-18 jésus.

LOUIS NOIR

LES AVENTURES DE TÊTE-DE-PIOCHE, 1 volume in-18 jésus.
JEAN LE DOGUE, 1 volume in-18 jésus.

ERNEST CAPENDU

LE JOUG DE L'AIGLE, 1 volume in-18 jésus.
LA TOUR AUX RATS, 1 volume in-18 jésus.
LE CHAT DU BORD, 1 volume in-18 jésus.
LE CAPITAINE CROCHETOUT, 1 volume in-18 jésus.
L'ÉTUDIANT DE SALAMANQUE, 1 volume in-18 jésus.
DOLORÈS, 1 vol. in-18 jésus.

ÉLIE BERTHET

LA DOUBLE VUE, 1 volume in-18 jésus.
LE FERMIER REBER, 1 volume in-18 jésus.
LA MAISON DES DEUX-SŒURS, 1 volume in-18 jésus.

OCTAVE FÉRÉ ET D.-A.-D. SAINT-YVES

LES AMOURS DU COMTE DE BONNEVAL, 1 volume in-18 jésus.
LES QUATRE FEMMES D'UN PACHA, 1 volume in-18 jésus.
LES CHEVALIERS D'AVENTURES, 1 volume in-18 jésus.
UN MARIAGE ROYAL, 1 volume in-18 jésus.

PONSON DU TERRAIL

LA BOUQUETIÈRE DE TIVOLI, 1 volume in-18 jésus.
LES HÉRITIERS DU COMMANDEUR, 1 volume in-18 jésus.
LE CASTEL DU DIABLE, 1 volume in-18 jésus.
MÉMOIRES D'UNE VEUVE, 1 volume in-18 jésus.

XAVIER DE MONTÉPIN

LE MOULIN ROUGE, 1 volume in-18 jésus.
LES PIRATES DE LA SEINE, 1 volume in-18 jésus.
LA MAISON MAUDITE, 1 volume in-18 jésus.
LE DRAME DE MAISONS-LAFFITTE, 1 volume in-18 jésus.

H. DE SAINT-GEORGES

JEAN LE MATELOT, 1 volume in-18 jésus.
LE PILON D'ARGENT, 1 volume in-18 jésus.

EUGÈNE SCRIBE

NOÉLIE, 1 volume in-18 jésus.
FLEURETTE LA BOUQUETIÈRE, 1 volume in-18 jésus.

Paris. — Imprimerie de P.-A. BOURDIER et Cᵉ, 6, rue des Poitevins.